DIE PRÄPARATORIN

Dieses Buch ist ein Roman. Handlungen und Personen sind frei erfunden. Ähnlichkeiten mit lebenden oder toten Personen sind nicht gewollt und rein zufällig.

ANDREAS WAGNER

DIE PRÄPARATORIN

KRIMINALROMAN

emons:

Lust auf mehr? Laden Sie sich die »LChoice«-App runter, scannen Sie den QR-Code und bestellen Sie weitere Bücher direkt in Ihrer Buchhandlung.

Bibliografische Information der Deutschen Nationalbibliothek
Die Deutsche Nationalbibliothek verzeichnet diese Publikation in der Deutschen Nationalbibliografie; detaillierte bibliografische Daten sind im Internet über http://dnb.d-nb.de abrufbar.

Umschlagmotiv: Clayton Bastiani/Arcangel Images
Umschlaggestaltung: Nina Schäfer
Gestaltung Innenteil: César Satz & Grafik GmbH, Köln
Lektorat: Marit Obsen
Druck und Bindung: CPI – Clausen & Bosse, Leck
Printed in Germany 2020
ISBN 978-3-7408-0829-7
Originalausgabe

Für Nina, Phillip, Hanna, Fabian und Justus

1

Das Blut trocknete. Ganz vorsichtig rührten sich ihre kleinen Finger. Ihr Blick blieb auf die Handinnenflächen gerichtet. Die Haut spannte. In den Furchen hob sich die brüchige Schicht, riss und blätterte in winzigen Bruchstücken ab. Das Weiß darunter leuchtete im dunklen Rot. Ihre Finger zitterten nur wenig. Eine kaum wahrnehmbare Bewegung, der sie keine Beachtung schenkte.

Die Stille lärmte in ihren Ohren. Für einen kurzen Moment kniff sie die Augen zu. Ihre blutigen Kinderhände konnte sie dennoch sehen. Schwarz hoben sie sich vor einem hellgrauen Vorhang ab. Würde sie ihre Finger denn noch bewegen können, wenn alles Blut getrocknet war? Fest drückte sie gegen den Widerstand an und schüttelte ihre langen blonden Locken.

Mit lauwarmem Wasser ging das alles wieder ab. Blut war Blut, auch wenn es jetzt so viel starrer wirkte. Mit lauwarmem Wasser und Seife hatte sie es noch jedes Mal restlos wieder herunterbekommen.

Auch unter den Nägeln musste es weg. Es musste herausgekratzt werden mit einem der kleinen goldenen Werkzeuge, die für die gründliche Reinigung in der Toilette bereitlagen. Ordentlich nebeneinander aufgereiht steckten sie in dem Etui, das mit grobem Krokodilleder bespannt war. Kratzte man es nicht vollständig heraus, gab es braune Ränder unter den Fingernägeln. Schmutzige Bogen, die sie verraten würden. Der erhobene Zeigefinger der Mutter wäre unausweichlich, ermahnende Worte, begleitet von weit nach oben gezogenen Augenbrauen. Der Stubenarrest folgte dann unmittelbar, was gleichbedeutend mit Werkstattverbot war. Zwei, drei oder vier Tage? Von der Laune ihrer Mutter, nicht vom Schmutz hing die Dauer der Strafe ab. Hatte sie einen schlechten Tag, reichten die dunklen Ränder unter ihren Fingernägeln für mehr als eine Woche.

Sie ballte ihre Hände zu kleinen Fäusten. Die trocknende Blutschicht verband alles noch besser miteinander. Ein Klebstoff, der Finger und Handinnenflächen für immer zusammenfügte. Harte Fäuste sollten sie bleiben, für den Rest ihres Lebens auf ewig verbunden.

Sie riss beide Hände auf. Kleine Blutblättchen tanzten im Licht der Neonröhre durch die Luft und sanken zu Boden.

Sie hatten wieder gestritten. Mama und Papa. Diesmal war das Geschrei aus der Küche gekommen. Ungemindert laut, weil sie sicher waren, dass sie längst schlief. Wer aber konnte bei so einem Krach ein Auge zubekommen? Nicht einmal die Bettdecke über dem Kopf brachte Linderung. Irgendwann hatte sie aufgehört, sich darunter zu verstecken. Sie mochte die stickige Hitze nicht.

Papa war kaum zu hören gewesen. Ein dumpfes Brummen, ganz selten nur. Die Worte ihrer Mutter waren klar durch die dünnen Wände gedrungen. Messerscharf durchschnitten ihre Vorwürfe die kurzen Momente der Stille, in denen sie mit ihrem eigenen Atem in der Dunkelheit allein war. Seine Schuld, diese Situation, auch wenn sie das alles nicht verstand. Es war immer seine Schuld. Eingeschlafen war sie trotzdem, das schaffte sie jedes Mal. In den knapp bemessenen Unterbrechungen, wenn ihre Mutter schwieg und auf eine seiner einsilbigen gebrummten Antworten wartete. »Mehr hast du nicht zu sagen?« – »Es zerstört uns. Dich und mich.« – »Dann denk wenigstens an *sie*. Nur ein Mal!«

Sie klatschte in die Hände und brachte neuen Blutstaub zum Tanzen. Beim zweiten Mal trafen ihre kleinen Hände fester aufeinander. Größere Stücke lösten sich. Sie segelten lautlos in die Tiefe, ihren nackten Füßen entgegen, die wie zwei weiße Inseln aus dem warmen Blut ragten. Immer schneller schlug sie die Hände klatschend aufeinander. Den spitzen Schrei ihrer Mutter hörte sie gar nicht.

»Oh mein Gott, Feli!«

2

Viele Jahre später

Es roch immer mehr nach Alter und Urin, bei jedem Besuch. Jetzt bemerkte sie es schon draußen vor der Tür. Und sie wusste, dass ihr der Geruch den ganzen Tag folgen würde. Das tat er immer, auch wenn sie sich danach jedes Mal mit brennend heißem Wasser duschte und alle Klamotten direkt in die Waschmaschine beförderte. In den Schleimhäuten ihrer Nase setzte er sich fest. Das war der Ort, von wo er unerbittlich wiederkam, bis in die Nacht. Erst am nächsten Morgen war er restlos verschwunden. Gut geschützt und behütet nistete er sich dort ein, sodass sie nicht an ihn herankam. Das Nasenspray schuf für ein paar Minuten Ruhe, drängte ihn in einen hinteren Winkel zurück, aus dem er dann vorsichtig wieder hervorkroch, kaum erkennbar zuerst. Ein Hauch, süßlich und zart, der nur der Kundschafter war. Mit voller Wucht kehrte er zurück, wenn sie tief einatmete.

Wie oft hatte sie es ihnen schon gesagt?

Vergebliche Liebesmüh.

Welche Ausrede hatte sie in den letzten Jahren wohl am häufigsten zu hören bekommen? Die Hygiene schreibe man ganz groß im Haus: Windeln wechseln, waschen, neues Bettzeug, alles nach Plan und Vorschrift. Das Alter sei verantwortlich, nicht das Haus und sein zuverlässiges Personal;

die Inkontinenz, ein schlimmer, aber kaum aufzuhaltender Prozess, wie auch der geistige Verfall.

Jeden Sonntag ging es eine Stufe weiter hinab, manchmal nur eine flache, dann gleich zwei auf einmal, seit vielen Monaten schon. Sie wussten natürlich, dass sie immer sonntags zum Kaffee kam, um zwei Stunden am Bett zu sitzen. Alles war stets frisch an diesem Tag. Das Betttuch zeigte noch seine scharfen Bügelfalten. Das rosa Nachthemd mit den blumigen Rüschen um den Hals wies keine Spuren auf. Immer frisch hergerichtet. Doch der grasige Wäscheduft führte einen hilflosen Kampf, den er nie gewinnen konnte. Zu groß und mächtig der Gegner. Sie zwang sich, nicht an die übrigen Tage der Woche zu denken. Es half ihr kaum, zu wissen, dass ihre Mutter von alldem nichts mehr mitbekam. Schon seit Monaten begrüßte sie der stets gleiche, starre Blick ins Nichts. Kein Wort, keine Regung mehr, wenn sie eintrat, manchmal ein Husten zwischen zwei kaum hörbaren, flachen Atemzügen. Wenn sie ging, lag sie noch genauso da. Drapiert, zurechtgemacht für ihren Besuch, ein Stillleben, das ihr fremd geworden war, weil ihm die bekannte Sprache und die gewohnten Bewegungen fehlten.

Der ganze Rest in dem kleinen Zimmer war ihr vertrauter als der Mensch im Bett. Der Bussard direkt am Eingang rechts. Ihn hatte sie als einziges der vielen Tiere von daheim mitgenommen. Knapp über Kopfhöhe auf einem knorrigen Ast an die Wand montiert, drohte er mit seinen ausgebreiteten Schwingen und dem weit aufgerissenen Schnabel jedem, der hereinkam. »Das hält mir die Irren vom Hals, die auf dem Flur herumschleichen. Von denen traut sich keiner herein. Angst haben die.« Ein triumphierender Blick, an den sie sich noch genau erinnern konnte, hatte diese kraftstrotzenden Worte begleitet, aus denen doch nur die Angst sprach vor dem, was sie erwartete.

Es war ihr erster Besuch gewesen. Der erste Sonntag nach dem freiwilligen Umzug hierher. Bloß nicht zur Last fallen. Sie hatte selbst entschieden, solange es noch etwas zu entscheiden gab. Zwei schwere, schwarz gebeizte Kommoden hatte sie mitgenommen, die zusammengehörten, auch wenn sie dicht nebeneinander wie ein ungleiches Zwillingspaar wirkten. Ein paar Porzellanfigürchen standen darauf, dazwischen die gerahmten Familienbilder. Die spärlichen Reste ihres Lebens, die sich von den nichtssagenden Standardmöbeln auf der linken Seite des Raumes, die zur Grundausstattung gehörten, abgrenzten. Den kleinen Tisch und die beiden Stühle hatte sie bei IKEA gekauft, weil sie nicht mit ihr in der überfüllten Cafeteria zwischen den anderen verlegenen Sonntagsbesuchern schweigend trockenen Apfelstreusel essen wollte. Fünfzehn Komma neun Quadratmeter, tausendneunhundertfünfundneunzig Euro achtzig – am Anfang, als sie noch vieles selbst machen konnte.

Sanft drückte sie die Türklinke nach unten und atmete noch einmal tief ein. Eine knappe Gnadenfrist, die sie ihrem feinen Geruchssinn einräumte. Die Tür schwang auf. Ihre Augen irrten umher. Der mächtige Druck auf ihrem Brustkorb ließ sie nach Luft schnappen. Sie fiel in die Tiefe, ohne sich zu bewegen. Das frische weiße Laken blendete grell im Sonnenlicht. Glatt aufgezogen, zeigte es keine Spuren. Eine leblose Leere, die den Fall beschleunigte.

»Frau Booth?« Sie spürte die Hand, die nach ihrem Unterarm fasste. »Wir haben mehrfach versucht, Sie zu erreichen. Ihre Mutter ist heute Nacht friedlich eingeschlafen. Sie war ein so guter Mensch. Mein aufrichtiges Beileid.«

3

Sie war froh, als er endlich draußen war. »Nehmen Sie in Ruhe Abschied. Wir haben dafür im Keller einen separaten Raum der Einkehr. Da wir Sie nicht erreichen konnten, haben wir Ihre Mutter von Herrn Schweitzer abholen lassen. Er arbeitet als Bestatter seit Jahren mit uns zusammen. Das Zimmer bitten wir Sie bis morgen Abend zu räumen. Die Maler müssen hinein. Danach sehen wir uns gezwungen, alle persönlichen Gegenstände kostenpflichtig einzulagern.«

Arschloch! Der Zorn half gegen den Schmerz. Die Leere blieb. Langsam drehte sie sich um die eigene Achse. Das helle Furnier der Pflegeheimmöbel umzingelte sie. Ihr Blick erfasste das vergilbte Foto ihres Vaters auf dem Nachttisch. Bei ihr daheim hatte es ebenfalls direkt am Bett gestanden, jahrzehntelang. Abgegriffen schimmerte der kaum noch goldene Rahmen.

In halblangen Hosen bis zum Knie, khakifarben wie das Hemd, den Hut mit breiter Krempe in der rechten Hand, starrte er verlegen in Richtung Kamera. Ein Schnappschuss musste es gewesen sein. Die dunklen Haare klebten verschwitzt an seiner Stirn, auf seinem Gesicht ein gezwungenes Lächeln: ihr Vater, allein im trockenen Gras, irgendwo in Afrika. Auf einer der Safaris Ende der fünfziger oder Anfang der sechziger Jahre, die er als Präparator begleitet hatte. Sie hatten Jagd auf die Big Five gemacht: Büffel, Nashorn, Elefant, Leopard und Löwe.

Sein Präparationsbuch, das er detailverliebt wie ein Werkverzeichnis geführt und in dem sie während ihrer eigenen Ausbildung oft geblättert hatte, lag in der Werkstatt. Jedes Tier war darin erfasst, auch die Tiere der Afrikaexpeditionen.

Kalt umschlang etwas ihren Brustkorb. Sie atmete mühsam dagegen an. Eine große und dunkle Einsamkeit schickte Tränen auf die Reise. Kitzelnd suchten sie sich einen Weg über ihre Wangen. Ihr verschwommener Blick bewegte sich weiter, ohne sich an irgendetwas festhalten zu können. Zerflossene Konturen, die keinen Halt bieten wollten, zogen an ihr vorüber. So lange schon war er tot und die Mutter reglos an dieses Bett gefesselt. Allein war sie, so weit ihre Erinnerung zurückreichte, einsam hatte sie sich dabei nie gefühlt.

Hastig wischte sie sich die Tränen aus den Augen und drehte sich langsam weiter. Die helle Holztür zum winzig kleinen Badezimmer. Daneben der schmale Kleiderschrank. Die Schwingen des Bussards am Eingang.

Unter dem Hochspannungsmast hatten sie den toten Vogel gefunden, am Tag nach einem schweren Unwetter. Eine Erinnerung, die gestochen scharf war, obwohl sie damals höchstens vier Jahre alt gewesen sein konnte. Sie glaubte sogar, seine Hand spüren zu können, die raue Haut der Innenflächen. An keinen anderen Spaziergang mit ihrem Vater besaß sie eine Erinnerung. Wahrscheinlich hatte der Blitz in den Stahlmast eingeschlagen und den Bussard getötet. Ein prächtiger Vogel mit fast weißem Kopf. Sie brauchte nachher nur im Präparationsbuch nachzusehen, um das exakte Funddatum herauszubekommen. »Ich mache ihn für dich wieder lebendig«, hatte er gesagt.

Es war nicht das erste Mal gewesen, dass sie beim Präparieren dabei war. Für den Schnitt über das Brustbein bis in den Bauchbereich ließ sich ihr Vater immer besonders viel

Zeit. Ganz langsam glitt die scharfe Klinge durch die dünne Haut. Mit behutsamen, aber doch entschlossenen Bewegungen seiner Finger legte er nach und nach das Fleisch frei. Feine Sägespäne, die er immer wieder einstreute, nahmen das wenige Blut auf. Über die Brust bis zu den Flügelansätzen und hinunter zu den Beinen hatte sie den Balg des Bussards selbst abgezogen. »Nicht reißen, ein sanfter, gleichmäßiger Zug reicht aus. Die Haut ist dünn, jedes Loch, das wir ihr zufügen, ist später schwer zu schließen. Dann sieht er schlecht aus. Zerrupft und krank. Wir erschaffen Tiere mitten im Leben. In der Bewegung, im Sprung. Dein Bussard macht sich bereit für den Abflug. Die Schwingen ausgebreitet, sein Opfer im Blick, stößt er in die Tiefe und packt gleich darauf zu. Die Feldmaus merkt das erst, wenn er sie schon gegriffen hat.«

Sie hatte den Blick der Tiere um sich herum gesucht, während sie mit ihren kleinen verklebten Fingern weiter an der fedrigen Haut des Vogels zog. Wache Augen, die sie ansahen und vor denen sie niemals Angst empfunden hatte. Stumme Begleiter, die darauf warteten, abgeholt zu werden. An den kapitalen Hirsch konnte sie sich gut erinnern. Der musste lange gestanden haben. Vielleicht war er keine Auftragsarbeit gewesen wie die meisten anderen, sondern ein eigener Fund, so wie der Bussard. Daneben zwei Füchse, die sich um einen bunten Fasan stritten. Die Oryxantilope mit ihren langen, geraden Hörnern und der schwarzen Gesichtsmaske hatte weiter hinten gestanden. Aufmerksam ihr Blick, der die Ferne abzusuchen schien. Die Ohren gespitzt, um das Geräusch auszumachen, das Gefahr ankündigte. Sie musste die Tüpfelhyänen gewittert haben, eine Gruppe von vier oder fünf Tieren in unterschiedlichen Posen. Eine stand mit gefletschten Zähnen über einem fast bis zur Unkenntlichkeit zerrissenen Kadaver, diesen aggressiv verteidigend. Nur an eine weitere aus der Gruppe konnte sie sich noch genauer erinnern. Ein erstaunlich großes Tier mit stark ausgeprägten Halsmuskeln und einem breiteren Schädel. Den Kopf im Nacken, die Schnauze in die Höhe gereckt, um Witterung aufzunehmen. Die Leithyänin des Clans, bereit, jeden Eindringling aus ihrem Revier zu verjagen.

In ihrer Phantasie wurden die Tiere stets lebendig, bewegten sich ein Stück weit weg und nahmen dann wieder die Haltung ein, die ihr Vater oder sie selbst ihnen gegeben hatte. Die Hyänin hatte eine Zeit lang im Schaufenster gestanden. Vor allem an den Wochenenden bildeten sich damals oft Menschentrauben vor den vier großen Scheiben des Eckhauses an der Mainzer Großen Langgasse, die ihr Vater wie schlichte Dioramen wechselnd ausgestaltete. Inmitten dürrer Grasbüschel die Tüpfelhyäne neben dem kleinen Kapfuchs und einem Karakal, der mit den schwarzen Pinseln an seinen Ohren wie ein Luchs anmutete, durch das zarte Gesicht aber doch als Katze zu erkennen war. »Wir haben unser eigenes kleines Museum. Immer anders, immer neu. Die Leute sollen sehen, was wir für spannende Gäste haben.«

Sie hatte das nie gekonnt, obwohl sie später versuchte, dem Vater nachzueifern. Seine Perfektion in der Darstellung blieb unerreichbar für jeden. Die Muskulatur, die sich wie die feinen und dickeren Äderchen durch das Fell abzeichnete. Unvergessen die Mimik einer wachsamen Impala, die er damals ebenfalls von einer der eigenen Expeditionen nach Afrika mitgebracht hatte. Angespannt jeder Muskel, sprungbereit stand sie zwischen den anderen Tieren, die auf ihre Abholung durch die Auftraggeber warteten.

Sie hatte versucht, die Schaufenster so auszugestalten wie er. Auch bei ihr sollten sich sonntags Menschentrauben vor den Scheiben drängen. Gleich nachdem sie die Werkstatt für Tierpräparation übernommen hatte, machte sie sich an das erste eigene Diorama. Es war ein lebloses Stückwerk geblieben. Das Reh aus dem Odenwald hatte auf der herbstlichen Wiese ausgesehen wie ein Fremdkörper. Die bunten getrockneten Blätter hatten das nicht verhindern können.

Die Kraft, die Tradition des Vaters nach so vielen Jahren wiederzubeleben, war bald erloschen. Sie hatte die Blicke nicht ertragen können. Das war der eigentliche Grund gewesen. Die Menschen vor ihren Schaufensterscheiben und die Blicke, die ihren Bewegungen folgten. Die Nähe, selbst durch das Glas hindurch, schuf Unbehagen. Sie hatten sich die Nasen platt gedrückt und jede ihrer Regungen beobachtet. Seither stellte sie nur immer mal wieder eine der fertigen Arbeiten in die Auslage. In der Nacht, nachdem sie aus der Dunkelheit des Arbeitsraumes heraus überprüft hatte, dass sie nicht begafft werden konnte.

Den Bussard würde sie mitnehmen. Er erhielt seinen Platz zurück. Nicht den Platz, den ihm ihre Mutter zugewiesen hatte. Er musste wieder über ihr Bett, wo der Vater ihn angebracht hatte, nachdem er fertig präpariert und auf seinem Ast fixiert worden war. Der Haken steckte noch in der Wand, als ob er darauf wartete, seine ursprüngliche Bestimmung endlich zurückzuerlangen.

Nur noch ein einziges Mal hatte ihre Mutter die Wohnung in der Etage über der Werkstatt nach der überstürzten Flucht betreten. Widerwillig, um hastig das Notdürftigste zusammenzuraffen. Den Bussard über ihrem Kinderbett hatte sie mitgenommen. Danach war ihre Mutter nie wieder in ihr eigenes Haus zurückgekehrt. Auch später nicht, als Felicitas die Präparationswerkstatt übernahm und sich entschloss, die jahrelang verwaisten Zimmer wieder mit stillem Leben zu füllen. Es zog sie dorthin zurück, und ihre Mutter verlor nie ein Wort darüber. Obgleich sie sicher etwas zu sagen gehabt hätte. Der Schmerz verhinderte jedes Gespräch zwischen ihnen über das, was in jener Nacht passiert war. Alles, was sie wusste, speiste sich aus zufällig Aufgeschnapptem, aus Wortfetzen, die aber nie für sie und ihre Ohren bestimmt gewesen waren.

Mit routiniertem Griff nahm sie ihren Bussard von der Wand, um sich aus dem Gedankenstrudel zu befreien, der sie in die Tiefe der Vergangenheit zu ziehen drohte. Seine Präparate hatten ein ganz anderes Gewicht als ihre Arbeiten. Kleinere Vögel hatte er kaum angenommen. Sie konnte sich an keine Notiz im Präparationsbuch erinnern.

Die Dermoplastiken ihres Vaters wogen annähernd so viel wie das lebende Tier. Er hatte jeden der Körper unter gegerbter Haut noch selbst aus Ton oder Gips geformt. Vorgefertigte Teile, die die Arbeit beschleunigten, schien er konsequent abgelehnt zu haben. Leichte Werkstoffe wie Polyurethan gab es zu seiner Zeit noch nicht. Heute waren PU-Blöcke der Standard für die Nachbildung des Tierkörpers, weil sie nicht so hart wurden und die sich unter dem Einfluss von Temperaturschwankungen verändernden Tierhäute demzufolge nicht so leicht rissen.

Feiner Staub von den Flügeln ihres Bussards tanzte im Licht des sonnigen Herbstmorgens. Vorsichtig legte sie ihn auf das weiße Bettlaken. Sie brauchte die Hände frei. Ihr Verstand sträubte sich noch. Die Angst vor dem, was sie erwartete. Noch mehr Bilder aus dem Abgrund des Vergessenen, trüb und aufgewühlt. Sie trieb sich zur Eile an. Schnell hindurch, ohne den Gedanken Zeit und Raum zu geben.

Entschlossen öffnete sie den schmalen Kleiderschrank neben der Badezimmertür. Der Geruch ihrer Mutter, vermischt mit dem dumpfen Duft nach gealterten Mottenkugeln, drang in ihre Nase. Alles lag ordentlich zusammengelegt in den Fächern. Die Kleidungsstücke, die sie noch an ihr gesehen hatte. Der Sommer- und der Wintermantel und zwei Kleider hingen auf Bügeln. Eines davon, das geblümte, steckte noch unter der dünnen Folie der Wäscherei.

Sie machte einen Schritt zur Seite, beugte sich vor und zog die Tür der vorderen der beiden dunklen Kommoden auf. Ein paar Bücher standen darin. Romane, die ihre Mutter immer gern gelesen und mit denen sie sie zu Weihnachten versorgt hatte. Einfallslose Geschenke. Konsalik, »Der Arzt von Stalingrad«, »Der schwarze Mandarin«, »Im Tal der bittersüßen Träume«. Die Buchrücken offenbarten keine Spuren eines Lesens. Warum hatte sie ihr all das geschenkt? Simmel, »Es muss nicht immer Kaviar sein«. Die Unkenntnis nach vielen sprachlosen Jahren. Rasch drückte sie die Tür wieder zu und zog die der zweiten Kommode auf.

Porzellanfigürchen standen wild durcheinander. Der Rest ihrer Sammlung. Kleine dicke Kinder mit leuchtend roten Pausbacken. »Der Ersatz für die fehlenden Enkelkinder.« So oder ähnlich hatte sie es formuliert. Daneben lag eine große, in Packpapier eingeschlagene Kiste, mit grober Kordel mehrfach verschnürt. Darauf die Handschrift der Mutter in kantigen Schwüngen. *Meiner lieben Felicitas.* Die Tränen waren sofort wieder da. Die Schleusen weit geöffnet, fluteten sie ihre Wangen. Sie schluchzte und krümmte sich unter dem Schmerz. Schnell zog sie das Paket an sich, ein Teil der gestapelten Porzellanfigürchen purzelte in den entstandenen Freiraum. Das Packpapier knisterte unter ihren Fingern. Noch in der Bewegung fiel die Entscheidung.

Sie stellte das Paket für einen Moment auf dem Bettlaken ab, um den Bussard darauf zu platzieren. Sie musste hier raus. Den Rest würde sie holen lassen.

Mit einer kurzen Bewegung wischte sie sich die nassen Wangen ab und wollte beides greifen. Das kaum hörbare, gedämpfte Geräusch, das in diesem Augenblick an ihr Ohr drang, ließ sie innehalten. Ein fester Stoff, der an Metall rieb.

Das Resultat einer leichten Regung. Ganz behutsam und nur vollführt, um dem Schmerz des starren Ausharrens zu entkommen. Sie spürte die festen Schläge ihres Herzens. Der Laut war aus dem verschlossenen Badezimmer gekommen.

4

Sie war nicht ein einziges Mal bei einem ihrer sonntäglichen Besuche in diesem Raum gewesen. Klein musste er sein, aus dem Zimmer herausgeschnitten und abgetrennt. Mit hämmerndem Herzen schob sie sich näher an die schmale Tür heran, hinter der kein Laut mehr zu vernehmen war. Absolute Stille, die das Rauschen des Blutes in ihren Ohren überlagerte. Warum blieb sie nicht einfach hier stehen? Ein sicherer Abstand zur Tür, Ruhe. Früher oder später würde die Person herauskommen, wenn es nicht doch bloß die Wanderratte aus der Kanalisation war, die sich auf ihrer Expedition durch das Gebäude hierher verirrt hatte und nicht mehr zurück in die Schüssel kam, der sie entsprungen war.

Der metallische Klang der kurzen Bewegung erinnerte sie aber nicht an ein Tier. Keine Krallen, die in Panik auf den glatten Fliesen zu entkommen suchten. Es hatte sich angehört wie ein Mantel oder eine Hose, eine Jeans vielleicht, die den Heizkörper streifte.

Durch das Rauschen hindurch vernahm sie ihren eigenen stoßweisen Atem. Ein knapp gesetzter letzter Schritt. Sie hielt die Luft an, um noch einmal zu lauschen, obgleich sie wusste, dass das nichts bringen würde. Sie streckte schwitzend die Hand nach der kühlen Türklinke aus und schleuderte die Badezimmertür auf. Das Licht aus dem Zimmer erhellte die grauen Fliesen auf dem ersten Meter. Im Dämmerlicht der weiße Widerschein der Kloschüssel. Ein nachhallendes Scheppern, als die Klinke auf der Innenseite mit vollem Schwung gegen den Wandheizkörper schlug. In kaum reduziertem Tempo flog die Tür zurück ins Schloss. Der Luftzug hatte den braunen Duschvorhang in sanfte Bewegung versetzt. Für den Bruchteil eines Augenblicks hatte sie das sehen können. Der spitze Schrei, der dem Aufbauschen gefolgt war, musste von dahinter kommen.

Keine Ratte.

Ihr Atem ging jetzt leichter, obwohl sich an der Gesamtsituation kaum etwas geändert hatte. Dort drinnen hielt sich jemand versteckt. Das plötzliche Tageslicht, der Lärm hatten die Person in Panik versetzt. Sie überrumpelt. Vielleicht resultierte die spürbare Beruhigung ihres Pulses aber auch aus der Tatsache, dass es sich dem Schrei nach um eine Frau handelte.

»Kommen Sie raus!« Intuitiv trat sie einen Schritt zurück. Sie hatte keine Lust, ihr in Reichweite gegenüberzustehen. Dass sie sich durch den Schritt aber in die Enge des Raumes begab und nicht in Richtung Zimmertür, wurde ihr erst bewusst, als sich die Türklinke bewegte. Als Fluchtweg bliebe nun nur noch der beherzte Sprung durch die geschlossene Fensterscheibe im vierten Stock. Das, was danach von ihr übrig bliebe, würde kaum mehr zur Präparation taugen. Irre Gedanken, die durch ihren Schädel fieberten. In ihren Kniekehlen konnte sie jetzt den sanften, aber entschlossenen Widerstand der frisch bezogenen Matratze hinter sich spüren.

»Bitte, bitte, tun Sie mir nichts. Ich habe sauber gemacht.«

Im Türrahmen erschien eine kleine dicke Frau. Ein mädchenhaftes Gesicht mit einer von Aknenarben übersäten Haut, umrankt von strähnigen rotblonden Locken. Kleine Maulwurfsaugen hinter dickem Glas. Ihren süßlichen Angstschweiß hatte sie aus der Dusche mitgebracht. Sie steckte in einem der grünen Sweatshirts, die alle hier trugen außer dem Heimleiter, der sie vorhin empfangen hatte. Das Logo weiß eingestickt auf der linken der beiden ausladenden Brüste, die unter viel zu engem Stoff auf dem kugelrunden Bauch auflagen.

»Im Dunkeln, still und leise? Dass ich nicht lache! Ich kann mir kaum vorstellen, dass Sie hier sauber machen ohne Putzwagen und Einweghandschuhe.« Felicitas verstummte, weil sie nicht recht wusste, wie es weitergehen sollte. »Ich gebe Ihnen genau zehn Sekunden Zeit, die Wahrheit zu sagen. Dann schreie ich um Hilfe und werde meine Geschichte um das kleine Detail bereichern, dass Sie mich angefallen haben, weil ich Sie beim Diebstahl erwischt habe.« Sie sah die Frau entschlossen an. »Zehn.«

»Halt.« Ihre Stimme zitterte. »Ich habe nichts geklaut.« Unbeholfen fingerte sie mit der Rechten in der Tasche ihrer viel zu engen weißen Hose und holte zwei kleine Porzellanfigürchen hervor, die sie ihr mit gesenktem Kopf entgegenhielt. Zwei pausbackige Mädchen in fliegenden Röcken. Eine hielt einen winzigen Hund im Arm, die andere einen bunten Ball in den Händen. »Es tut mir leid. Ich wollte das nicht.« Sie machte zaghaft einen Schritt auf sie zu und zog geräuschvoll den Rotz hoch. »Ich habe ihr zweimal die Woche vorgelesen. Nach meiner Schicht. Während der Arbeit habe ich keine Zeit für so etwas. Die vielen Bücher in ihrem Schrank, die hat sie doch schon seit Jahren nicht mehr verstanden. Hänsel und Gretel, immer wieder, und jedes Mal hat sie sich gefreut, wenn die Hexe verbrannte.«

Felicitas schluckte mehrmals, um den Kloß in ihrem Hals zurückzudrängen. Gleichzeitig füllten sich ihre Augen mit Tränen. Verschwommen hielt sie den Blick auf die beiden kleinen Figuren gerichtet.

»Sie wollte mir die früher schon immer mitgeben.« Sie stockte und schien mühsam nach passenden Worten zu suchen. »Wir dürfen nichts von den Heimbewohnern annehmen. Keine Geschenke, weil es Probleme mit den Angehörigen gibt, die Angst haben, dass wir die hilflosen Alten ausnehmen. Dabei sind wir die Einzigen, die sich noch um sie kümmern.« Sie hielt wieder inne, bemüht, ihren Redefluss zu unterbrechen. »Entschuldigung. Ich hätte das nicht tun dürfen.« Noch immer streckte sie ihr die beiden Figuren entgegen.

»Bitte behalten Sie sie. Im Schrank sind noch mehr davon. Sie können sie gern alle mitnehmen.«

»Sie verraten mich nicht?«

»Nein.« Felicitas schüttelte den Kopf. »Vielen Dank, dass Sie das für meine Mutter getan haben.«

Mit einer schnellen Handbewegung hatte sie die beiden Mädchen wieder in ihre enge Hose gezwängt. Jetzt kam sie auf sie zu. Felicitas wollte diese Nähe nicht. Die Matratze in ihren Kniekehlen machte ein Zurückweichen jedoch unmöglich.

»Von mir wissen Sie das nicht.« Sie flüsterte es fast tonlos. »*Er* war auch hier. Deswegen bin ich ins Klo. Die Tür habe ich zuerst nicht mehr rechtzeitig zubekommen. Ich konnte ihn genau hören. Er hat im Nachttisch gekramt und etwas eingesteckt. Das war durch den Spalt ganz deutlich zu erkennen. Dann ist er raus, weil er gemerkt hat, dass jemand kommen wird. Wenn man unten die Tür zum Treppenhaus aufdrückt, hört man das nicht, aber wenn sie ein paar Sekunden danach wieder zufällt, dann spürt man das unter den Fußsohlen. Es überträgt sich. Billig gebaut. Er ist raus und ins Nachbarzimmer. Noch bevor ich ebenfalls gehen konnte, waren Sie schon da. Also bin ich wieder zurück und habe diesmal die Tür zugezogen.« Sie zuckte mit den Schultern.

»Wer?«

»Er.« Sie wartete einen Moment und sank von den Zehenspitzen, auf denen sie die ganze Zeit gestanden haben musste, zurück auf die Fersen. »Der Chef. Bei uns weiß jeder, dass er das immer macht, wenn einer stirbt.«

5

»Lassen Sie mich Ihnen helfen, Frau Booth?«

Die zarte Stimme, fast gehaucht jedes einzelne Wort, klar und betont. Der Kopf leicht schräg gelegt, im Blick ein Höchstmaß an professionellem Mitgefühl. Ohne eine Antwort abzuwarten, hatte er schon nach dem Paket gegriffen und es ihr aus den Händen gezogen. Sein Gesicht, auf das er ein freundliches Lächeln zwang, verriet, dass er die Kiste leichter eingeschätzt hatte. Der sperrige Bussard darauf machte es ihm unmöglich, die Last nahe am Körper zu halten.

Nach einem kurzen Stück auf dem polierten Linoleum des Flurs hatte sie ihn schon gesehen, in dunkelbraunem Anzug, das Sakko stark tailliert. Er schien ganz zufällig auf sie gewartet zu haben. Ein verstohlener Blick in ihre Richtung, während er unbeholfen an zwei Stecknadeln der Info-Pinnwand herumfingerte.

»Es war nicht sehr taktvoll von mir. In dieser Situation.« Er atmete schwer unter der Last und versuchte, das knisternde Paket ein wenig näher an den Körper zu ziehen. Dass die Schwingen ihres Bussards jetzt auf seiner Stirn auflagen, schien er zugunsten einer gewissen Gewichtsentlastung in Kauf zu nehmen. Hätte sie das gewusst, wären die Konsaliks und Simmels auch noch unter den Vogel gewandert. »Ich hoffe auf Ihr Verständnis. Wir haben eine lange Warteliste. Pflegeplätze sind knapp. Wir sind ein gefragtes Haus, weit über die Region hinaus.«

Die Anstrengung forderte sein Deo heraus. Leder und Moos. Kein unangenehmer Duft. Sie konnte es nicht ausstehen, wenn Männer nach Obstkörben rochen. Süßlich fruchtig. Melonen, Orangen und vor allem Kokosmilch gehörten ins Müsli, aber nicht auf einen Männerkörper.

»Es wäre ungerecht den Wartenden gegenüber. Viele Angehörige sind dringend auf einen Pflegeplatz angewiesen, um ihr eigenes Leben wieder zurück in geregelte Bahnen zu führen. Die Betreuung eines dementen Familienmitgliedes bringt sie schnell an den Rand ihrer Leistungsfähigkeit.« Er versuchte zu nicken, unterbrach die Bewegung aber abrupt, weil er den Gegendruck der starren Federn auf seiner Stirn zu spüren bekam. »Ich könnte Ihnen einen unserer Auszubildenden zur Seite stellen, damit er Ihnen zur Hand geht.« Er räusperte sich. »Wir könnten das ja bei einer Tasse Kaffee oder einem Glas Wein besprechen. Nicht heute. Verstehen Sie mich nicht falsch. Morgen am Nachmittag vielleicht?«

Abwartende Stille, die das Quietschen der Gummisohlen ihrer Lederstiefel auf dem polierten Kunststoffbelag stimmig begleitete. Sein Revier, sein Jagdverhalten, sein potenzielles Beutetier. Er war etwas älter als sie. Anfang fünfzig vielleicht. Schlecht sah er nicht aus. Ein stoppeliger Dreitagebart, der an den Wangen grau schimmerte. Volles, dichtes dunkelbraunes Haar, der Seitenscheitel war nur angedeutet.

Die Tatsache, dass er wie ein überladener Packesel neben ihr hertrottete, ließ seine Nähe weniger unangenehm wirken, sogar im engeren Treppenhaus. Mit schnellen Schritten eilte sie voraus, um die schwere Glastür zum Foyer aufzudrücken. Die Sitzecken im Eingangsbereich waren beliebt und auch jetzt wieder bis auf den letzten Platz belegt. Ein vielstimmiges Wispern, durchbrochen von einzelnen laut und deutlich formulierten Worten. »Willst du noch einen Kaffee, Oma?«

Mitten im Raum, als sie spüren konnte, dass ein Maximum

an Augenpaaren auf sie, ihn und den Bussard gerichtet war, blieb sie stehen und drückte ihre rechte Wange an seine linke, sodass ihre Lippen sein Ohr fast berührten. Die weichen Bartstoppeln bewirkten ein angenehmes Kribbeln auf ihrer Haut. Ein moosig-floraler Duft fand den Weg in ihre Nase. Sie meinte, einen warmen Hauch seines Atems über die feinen hellen Härchen ihres Halsansatzes streichen zu spüren. Dabei langte sie mit der Linken entschlossen zu. Die rechte Tasche war ihr Ziel. Ein wenig ausgebeult hatte sein Sakko an dieser Seite herabgehangen.

Metallisch fühlte sich der Inhalt an, ohne dass sie genau zu benennen wusste, was es wirklich war. Es spielte keine Rolle. Sie wisperte in sein Ohr. »Ich lasse die Sachen meiner Mutter nächste oder übernächste Woche holen. Bis dahin ist alles wieder im Nachttisch. Und zwar vollständig. Wenn Sie außer zu diesem Zweck auch nur ein einziges Möbelstück noch einmal berühren oder bewegen, sorge ich dafür, dass Sie auffliegen. Sie wurden gesehen, und meine Zeugin wird jederzeit gern gegen Sie aussagen.« Sie pustete ihm ins Ohr und griff dann nach ihrem Paket. Wirklich schwer war es.

Der Schmerz schien betäubt, verschleiert wie in einem Nebel, eine wohltuende Hitze hatte sich in ihrem Schädel ausgebreitet. Die Blicke der Zuschauer, manche erstaunt, amüsiert, verstohlen, sie fügten sich. Unangenehm waren sie ihr nicht, weil sie die Szenerie beherrschte und alles genau so hatte haben wollen.

Kleine Schweißtropfen machten sich kitzelnd unter ihren Armen bemerkbar, als sich die beiden Flügel der elektrischen Tür vor ihr öffneten.

6

Es war ihr niemand begegnet. Den Wagen hatte sie nach kurzer Fahrt in ihrem Hinterhof abgestellt. Von dort führte eine Stahltür, für die nur sie einen Schlüssel besaß, direkt in die Werkstatt. Den eigentlichen Eingang wie auch den Flur des Mehrfamilienhauses nutzte sie selten. Der Weg durch die Werkstatt und von dort direkt zur eigenen schmalen Wendeltreppe nach oben in den ersten Stock, in dem ihre Wohnung lag, ermöglichte es ihr, den anderen Bewohnern auszuweichen, wenn sie die Nähe nicht ertragen konnte. Die Treppe hatte sie einbauen lassen, als sie zurückgekommen war und sich wochenlang in dem einzigen Raum eingeschlossen hatte, den sie bis heute wirklich bewohnte: ihr altes Kinderzimmer. Den Rest durchquerte sie, ohne sich länger aufzuhalten, oder nutzte die Räume allein deshalb, weil es sich nicht vermeiden ließ. Den Flur mit dem Fischgrätparkett, das auch in den übrigen Räumen verlegt, aber dort meist unter dicken Teppichen versteckt war. Küche und Bad.

Die Bibliothek ihres Vaters hielt sie verschlossen. Das war der Raum, den sie gedanklich ausblendete. Er existierte nicht, nur in ihren Erinnerungen. Die dunklen, mächtigen Bücherregale standen voll bis unter die Decke. Das meiste waren Bildbände, die er für das Modellieren und Ausgestalten der Präparate benötigt hatte. Sie zeigten Tiere in den unterschiedlichsten Bewegungen. Detailaufnahmen von Muskelpartien, dicken Adern unter dem Fell, Augen und Lippen. Gesichtszüge, aus denen Aggression, Angst, Erstaunen oder Schreck sprachen.

Aus dem Wohnzimmer, das zur Straße hin lag und sich damit direkt über dem Eingang zum Präsentationsraum mit den Schaufenstern befand, hatte sie einen der drei schweren Ledersessel in ihr altes Kinderzimmer gezogen, in dem sie die Rollläden meist geschlossen hielt. Außer der Matratze auf dem Boden und den fünf Umzugskartons, die sie nach vorne offen liegend so übereinandergestapelt hatte, dass sie als Regal und Kleiderschrank fungierten, gab es keine Möbelstücke in diesem Raum.

Sie brauchte sonst nichts. Die alte Einrichtung hatte sie sofort zum Sperrmüll gestellt und danach die kahlen Wände des kleinen Zimmers frisch geweißt. Es blieb ein Fremdkörper zwischen den überladenen Räumen, die mit den Andenken der Afrikaexpeditionen gefüllt waren. Lange Speere und Pfeile hingen parallel übereinander. Die dazugehörigen Bogen und bunten Schilde schlossen sich an.

Es war ihr Haus. Das Haus ihres Vaters, des Präparators Friedrich Booth, der es gekauft hatte, um im Erdgeschoss seine Werkstatt mit dem großzügigen Präsentationsraum und den zur Straße liegenden riesigen Schaufenstern unterzubringen. Da das Haus auf einem Eckgrundstück der nach den Bomben des Weltkrieges wieder errichteten Mainzer Innenstadt stand, führten die bis auf den Boden reichenden Scheiben der Schaufenster genau wie das gesamte Haus in einem sanften Bogen um die Ecke.

Die Familienwohnung im ersten Stock erstreckte sich über die gesamte Breite, während die Fläche in den drei darüberliegenden Stockwerken auf jeweils zwei Wohnungen aufgeteilt war. »Friedrichs Altersvorsorge, die er nicht mehr erleben durfte. Sechs Mietwohnungen, um die ich mich auch noch kümmern kann.« Die Stimme ihrer Mutter hatte sie heute noch im Ohr. Den Satz, am Telefon gesprochen, vielleicht zu irgendeiner Tante. Worte, die sie aufgeschnappt hatte, als sie schon längst nicht mehr in diesem Haus lebten.

Auf dem mächtigen Eichentisch im Präsentationsraum stellte sie das verschnürte Paket ab. Auf diesem Tisch hatte ihr Vater stets einen Teil der fertigen Präparate für die Abholer postiert. All jene Tiere, die aufgrund ihrer geringen Größe ein wenig Höhe benötigten, um als Endresultat ordentlich und in Ruhe begutachtet zu werden. An Füchse, eine Wildkatze, Feldhasen und Warzenschweine konnte sie sich erinnern. Die Kunden waren mit aufgesetztem fachmännischen Blick darum herumgeschlichen, die Endabnahme, bevor sie die Scheine auf den Tisch zählten. Dann der Handschlag. Ein Obstler oder Kräuterschnaps hinterher, um die Zunge zu lockern und die bereits verklärten Geschichten vergangener Jagderfolge wieder lebendig zu machen. Sie hatte die Geschichten geliebt, obwohl sie damals schon ahnte, dass nur die Hälfte der Wahrheit entsprach. Auge in Auge mit dem wilden Keiler, einen endlosen Wimpernschlag lang, dem im letzten Moment der rettende Plattschuss gefolgt war. »So nah war er schon. Sie dürfen darauf gern noch mal einen nachschenken. Wirklich eine herausragende Arbeit, Booth. Die anderen werden staunen.«

Heute kamen zum Teil die Söhne und Enkel der Kunden ihres Vaters zu ihr. Die nannten sie so, wie ihre Väter und Großväter ihren Präparator genannt hatten. Einfach Booth. »Der Booth hat ihn ausgestopft. Sieht man doch. Das kann so erstklassig nur der, und so lässt er es sich auch bezahlen. Einen Booth kann sich nicht jeder leisten.«

Die vermittelnde Art ihres Vaters fehlte ihr. Sie bemühte sich, die Kunden auf Distanz zu halten. Die meisten Aufträge kamen heute ohnehin – nach einem Telefonat vorab – per Mail und die gesalzenen Tierhäute mit der Spedition. Vieles wurde bei Jagdsafaris geschossen. Bären waren beliebt und Löwen, ab und an ein Wolf. Vor Ort in Afrika, Polen, Rumänien oder Russland hatten sie die Skinner direkt abgezogen und gut eingesalzen. Seit einigen Jahren kamen die heimischen Großtiere wieder in Mode. Die Regionalisierung schien auch in ihrer Arbeitswelt angekommen zu sein. Befeuert durch eine steigende Nachfrage nach der Dermoplastik als Designobjekt bei der Wohnraumgestaltung. Innenarchitekten hatten sie wiederentdeckt, nachdem der ausgestopfte Tierkörper jahrzehntelang für ein paar Euro auf dem Flohmarkt erstanden oder kostenlos aus dem Sperrmüll geklaubt werden konnte.

In der vergangenen Woche hatte sie einen Leoparden fertiggestellt, der sich auf einem als Sockel dienenden Klavierlackwürfel geduckt anpirschte. Für Kunden, die vielleicht sogar froh waren, dass sie die fertigen Tierkörper nicht selbst abholen und mit Schnaps zusammen mit dem Präparator begießen mussten, der dumme Fragen nach der Herkunft der Häute stellte, sondern gut verpackt geliefert bekamen.

Sorgsam legte sie ihren Bussard zur Seite.

Meiner lieben Felicitas.

Die wackeligen Bogen ihrer Mutter auf dem groben Packpapier holten sie zurück ins Hier und Jetzt. Der ganze bisherige Tag war ein einziger Strudel der Vergangenheit, die sie sonst erfolgreich verdrängte und gedrückt und eingezwängt in einer der hintersten Windungen ihres Schädels verwahrte. Die Konzentration stets auf den nächsten Schnitt gerichtet, auf das gründliche Reinigen der Tierhäute von den letzten Fleischfetzen und der Fettschicht darunter. Das Werken am Detail ließ sie fast alles vergessen.

Unzählige grobe Kordeln hatte ihre Mutter um das braune Packpapier geschlungen und mehrfach so fest verschnürt, dass sie mit ihren kurzen Fingernägeln keinen einzigen davon aufbekam. Sie griff zur Schere. Ungeduldig durchtrennte sie die Schnüre und riss das Papier auseinander. Ein brauner, abgegriffener Pappkarton kam zum Vorschein. Das Klebeband hatte sich an einigen Stellen schon gelöst und schmale Abdrücke hinterlassen. Der Geruch nach altem, brüchigem Papier fand den Weg in ihre Nase.

Als sie dann den Kartondeckel aufschlug, roch es für einen kurzen Moment noch einmal so wie an den vielen Sonntagen, die es von nun an nicht mehr geben würde. Ihr Blick irrte in der Kiste umher. Da war zu viel, was er in der Eile auf einmal zu erfassen suchte. Ein wildes Durcheinander vergilbter Fetzen. Zettel in den unterschiedlichsten Größen, viele davon Zeitungsausschnitte. Todesanzeigen mit großen dünnen Kreuzen und schwarzen Rahmen.

Dr. Karl Kauffmann. Sie griff nach einem Bündel und verteilte die einzelnen Ausschnitte auf dem Tisch neben dem Karton. Gehetzt überflog sie die immer gleichen, nichtssagenden Wortfolgen der Todesanzeigen. *Plötzlich und unerwartet ist er von uns gegangen, Kommerzienrat Henning Rüther.*

Ein Nachruf lag dazwischen, wieder Kauffmann, reichlich Text, der sein Leben würdigte. Die Handschrift ihrer Mutter erkannte sie am schmalen Rand, den die schwarze Umrandung ihr gelassen hatte: *Frankfurter Allgemeine, 27. März 1962.*

Sie wandte sich wieder der Kiste zu und klaubte mehrere wellige Afrikabilder heraus. Sie zeigten Hütten mit einem verchromten Wagen davor. Tief liegend und offenbar überladen, wirkte er in dieser Umgebung wie ein Fremdkörper. Ein zusammengeschnürtes dickes Bündel weiterer Fotos folgte. Die Weite einer grasigen Landschaft und noch mehr Hütten hielten ihren Blick nicht lange fest.

Durch den Transport waren etliche der brüchigen Zeitungsausschnitte zerfallen. Feine braune Blättchen rieselten von den nächsten Zetteln, die sie aus dem Karton zog. Die Handschrift ihres Vaters erkannte sie sofort. Es waren kleine Arbeitsskizzen, wie er sie stets beim Blick auf das tote Tier angefertigt hatte, noch bevor er den ersten Schnitt setzte. Muskelstränge, festgehalten mit wenigen Strichen. Hilfreiche Details, die die spätere Arbeit an den Gipsmodellen erleichterten. Früher waren dazu faszinierende Zeichnungen nötig gewesen, die heute durch Dutzende Digitalfotos ersetzt wurden. Der künstliche Körper unter der Haut musste passen, damals wie heute, sonst war alles ruiniert. Die gespannten Nähte rissen, oder die Haut hing wie schlecht darübergezogen, wie ausgeleiert herab. Keine Spannung, kein Leben.

Es waren schöne Skizzen, manche nahezu perfekt ausgearbeitete kleine Zeichnungen. Feinste Striche und Linien, mit schwarzer Feder ganz sauber gezogen. Ihre Tüpfelhyäne, die mit dem muskulösen Hals und dem breiten Schädel, die Schnauze genau so in die Höhe gestreckt wie auch im vollendeten Zustand.

Mit schnellen Bewegungen verteilte sie die nächsten Zettel auf dem Tisch. Weitere Hyänen tauchten auf, der Karakal, mehrere Löwen, Leoparden, ein Kudu.

In einem der alten Schränke in der Werkstatt lagen noch mehr dieser Skizzen, nicht so perfekt, eher flüchtige Striche, hastig aufs Papier gebracht. Warum hatte ihre Mutter diese hier mitgenommen? Die schönsten vielleicht, die sie an ihn erinnerten. Ein paar zusammengesuchte Andenken, weil sie schon damals gewusst hatte, dass sie nie wieder einen Fuß in dieses Haus, die Werkstatt und die Wohnung darüber setzen würde?

Im raschelnden Papier ertasteten ihre Fingerspitzen etwas Metallisches. Mit beiden Händen hob sie die zerbröselten Papierreste behutsam heraus und legte eine große runde Filmdose frei. Sie hob sie an. Das Gewicht beantwortete die umgehend aufgeflammte Frage. Sie war voll, ebenso wie die zweite, die darunter zum Vorschein kam und die sie mit der anderen Hand ergriff, um bis auf den Boden der Kiste vorzustoßen. Ihr Blick hing gebannt an dem, was sie unter den Dosen fand. Seine Handschrift, dunkel und breit, farblich fast eins geworden mit dem fleckigen Papier des Einbands. *Präparationsbuch Afrikaexpedition 1961.*

Sie holte das große Buch heraus und ließ die dicht beschriebenen Seiten zwischen den schweren Deckeln wie ein Daumenkino zurück in Position fliegen. Sie schüttelte den Kopf, weil das überhaupt keinen Sinn ergab.

7

Vielleicht waren sie sich doch zu ähnlich gewesen. Jede gefangen in ihrer Welt, kaum Anteil nehmend am Leben der anderen. Die Jahre allein mit ihrer Mutter lagen hinter einem dunstigen Schleier. Vorbeigezogen, ohne nachhaltig zu erinnernde Spuren hinterlassen zu haben. Sprachlosigkeit. Wenige Worte nur, die sie sich noch ins Gedächtnis zurückrufen konnte. »Sitz gerade, Kind«, »Geh jetzt bitte zu Bett«, »Gute Nacht«.

Es hatte so viele Tage gegeben, an denen ihre Mutter nicht ein einziges Wort gesagt hatte, von früh bis spät. Ein geräuschloser Schatten in der Wohnung war sie gewesen. Dieses Bild schimmerte augenblicklich vor ihr auf, wenn sie an damals dachte. Die Nähe der Mutter hatte ihr genügt, weil sie es gar nicht anders kannte. Sonderbar, wenn ihre Mutter am Telefon laut plauderte und lachte. Sie war dann manchmal auf Zehenspitzen herangeschlichen, hatte sich vor der Tür auf dem Boden niedergelassen und gebannt gelauscht.

Das Schweigen, die Stille hatte ihre ganze Kindheit und Jugend geprägt. »Felicitas ist sehr schüchtern, wir wollen sie nicht bedrängen. Wenn sie möchte, darf sie etwas sagen, und wenn nicht, dann wollen wir das auch akzeptieren.« Der fragende Blick dazu. Es musste in der Grundschule gewesen sein, nach dem Pausenläuten, aber noch bevor die Lehrerin den Raum betreten hatte. Die Jungs hatten sie in die Enge getrieben. »Kannst du nicht sprechen?«, »Feli ist stumm«,

»Sag schon was!«, »Hau ihr doch in die Fresse, dann schreit sie wenigstens«, »Schreien kann jeder, auch die Stummen«.

Im Unterschied zu den dummen Jungs wusste sie, wo es wirklich wehtat, auch ohne großen Krafteinsatz. Der Körperbau des Menschen war dem des Tieres sehr ähnlich. Die meisten empfindlichen Partien lagen hinter Knochen. Wenn man wusste, an welchen Stellen das nicht der Fall war, reichte ein gezielter Griff, ein schwacher Tritt oder beherzter Schlag mit der knochigen Handkante in diese weichen, ungeschützten Regionen vollkommen aus. Von den stinkenden, dummen Jungs hatte es keiner gewagt, sie jemals wieder zu bedrängen.

In der Stille fehlte ihr nichts. Sie fühlte sich im Schweigen ihrer Mutter nur noch mehr verbunden. Sie brauchten keine Worte, sie waren ja beieinander, jede für sich und doch zusammen. Vereint durch das Erlebte, von dem sie wusste, dass es sie für immer von allen anderen Menschen trennen würde. Die Macht des gesprochenen Wortes hatte sie erst viel später erkannt. Manchmal ging es nicht ohne, auch wenn es sie oft große Überwindung kostete.

Langsam steuerte sie ihren schweren Opel Diplomat auf den Parkplatz des Bestatters. Sie hatte nicht lange überlegen müssen, als ihr der Chef des Pflegeheimes den Namen nannte. Im Stadtgebiet waren ständig Fahrzeuge des Schreiners Schweitzer unterwegs, der nicht nur mit Holz arbeitete, sondern nebenbei auch noch den größten Teil der verstorbenen Stadtbevölkerung auf dessen letzter Reise begleitete. Von der Wiege bis zum Sarg, alles aus einer Hand. Nicht sein Werbespruch, aber doch passend.

Sie kannte den quadratischen Flachbau im Hechtsheimer Gewerbegebiet. Die Schaufenster zu den Parkplätzen reichten bis zum Boden. Die saubere Zweiteilung sprang sofort ins Auge: links vom Eingang die Särge in Hell und Dunkel, rechts Haustüren, Holzarbeiten und Küchenfronten.

Noch bevor sie ihren Wagen abgeschlossen hatte, eilte schon ein kleiner Dicker im schwarzen Anzug auf sie zu. Sie spürte den Druck auf ihrem Magen und versuchte, das Gefühl mit der Überlegung beiseitezuschieben, wann sie zum letzten Mal etwas zu sich genommen hatte. Einen Schokoriegel heute früh, als sie mit dem Fuchs angefangen hatte. Ein Haustier mit interessanter schwarz-weißer Färbung. Die Eigentümer hatten ihn für mehrere tausend Euro in Russland gekauft, wo diese Tiere gezüchtet wurden. Durchgehalten hatte er in seiner neuen Umgebung nur ein knappes halbes Jahr. Jetzt sollte sie ihn für die Schrankwand wieder lebendig machen, auf der Seite liegend, den Kopf auf seinem Lieblingsspielzeug, einer weichen, zerbissenen rosa Stoffpuppe mit gelben Wollzöpfen.

»Frau Booth, meine herzliche Anteilnahme.« Der Bestatter war über sechzig, hatte ein glänzendes rundes Gesicht, das von einer roten, großporigen Nase dominiert wurde. Kleine, blutunterlaufene Augen, die, zunächst beflissen gesenkt, nun an ihr hinaufwanderten.

Ihr wurde bewusst, dass sie gar nicht nach trauernder Tochter aussah. Die schwarzen Lederstiefel vielleicht noch, die auberginefarbenen Strumpfhosen und der hellbeige Rock dagegen, dazu die leuchtend grüne Steppjacke – das passte alles überhaupt nicht.

»Es muss alles so schrecklich überraschend gekommen sein für Sie.« Er nickte mitfühlend und zeigte ein in ihren Augen gezwungen wirkendes Lächeln. »Eine bemerkenswert starke Person, Ihre verstorbene Frau Mutter.« Er griff nach ihrer Hand, die sie ihm nicht hingehalten hatte, und umschloss sie mit beiden Händen unendlich lange. Warm und feucht fühlte sich das an. Er ließ sie nicht los. »Eugen Schweitzer.« Er nickte wieder und zog sie in Richtung des Eingangs zu seinem Bestattungsreich. Mit der Rechten hielt er weiter ihre Hände, seine Linke hatte er auf ihren Rücken gelegt, um sie auf diese Weise sachte voranzuschieben. »Ich habe Ihren werten Herrn Vater noch persönlich gekannt.«

Er schnaufte und hielt vor der doppelten Eingangstür einen Moment inne. Dann schob er sie, weiter händchenhaltend, vor die linke, die sich gleich darauf von selbst öffnete.

»Wir haben damals die Holzarbeiten in seiner Bibliothek übernehmen dürfen. Mein Vater. Ich war da noch ein Pimpf.« Er atmete mehrmals hektisch, ließ ein pietätvoll unterdrücktes Lachen hören und führte sie vorbei an aufgeklappten Sargmodellen zum schwarzen Sessel einer Sitzgruppe, die zwischen künstlichen Birkenfeigen um einen niedrigen Couchtisch stand. Sie vernahm das Plätschern eines Zimmerspringbrunnens und sphärisches Klaviergeklimper, das aus den Kellerräumen unter ihnen kommen musste. Die Treppe war hinter der künstlichen Bestattungsoasenlandschaft zu erkennen. »Wir bauen noch immer alles selbst.«

Schweitzer ließ sie endlich los. Ihre Hände hatten seine Feuchtigkeit angenommen. Am liebsten hätte sie sie sofort an ihrem Rock abgewischt.

»Nehmen Sie Platz.« Schon war er um sie herumgesprungen, um sich neben ihr in den dicht bei ihrem stehenden Sessel sinken zu lassen, machte aber sogleich wieder Anstalten, aufzustehen. »Das habe ich ja ganz vergessen. Möchten Sie ablegen? Eine Tasse Kaffee?«

Sie schüttelte stumm den Kopf. Auf seiner Oberlippe hatten sich winzige Schweißtröpfchen in großer Zahl gebildet. Das Klavierspiel endete, und es folgte eine knapp bemessene Stille, in der nur der Zimmerbrunnen zu vernehmen war, bevor das nächste Stück gedämpfter GEMA-freier Fahrstuhlmusik aus den Katakomben erklang.

Mit seinen kleinen Augen starrte er sie an. »Auch Ihren hochgeschätzten Herrn Vater durften wir auf seinem letzten

Weg begleiten.« Er seufzte betont wehmütig. Sie vergrub ihre Hände unter ihren Oberschenkeln, weil seine Bewegungen andeuteten, dass er schon wieder nach ihr greifen wollte. »Ein geschnitzter Sarg war damals der Wunsch Ihrer Frau Mutter. Sie hat uns die Zeichnungen sogar persönlich vorbeigebracht. Die Tiere Afrikas. Eine schmale Bordüre, ein Band um den ganzen Eichensarg Ihres Vaters herum. Es steht mir noch lebhaft vor Augen, selbst nach so vielen Jahren. Ich hatte gerade den Gesellenbrief in der Tasche, 1972 muss das gewesen sein.« Er hielt mit fragendem Blick kurz inne. »Oder 1973?«

Sie vermied es, ihm direkt ins Gesicht zu schauen, hielt den Blick starr geradeaus gerichtet. Die zarten blutigen Äderchen, die seine Augäpfel wie ein feines Geflecht durchzogen, konnte sie sogar aus den Augenwinkeln erkennen. Sie musste an die schönen Glasaugen denken, die sie ihren Tieren einsetzte. In einem flachen, mit Samt ausgekleideten großen Setzkasten bewahrte sie sie auf, so wie schon ihr Vater vor ihr. Man brauchte eine große Auswahl. Als Kind hatte sie furchtbar gern die Schublade herausgezogen und sich irgendwann auch getraut, mit dem Finger ganz zart über die den Betrachter anstarrenden Augäpfel zu streichen. Augen, kühl und glatt, zerbrechlich und ungemein teuer. Deshalb hatte sie die Schublade auch nur heimlich aufgezogen, immer dann, wenn ihr Vater vorne am Eichentisch mit einem seiner Kunden über dem Obstler in alten Jagderlebnissen schwelgte. Wahrscheinlich stammte der Setzkasten ebenfalls aus Schweitzers Werkstatt. Sie beschloss allerdings, diese Vermutung für sich zu behalten.

»Ich möchte meine Mutter sehen.«

Wie auf Knopfdruck schoss der Schreiner in die Höhe. »Aber natürlich. Ich führe Sie in den Raum des Gedenkens.« Unsicher zuckten seine Arme. Anscheinend traute er sich nicht mehr so recht, nach ihren Händen zu fassen. Stattdessen wies er ihr den Weg. »Hier entlang und die Treppe hinunter. Wir haben Ihre Mutter würdig gebettet. Falls Sie einen anderen Sarg wünschen, können Sie aus unserem gesamten Programm wählen. Wir richten uns gern nach Ihren Wünschen und Vorstellungen. Alles ist möglich. Scheuen Sie nicht den abwegigsten Gedanken.« Schweitzer straffte sich und zog den kugeligen Bauch ein, um sein schwarzes Sakko zuzuknöpfen. »Ich bereite in der Zwischenzeit oben im Büro die Kostenkalkulation vor. Wenn Sie bar bezahlen, erlasse ich Ihnen die Mehrwertsteuer.« Er zwinkerte ihr mit dem rechten Auge zu und grinste. »Der Staat muss ja nicht noch am Tod mitverdienen.«

Aus einiger Entfernung war der kreischende Klang einer Kreissäge zu hören.

8

Zum ersten Mal in ihrem Leben strich sie ihrer Mutter bewusst über die Wange. Feine Härchen, ein zarter Flaum, der kaum zu spüren war. Sie lag hübsch hergerichtet da, so, wie sie auch immer sonntags in ihrem Bett gelegen hatte. Ihre Augen waren geschlossen. Das dünne weiße Haar ordentlich gekämmt, ein Kissen im Rücken, zugedeckt bis über die Brust, die Arme und Hände unter dem Stoff verborgen. Ein samtiger Seidenglanz ließ das zarte Blumenmuster erkennen. Sie hatten ihr ein dunkelblaues Kostüm mit cremefarbener Bluse angezogen. Beides kam ihr unbekannt vor. Sie hätte die Tränen hier in diesem schummrigen Raum nicht zurückgehalten, aber sie kamen nicht. Es waren schon alle heraus.

Dafür, dass sie jahrzehntelang nicht geweint hatte, waren sie im Pflegeheim erstaunlich schnell da gewesen. Waren ihr die Tränen vorhin nur gekommen, weil sich durch das Fehlen der Mutter im weißen Bett das Gesamtbild verändert hatte und jetzt der Urzustand wiederhergestellt erschien? Sinnlose Gedanken, die sie zu verdrängen suchte.

Die Skizzen aus der Feder ihres Vaters flimmerten auf einmal vor ihren Augen auf. Die mit schwarzen Linien aufs Papier gebannten Tiere tanzten. Der Kudu mit seinem Korkenziehergehörn setzte zum Sprung an. Sie konnte das Gewicht der Filmrollen, die sie vorhin aus der Kiste geholt hatte, in ihren leeren Händen spüren.

Die Andenken ihrer Mutter ließen Stimmen in ihrem Kopf erklingen. »Wenn ich einmal sterbe, dann möchte ich die Tiere Afrikas auf meinem Sarg haben.« Es hörte sich nach ihrem Vater an. Ganz sicher war sie sich aber nicht. Hatte er die Zeichnungen in der Kiste dafür angefertigt? Wer machte sich mit vierzig Gedanken über den eigenen Tod? Sie nicht. Warum also sollte ihr Vater sich damit beschäftigt haben?

Das Warzenschwein trabte mit steil in die Luft gerecktem Quastenschwanz quer über die glänzende Decke bis zum Rand des offenen Sarges. Kurz vor einer dünnen Metallklammer blieb es stehen, um wieder zur leblosen Skizze zu erstarren.

Ihr Blick wanderte weiter. Nur notdürftig kaschierte ein Rüschenband weitere Klammern. Sie beugte sich vor und schob das Band zur Seite. Eine wackelige Linie bildend, reihten sie sich in kurzen Abständen aneinander. Ins Holz geschossen, um die glänzende, gepolsterte Decke unter Spannung über dem Körper ihrer Mutter zu fixieren. Warum?

Die Hände. War es nicht üblich, mit über der Brust gefalteten Händen aufgebahrt zu werden?

Sie verspürte aufsteigende Hitze. Verstohlen blickte sie sich um. Riss entschlossen den dünnen Stoff aus seiner schwachen Befestigung. Die Klammern blieben im Holz zurück. Sie zerrte daran und schlug ihn zurück. Der Streifen Schaumstoff, mit dem die Decke unterfüttert war, knisterte billig. Das dunkelblaue Kostüm wirkte verschlissen. Im Bauchbereich sah man durch mehrere kleine Mottenlöcher das Creme der Bluse hindurchschimmern. Die Ärmel waren viel zu kurz. Sie vermochten die dicken blauen Striemen an den Handgelenken nicht zu verdecken.

Ihr Blick sprang zwischen der rechten und der linken Hand hin und her. Tiefe Einschnitte in den dünnen, knochigen Handgelenken ihrer Mutter. Grau schimmerte das Fleisch auf ihrem Handrücken durch die Haut. Felicitas' Herz hämmerte. Es dauerte, bis sie endlich ihre Gedanken sortieren konnte und loslief.

9

»Sie ist ganz friedlich eingeschlafen.« Gefesselt ans eigene Bett. Geplagt von wirren Wahnvorstellungen in den letzten einsamen Stunden ihres Lebens. Wild um sich schlagend, bis die Pfleger die Riemen so sehr festgezurrt hatten, dass keine Regung ihres Körpers mehr möglich gewesen war. Hatte sie aufgegeben, sich gefügt und Ruhe gefunden oder weiter aufbegehrt, bis es ihnen endlich gelungen war, sie ruhigzustellen?
»Gib ihr einfach ein wenig mehr, dann ist bis morgen Ruhe. Sonst müssen wir alle paar Minuten nach ihr sehen, damit sie sich nicht die Handgelenke blutig scheuert. Keiner von den Angehörigen kümmert sich, aber wenn es dann passiert ist, suchen sie bei uns die Schuld. Soll mal einer die Nachtschicht mitmachen und allein für fünfzehn unruhige Geister zuständig sein. Da rennst du ohne Pause vom einen zum anderen. Das würde keiner von denen auch nur eine einzige Nacht durchhalten.«

Felicitas bemühte sich erfolglos, gegen die Bilder in ihrem Kopf anzukämpfen. Blutige Striemen gab es bestimmt auch an ihren Knöcheln. Die trockene Pergamenthaut ihrer Mutter war sicher auch dort eingerissen, weil die Elastizität sie längst verlassen hatte. Wie musste sie geschrien haben. Helle Laute ausstoßend, die gar nicht mehr an einen Menschen erinnerten. Eher an ein Tier, das sich bis zum letzten Atemzug gegen den Strick, der Gefangenschaft bedeutete, zur Wehr setzte. Zerrend, den Kopf wild hin und her werfend, unterbrochen von knappen Atempausen, die nur wenige Sekunden währten. Wie einen Film sah sie die Szenen vor sich, spulte sie ab und stürzte sich gnadenlos auf jedes Detail, obwohl sie doch keine Ahnung hatte, was wirklich passiert war. Vielleicht war sie doch ganz friedlich eingeschlafen, wie ihr alle glaubhaft machen wollten. Aber warum dann die Spuren der Fesseln?

Sie riss ungeduldig am Fell, das über dem schmalen, knochigen Brustkorb des Rauhaardackels festhing. Das Fleisch strahlte Kälte aus. Sie hätte ihn länger auftauen lassen müssen. Der Dackel war das Resultat ihrer zwanghaften Suche nach einer tagesfüllenden Beschäftigung gewesen. Die Felle aus der Gerberei waren noch immer nicht da, obwohl sie schon seit einer Woche angekündigt waren. Ein Blick in die Kühltruhe hatte Abhilfe geschaffen. Einer der vielen Aufträge ohne Zeitdruck; sicher verwahrt im ewigen Eis, warteten die Tiere darauf, dass sie sich ihrer annahm.

Die altersschwache Dackeldame Tilly vom dicken Schlagheck aus dem dritten Stock links hatte obenauf gelegen. Sie lehnte Haustiere nicht ab, setzte aber den Preis für eine Dermoplastik so hoch an, dass die meisten Anfragen von ganz allein im Nichts verliefen. Er hatte ihr Tilly noch warm gebracht, kurz nach Neujahr. Einfach umgefallen und tot, mitten in der Küche. Die Dackeldame war hochbetagt gewesen und ihr ältester Mieter nicht mehr in der Lage, sich an einen neuen Hund zu gewöhnen. »Sie hat sich doch auch so kaum noch bewegt. Für die letzten Jahre will ich kein neues Lebewesen an mich binden. Hinterher kommt es ins Tierheim, und wer will ihn dann noch haben, den Hund eines alten Mannes?«

Sie nahm das Skalpell zu Hilfe und trennte das Fleisch mit routinierten Schnitten von der Haut. Es war Schlagheck egal, in welcher Pose sie den Dackel für die Ewigkeit herrichtete. Sie konnte sich nicht erinnern, das Tier einmal anders als in der kleinen roten kunstledernen Reisetasche gesehen zu haben. Ihr Mieter war selbst auch nur noch schlecht zu Fuß, aber seine Dackeldame hatte es schon seit Jahren nicht mehr die Treppen hinuntergeschafft, geschweige denn hinauf. Daher hatte er sie täglich laut stöhnend in der zweckentfremdeten Reisetasche aus dem dritten Stock bis hinab in den Flur getragen, wo vor der Kellertür sein Rollator stand, in dessen vergitterten Korb die Tasche mit dem interessiert daraus hervorblickenden Dackel haargenau hineinpasste, und sie waren kurzatmig schnaufend von dannen in Richtung Park gezogen.

Erst beim zweiten Klingeln merkte sie, dass das Geräusch, das in ihr Bewusstsein drang, aus ihrer Wohnung über der Werkstatt kommen musste. Ein ungewohnter Klang, der den Weg über die metallene Wendeltreppe in der dunklen Ecke des Präsentationsraumes bis hinunter zu ihr gefunden hatte. Zwei-, dreimal im Jahr kam das vor. Die Spedition vereinbarte feste Termine und fuhr im Hinterhof bis dicht an die Stahltür heran. Sie wartete dann stets schon dort, um die Bestellung in Empfang zu nehmen. Der Paketdienst klopfte an der Glastür zur Straße. Gas und Strom waren erst vor ein paar Wochen abgelesen worden. Eine einfache Erklärung wollte ihr darüber hinaus so schnell nicht einfallen. Sie war mit Abstand die Jüngste in ihrem Haus. Zu keinem ihrer Mieter hatte sie näheren Kontakt. Meistens achtete sie, wenn sie die breite Holztreppe der anderen überhaupt benutzte, peinlich genau darauf, dass es still im Treppenhaus war. Sie verabscheute die gezwungenen Gespräche über das Wetter und die Unbilden des Alltags.

Ein weiteres gedehntes Läuten signalisierte Entschlossenheit. Vielleicht hatte einer ihrer Mieter Gesprächsbedarf? Die Hausverwaltung, die alles für sie regelte, von der Auswahl der Nachmieter bis hin zur Abwicklung fälliger Schönheitsreparaturen, hatte vor zwei Wochen die Nebenkostenabrechnungen verschickt. Kleine Nachzahlungen trotz gesunkener Energiekosten. Bei sechs Parteien gab es immer einen, der sich beschweren musste.

Sie wartete ein weiteres Klingeln ab und begab sich dann über die verzinkten Gitter der schmucklosen Treppe, die eigentlich für den Außenbereich gebaut war, nach oben. Die ersten beiden Meter im ehemaligen Ankleidezimmer ihrer Mutter, wo die Treppe mündete, erforderten ein behutsames Platzieren der Zehenspitzen. Das Parkett knarrte hier, wenn man die Schritte zu eng setzte. Sie atmete flach und möglichst lautlos, dem eigenen Herzschlag lauschend, während sie bis zur Wohnungstür schlich, um durch den Spion den Urheber des Läutens in den Blick zu nehmen. Tief sog sie die Luft ein, bevor sie ihr Auge an die kleine Öffnung im Holz presste. Sie schreckte zurück, weil die Faust des Besuchers in diesem Moment auf die schwere Eichentür traf. Ein Reflex. Sie hatte sie durch die gewölbte Linse des Spions direkt auf sich zufliegen sehen. Ein zweiter Hieb traf das Holz.

»Frau Booth, ich muss mit Ihnen reden!«

Schweitzer, der Bestatter, hämmerte weiter gegen die Tür. Wahrscheinlich war er es auch gewesen, der über den gesamten Nachmittag mehr als ein Dutzend Mal kurz hintereinander das Telefon in der Werkstatt zum Läuten gebracht hatte, bis sie irgendwann den Hörer danebengelegt und sich wieder dem angetauten Dackel zugewandt hatte.

»Machen Sie schon auf!« Er kam nahe an die Tür und zischte die Worte. Durch den Spion wirkte es, als wollte er seinen kugeligen Körper durch das schmale Loch pressen. Die großporige Nase nahm das gesamte Sichtfeld ein. Dann vibrierte die Tür unter einem neuerlichen Schlag. »Sie dürfen aus dem Zustand Ihrer Mutter keine falschen Schlüsse ziehen.« Schweitzer brüllte wieder. Seine Stimme hallte im Treppenhaus nach.

Der alte Schlagheck im Dritten und die Autenheimers direkt über ihr kannten ihre Mutter noch von früher. Die beiden Schwestern erkundigten sich und ließen Grüße ausrichten, wenn sie sich einmal im Flur oder hinter dem Haus an den Mülltonnen begegneten. »Was ist mit Ihrer Mutter? Geht es ihr nicht gut?« Wenn der Bestatter endlich weg war, würden die beiden alten Damen mit ihren silbernen, auf Volumen geföhnten Frisuren augenblicklich vor der Tür stehen. »Wie schrecklich, was mit Ihrer Mutter *passiert* ist. Sie war so eine gute Frau und hat ihr Schicksal erhobenen Hauptes angenommen. Es war kein leichtes. Gott erbarme sich ihrer Seele.«

Sie brauchte keine betretenen Blicke, keine weiteren Beileidsbekundungen. Nur Ruhe! Schwungvoll zog sie die Tür auf. Schweitzer, der mit einem zugekniffenen und einem weit aufgerissenen Auge sicherlich erfolglos versucht hatte, durch den Spion ins Innere zu spähen, schreckte zurück. Er japste ihr mit hochrotem Kopf entgegen. Ein durchdringender Geruch traf sie. Wie von einem alkoholischen Reiniger. Der Mut des Bestatters für diesen Hausbesuch schien mit flüssiger Nahrung gespeist worden zu sein. Der Kragensaum seines weißen Hemdes schimmerte gelblich durchnässt und zeugte von seinen schweißtreibenden Bemühungen des heutigen Tages. Er bereute, dass er sie am offenen Sarg allein gelassen hatte.

»Es geschieht zum Schutz. Was für ein unnötiges Leid, wenn sich Ihre Mutter aus dem Bett gestürzt hätte. Ich wollte Ihnen diesen Anblick ersparen. Hätten Sie doch nur einen Ton gesagt, ich hätte Sie darauf vorbereitet. Stattdessen reißen Sie alles auseinander! Das habe ich in den vielen Jahren im Beruf noch nie erlebt.« Er schüttelte den glühend roten Kopf, kam näher, öffnete den Mund und schloss ihn sofort wieder. »Lassen Sie uns reingehen.« Jetzt flüsterte er fast und machte Anstalten, sich an ihr vorbeidrücken zu wollen. »Das müssen wir doch nicht im Hausflur besprechen.«

Reflexartig griff sie nach dem Knauf hinter sich und zog die Tür hastig zu, ohne mit Sicherheit zu wissen, ob sie überhaupt einen Schlüssel in der Hosentasche hatte.

»Hauen Sie ab!« Sie hatte jedes der drei Wörter ganz langsam und deutlich über die Lippen gebracht. Der Bestatter sah sie verdutzt an.

»Frau Booth, ich kann das nicht so stehen lassen. Mein Ruf als Ehrenmann verbietet es mir. Ich möchte das Missverständnis ausräumen und nicht in Haftung genommen werden für etwas, das andere zu verantworten haben.« Schweitzer deutete mit einer kleinen Bewegung an, dass er die Hoffnung noch nicht gänzlich aufgegeben hatte, doch noch hineingelassen zu werden, um in Ruhe hinter verschlossenen Türen reden zu können. »Die Zusammenarbeit zwischen Ihrem Herrn Vater und meinem war stets von tiefem Vertrauen geprägt.« Ein weiterer Schwall seines alkoholisierten Atems wehte ihr entgegen. Zwei, drei Obstler mussten es mindestens gewesen sein. So schien sich der Entschluss verfestigt zu haben, hierherzukommen. Am Sonntag nichts als Aufregung, wo er doch nur das Beste für den Kunden wollte.

Schweitzer verlegte sich auf mutmaßlich Verbindendes. »Der graue Vogel mit den gestreiften Beinen hängt noch immer bei uns.« Er nickte bekräftigend. »Ein Schlangensperber aus Afrika, wir haben immer bewundernd davorgestanden, jetzt hängt er in meinem Büro. Mein Vater hat ihn als Dankeschön vom Booth bekommen, weil er ihm die Bretter für seine Expedition angefertigt hat. Eine ganze Kiste voll, die unterschiedlichsten Formate und mit speziellen Verankerungen, die er sich dafür ausgedacht hat, damit die Tiere stabil stehen.« Der Bestatter fuchtelte mit erhobenem Zeigefinger vor ihrer Nase herum. »So lassen Sie uns doch in Ruhe darüber reden. Drinnen bei Ihnen.«

»Brauchen Sie Hilfe, Frau Booth?« Sie hatte gar nicht

bemerkt, dass hinter dem Bestatter ein Mann aufgetaucht war. Freundlich blickte er sie aus grünen Augen an. Volle dunkelblonde Augenbrauen, die über der Nasenwurzel fast aneinanderstießen. Dichtes, ebenfalls dunkelblondes und leicht gewelltes Haar, das er mit etwas Gel in einen nicht ganz geraden Seitenscheitel gezwungen hatte. Sein kariertes Hemd steckte nur notdürftig in der Hose. Eine Ecke hing über den Gürtel herab.

Schweitzer warf sich erschrocken herum und machte eine abwehrende Handbewegung. »Nein, danke! Frau Booth und ich kennen uns, seit sie ein kleines Kind war. Wir benötigen Ihre Hilfe nicht.«

»Herr Schweitzer, ich bin mit dem Herrn zum Sonntagskaffee verabredet.« Sie verzog ihr Gesicht zu einem Lächeln. »Ich denke, wir haben alles geklärt. Ich melde mich dann bei Ihnen.«

Der Mann trat neben Schweitzer, den er um gut zwei Köpfe überragte. Verärgert drehte sich der Bestatter weg und stapfte die Stufen hinunter. Er schien einzusehen, dass der geordnete Rückzug unter diesen Umständen die einzige sinnvolle Möglichkeit darstellte.

»Danke.« Sie kramte in ihren Taschen und drehte sich in Richtung der verschlossenen Tür, obwohl sie doch bereits ahnte, dass der Schlüssel drinnen lag. Ohne Schlüssel kam sie nicht in ihre Wohnung. Sie spürte seinen Blick im Rücken. Ein amüsierter Blick, der ausdrückte, dass er nicht wirklich beabsichtigte, so plötzlich wieder zu verschwinden, wie er erschienen war.

»Dass wir uns so kennenlernen.« Er beugte sich leicht in ihr Sichtfeld und hielt ihr die Hand hin. »Thorsten Bassmann. Ich bin Ihr Mieter im Dritten, neben Herrn Schlagheck, seit drei Monaten.«

»Ich erinnere mich an Sie. Danke noch mal.« Bassmann

hatte gleich am Einzugstag versucht, sich bei ihr vorzustellen, doch sie hatte es geschafft, ihn mit wenigen Worten an der Tür abzufertigen. Er war ihr zwar vom ersten Moment an sympathisch gewesen und sah ausgesprochen gut aus, aber sie wollte schlicht diese Nähe und Vertrautheit nicht – und schon gar nicht zu einem ihrer Mieter, mit dem sie unter einem Dach wohnte. Aus Verlegenheit reichte sie ihm rasch die Hand und wollte sie sogleich wieder zurückziehen. Ein fester, warmer Händedruck verhinderte das. »Es war aber eigentlich keine große Sache. Er war schon im Begriff, zu gehen.« Sie zuckte mit den Schultern, obwohl sie nicht wirklich wusste, warum.

Sie befreite ihre Hand aus seiner und beugte sich zum Türschloss hinunter. So würde sie stehen bleiben, bis er die Stufen hinaufgegangen und sie damit aus seinem Sichtfeld war. Danach konnte sie in Ruhe darüber nachdenken, wie sie wieder in ihre Wohnung kam ohne Schlüssel, ohne Handy und an einem verdammten Sonntag.

Kein Geräusch hinter ihr. Keine spürbare Bewegung, wahrscheinlich aber ein fortgesetztes breites Grinsen, weil er genau wusste, dass sie sich nicht aus dem Staub machen konnte. Es vielleicht auch gar nicht wollte. Sie war so einfach zu durchschauen und ärgerte sich darüber, während sie sich zu ihm umdrehte.

»Eigentlich haben Sie mich ja zum Sonntagskaffee eingeladen, aber unter den gegebenen Umständen wäre es vielleicht sinnvoll, wenn wir zu mir gingen.« Er wiegte sachte den Kopf. Erst jetzt bemerkte sie, dass er barfuß vor ihr stand. »Ich habe heute Morgen einen Rotweinkuchen gebacken. Der ist zwar als Einstand für meinen ersten Arbeitstag morgen gedacht, aber dafür lässt sich eine Alternative finden. So könnten Sie die Zeit überbrücken, die es am Sonntag sicherlich dauern wird, bis der Schlüsseldienst da ist.«

10

Ein erlösendes Seufzen hatte auf ihren Lippen gelegen, als er in sie eingedrungen war. Die Hoffnung, an diesem Tag nicht noch weiter heruntergezogen zu werden. Das Jetzt so mächtig, dass es das Vergangene zu verdrängen vermochte.

Sie hatte seinem Blick standgehalten, als die Tür hinter ihm ins Schloss gefallen war. Keine Bewegung, nur eine zarte Andeutung, mit der sie ihm einen nicht messbaren Hauch entgegengekommen war. Hätte er sie in diesem Moment nicht verstanden, wäre der Kuchen nicht unberührt geblieben.

Kurz vor ihren Lippen hatte er noch einmal innegehalten. Seinen Geruch, seinen Atem, die Wärme seiner Haut konnte sie da schon spüren. Es hatte nichts Überstürztes gehabt, war nicht von Gier getrieben. Lange hatten sie sich direkt hinter der Wohnungstür geküsst, ohne den Weg einzuschlagen, den sie kannte. Seine Wohnung, die gleiche Aufteilung wie bei ihr, nur halbiert. Entlang des geraden Flurs, sodass es bei ihm nur Zimmertüren nach links gab und nicht nach rechts. Das gleiche Parkett, auf dem sie sich behutsam rückwärtsführen ließ. Immer wieder verharrend, um den Augenblick hinauszuzögern. Ungewohnt war es dennoch, weil sie in ihrer Wohnung und in diesem Haus noch nie mit einem Mann geschlafen hatte. Sie wollte die Nähe, das Körperliche, die Erschöpfung danach. Die Stille, in der es nicht quälte zu schweigen. Aber nicht den Kontrollverlust. Eine Nähe, über die sie selbst gebieten konnte, keine fremdbestimmte. Bei allen ihren bisherigen Bekanntschaften hatte sie darauf geachtet, diese Grenze nie zu überschreiten. Der Gedanke, einen Mann, den sie mit zu sich in die Wohnung genommen hatte, nicht mehr loszuwerden, ängstigte sie. Gefangen zu sein durch eine Nähe, die sie schon nach kurzer Zeit abstieß. Die Fragen, die sie nicht hören und nicht beantworten wollte. Verschlossene Zimmer um sie herum und tief in ihrem Inneren.

Für einen gefühlt kurzen Moment hatte sie danach ihre Augen geschlossen. Er hatte die Dunkelheit gebracht, um sie herum und draußen. Fahles Mondlicht fiel jetzt durch das Fenster und auf die weiße Bettdecke, unter der sie beide lagen. Sie spürte seinen warmen Atem in ihrem Nacken. Ein tiefer Schlaf, aus dem er nicht erwachte, als sie sich vorsichtig löste. Sein Arm glitt herab und blieb an der Stelle liegen, wo er sie eben noch gehalten hatte.

Langsam und still klaubte sie ihre Kleidungsstücke vom Boden auf, die sie beim Ausziehen gezielt aufeinander fallen gelassen hatte. Es war ein behutsames Entkleiden gewesen, kein überhastetes Herunterreißen, Zerren – weshalb auch? Diese Augenblicke waren die schönsten, das Erwarten, genießend in die Länge gezogen. Ginge es nach ihr, es hätte bis an die Grenze der Unendlichkeit dauern können, weil sie dabei endlich alles vergaß.

Sie sah noch einmal zurück, konnte seine Konturen unter der Decke im Schatten aber nur erahnen. Der Rest war Erinnerung. Sein dichtes Haar, in das sie gegriffen und in dem sie sich festgehalten hatte. Der raue Streifen auf seiner Brust, den sie behutsam mit den Fingerspitzen ertastete. Alles andere an ihm war weich und glatt gewesen, so, wie sie es am liebsten hatte.

Im dunklen Flur zog sie sich langsam an. Nur der Stoff knisterte, das Holz unter ihren Füßen gab geräuschlos nach. Sie lauschte dicht hinter der Tür, wie sie es immer tat, bevor sie die Klinke hinunterdrückte. Im Treppenhaus zog sie die Schuhe an, obwohl das für die wenigen Schritte nach unten eigentlich gar nicht notwendig gewesen wäre. Ihr fehlte das Gefühl für die Uhrzeit. Noch halb im Traum, glaubte sie, die Stufen hinabzuschweben, obwohl sich die bohrenden Fragen schon regten.

Wie würde sie ihm begegnen, wenn er morgen vor ihrer Tür stünde? Sich auch nach dem dritten, vierten, fünften Läuten nicht entfernte, weil er sie drinnen hören konnte? Würde er sich wie der Schreiner die Nase an der Tür platt drücken und versuchen, durch die Linse des Spions zu spähen? Die Dinger waren doch so konstruiert, dass man nur in eine Richtung hindurchzublicken vermochte. Vielleicht kam es auch gar nicht so weit, und er wich ihr aus? Sie konnte seine Wärme noch in sich fühlen und sehnte doch schon dieses Verhalten herbei, nur um seine Nähe nicht schweigend abwehren zu müssen.

Erst vor ihrer eigenen Wohnungstür wurde ihr wieder bewusst, in welchem Moment der zarte Schleier des Tagtraumes über sie gekommen war, und sie wandte sich der Treppe ins Erdgeschoss zu. Warum ging sie denn nicht einfach wieder hinauf zu ihm, kroch unter die warme Decke, holte sich seinen kitzelnden Atem zurück in den Nacken und rief morgen früh in Ruhe den Schlüsseldienst? Weil sie sich dann erklären, sich offenbaren müsste und anfangen würde, zu viel von sich preiszugeben. Er war schon allein durch die räumliche Nähe so viel dichter an sie herangekommen als jeder der anderen vor ihm. Über das Internet angebahnte anonyme Treffen in nichtssagenden Pensionszimmern mit Männern, die sie auf weite Distanz gehalten hatte, mehr hatte sie nie haben wollen. Nicht selten hatten sich diese Treffen über einen längeren Zeitraum wiederholt. Akzeptiert das Prozedere, weil die Männer vielleicht glaubten, sie verheimliche Mann und Kinder.

Unter die Haustür klemmte sie einen der beiden Holzkeile, die in der Ecke am Eingang bereitlagen, und trat hinaus auf den Hof. Es war noch kein Plan, lediglich die Suche nach einer Idee, die sie der Problemlösung näher brachte. Falls alles fehlschlug, bliebe immer noch die »Andau«. Die Kneipe hatte jeden Tag geöffnet, sogar an Heiligabend. Dort konnte sie zur Not auch warten, bis der Schlüsseldienst kam.

In den Müll hatte sie vorgestern zerschnittene Drähte befördert. Neben der Wohnungstür gab es noch die Stahltür im Hof, die zur Werkstatt führte, und die Eingangstür in der Schaufensterfront an der Straße, durch die man in den Präsentationsraum kam. Drei Türen also, an denen sie nach und nach ihr Geschick als Einbrecherin ausprobieren konnte. An die Hauswand gedrückt, schlich sie in Richtung der Mülltonnen. So hatte sie eine Chance, bis in den hinteren Teil des Hofes zu kommen, ohne dass der Bewegungsmelder die Außenbeleuchtung einschaltete. Ein Blick nach oben zeigte ihr, dass im dritten Stock Dunkelheit herrschte.

Sie wollte allein sein und pirschte sich daher gebückt wie ein Dieb an den eigenen Müllcontainer heran, während sie eine zweckmäßige Antwort auf die Frage suchte, wie sie den schweren Deckel ohne unnötiges Lärmen aufbekommen sollte. Daran, wie sie anschließend kopfüber im Dunkeln stochernd ihren Müllsack aus der Werkstatt wiederfinden wollte, hatte sie noch keinen Gedanken verschwendet.

Der schwach aufblitzende Lichtschein unterband jede weitere Überlegung. Augenblicklich ging sie neben dem Container in die Knie. Dann war das Licht, das sie sich durch ein an der Schaufensterfront vorbeifahrendes Auto zu erklären versuchte, wieder verschwunden. Durch die offene Zufahrt zum Hinterhof hätte sie das Fahrzeug jedoch gehört. Die Scheinwerfer selbst hätten auch zu sehen sein müssen. Außerdem gehörte das Fenster neben der Stahltür, in dem sie den

Lichtschein wahrgenommen hatte, zur Werkstatt, die vom Präsentationsraum und den Schaufenstern zur Straße durch eine Wand abgetrennt war. Das war keine Spiegelung.

Sie spürte einen kühlen Hauch Herbstwind über ihre warmen Wangen streichen. Ihr Puls ging schneller. Ein rauschender Takt in ihren Ohren. Da war er wieder, der huschende Lichtschimmer, der durch das Fenster ihrer Werkstatt glomm und gleich wieder verschwand. Diesmal hatte sie ihn ganz deutlich erkennen können. Dort drinnen war jemand.

Sie kauerte im Schutz des Müllcontainers. Ihre Hände zitterten, weil sie das Geräusch hörte. Das Geräusch von damals. Ein metallisches Klicken und der ihm nachfolgende scharfe Hauch eines Zischens, als die Feder die Klinge des Springmessers herauskatapultierte.

Sie schüttelte den Kopf, weil das nur in ihrem Schädel war. Das Gehirn schuf die Laute, die Erinnerung, zauberte die Bilder auf ihre Netzhaut, die hier und jetzt nichts zu suchen hatten. Alte Erinnerungen waren das, die ständig wiederkamen. Wie ein Junkie vom Bahnhof, der nach ein paar Euro kramte für den nächsten Schuss. Sie ballte ihre Fäuste und atmete gegen das Zittern ihrer Hände an. Ihr Herz raste, als sie nach vorne schnellte und geduckt durch die schmale Schlucht zwischen ihrem und dem Nachbarhaus rannte. Die kalte Nachtluft, die sie hektisch einsog, schmerzte in ihrer Kehle. Noch ein paar Meter und sie hatte die beleuchtete Große Langgasse erreicht, auf der nachts nur selten ein Auto fuhr. Kurz vor der Hausecke bremste sie ab und hielt keuchend inne.

Der Blick durch die Schaufensterfront war begrenzt durch die dünnen Stellwände aus Holzfurnier von gut zwei Metern Höhe, die ihr Vater noch wechselnd bemalt hatte, um den jeweils passenden Hintergrund für die davor ausgestellten Tiere zu schaffen. Weite Graslandschaften, dichter Wald, Dschungel und Gestrüpp. Sie würde erst erfassen können, was dort drinnen passierte, wenn sie sich ganz bis zum Eingang vorgearbeitet hatte. Obgleich irgendetwas in ihr noch zauderte, bog sie um die Ecke und schlich am Schaufenster entlang. In der Hocke verharrte sie neben dem Eingang und absolvierte noch zwei kleine Schritte. Trockene Blätter brachen laut unter ihren Füßen. Die dünne Staubschicht auf den Fenstern ließ das Glas im Widerschein der Straßenlaternen aufgeraut wirken. Sie spähte durch die Scheibe der Eingangstür.

Konturlose Schwärze, die ihre Augen mit der Helligkeit im Rücken nicht aufzulösen vermochten. Kein Licht. Nichts. Dort drinnen war nichts. Alles nur Einbildung nach diesem irren Tag?

Ihre Finger ertasteten den Türrahmen und arbeiteten sich von dort weiter bis zu der deutlich hervorspringenden Kante, die den Übergang zum Türblatt markierte. Die Gelenke in ihren Fingern knackten. Dröhnendes Hämmern tönte in ihrem Kopf, als sich die Tür tatsächlich einen feinen Spalt weit öffnen ließ. Hier war er hineingekommen. Und nicht wieder heraus. Der bekannte Geruch, der ihr entgegenströmte und in dem sie auch sich selbst riechen konnte, verriet ihn.

Klirrend zerbrach etwas. Das Geräusch kam von weiter hinten, aus dem rückwärtigen Teil des Raumes oder der Werkstatt. Sie stemmte sich in die Höhe, riss die Tür vollends auf und schrie ins Dunkel: »Raus, du Arsch!«

Die gläsernen Augen der Tiere waren das Erste, was sie sah. Sie starrten sie an. Im Schein der Straßenlaternen schälte sich der Rehbock aus der Dunkelheit. Dann die beiden Kalahari-Springböcke, die Gämse und der staubige Steinbock. Ihre Hyäne stand weiter hinten im Raum. Sie war nur zu erahnen. Wieder zerbrach etwas, kleiner und leiser als zuvor, aber genauer lokalisierbar. Sie bewegte sich nicht. Keinen Schritt weiter würde sie gehen. Dicker Stoff riss deutlich hörbar.

Schuhsohlen lärmten auf hartem Untergrund. Er musste die Scheibe rausgeschlagen haben. Die im Fenster in der Werkstatt. Zum Hinterhof, aus dem kein Weg hinausführte, es sei denn, er rannte über die Zufahrt zur Straße. Dann würde er gleich ganz nah an ihr vorbeilaufen.

In der Ferne war eine Sirene zu hören. Das Stakkato von Schuhen, die auf das Pflaster klatschten. Es wurde lauter und überlagerte alle anderen Geräusche, das Hämmern in ihrem Brustkorb, das Surren in ihren Ohren. Er schoss aus der Durchfahrt. Schwarz vermummt mit Sturmhaube. Ein kurzer Blick in ihre Richtung ließ ihn abdrehen; ein paar schnelle Schritte über den Bürgersteig, zwischen den Bäumen hindurch auf die Fahrbahn. Das Lärmen eines Motors, viel zu nah, und dann dieses Geräusch, das grausam klang, obwohl es doch so banal war. Metall und hohler Kunststoff, die mit hoher Geschwindigkeit auf menschliches Gewebe, Muskeln, Fleisch und Knochen trafen.

Sie sah ihn fliegen. Bilder, quälend langsam, brannten sich in die Netzhäute ihrer Augen ein. Sein Körper, der sich in der Luft drehte, in Bewegung versetzt, ohne selbst noch Spannung zu besitzen. Unfähig zu reagieren und ohne jedweden Reflex, der die Arme vor den Körper, die Hände vor den Kopf brachte. Schutzlos schlug er auf dem harten Asphalt der Straße auf.

Während das schrille Quietschen der Reifen in ihren Ohren nachhallte, lief sie auf ihn zu. Stoßweise atmete sie mit jedem Schritt aus. Wartete darauf, dass er sich endlich regte, eine Bewegung vollführte. Eine winzige Bewegung nur, die zeigte, dass er noch lebte. Sicher würde er sich gleich mühsam stöhnend aufrichten und den schmerzenden Rumpf in die Höhe hieven. Beim Aufstehen kurz auf Händen und Knien verharren, den Kopf in der schwarzen Sturmhaube gesenkt. Um ihn dann in ihre Richtung zu drehen. Das rechte Auge zugekniffen, weil Blut hineinlief – aus der klaffenden Wunde über der Augenbraue, die im kleinen Ausschnitt der Wollkapuze gerade eben noch zu sehen war. Ihre Anwesenheit würde ihn zur Flucht drängen. Mit unbeholfenen Bewegungen und unter äußerster Kraftanstrengung und Schmerz. Das eine Bein würde er hinkend nachziehen, aber dennoch so flink sein, dass er einen Weg zwischen den Häuserschluchten fand, auf dem er in Richtung Südbahnhof verschwinden konnte. Vielleicht warteten sie dort schon auf ihn.

Mit jedem Schritt, den sie näher kam, lösten sich diese Bilder auf, verschwammen und rieselten hinab. Er lag verkrümmt auf der Fahrbahn. Die Gliedmaßen unnatürlich in verschiedene Richtungen gestreckt. Gebeugt an Stellen, die ein Beugen nicht erlaubten. Solche Brüche kannte sie von den Kadavern unzähliger Rehböcke, Wildschweine und Hirsche. Auftragsarbeiten für das Naturhistorische Museum der Stadt Mainz, das in der Straßenwacht einen zuverlässigen Lieferanten besaß. Riesige Blutergüsse unter dem Fell der Tiere, in kleinste Splitter zerhauene Knochen, tief eingedrückte Rippen, die die Organe, für deren Schutz sie verantwortlich zeichneten, durchbohrt hatten.

Keine Regung zeigte der Einbrecher, und kein noch so leiser Laut war zu vernehmen, als sie endlich über ihm stand. Sie beugte sich zu ihm hinab. Sein Kopf lag auf der Seite. Sie schob ihre Finger unter den wollenen Saum der Haube und zog sie bis zum Haaransatz hinauf. Blonde Flusen, blasse Haut, über die ein feines rotes Rinnsal rann. Gespeist aus seinem Ohr. Tropfen traten auch aus seiner Nase, landeten auf dem Asphalt. Sie tastete nach der Halsschlagader. Ein junges, glattes Gesicht. Dunkle Ringe unter seinen Augen. Dünn die Lider, die sie verschlossen. Eine waagerechte Narbe unter dem Kinn, die schon lange verheilt war.

Da war keine Regung unter ihren Fingerspitzen, sie spürte

nur ihren eigenen Puls und ihr Herz, das langsam ruhiger wurde. Den warmen Körper, den das Leben verlassen hatte. Ihr Blick glitt an ihm herab. Seine Hände steckten in abgegriffenen schwarzen Kunstlederhandschuhen. Sie befühlte die Taschen seiner dünnen Stoffjacke: ein Knäuel Draht. Seine Hosentaschen: ein paar Münzen, die vielleicht aus ihrer Werkstatt stammten.

Der Motor des Autos lief noch immer. Zehn Meter entfernt von der Stelle, an der sie über dem Einbrecher kniete. Der Wagen war beim Aufprall aus der Spur geraten und hatte sich halb um die eigene Achse gedreht. Hinter dem Steuer konnte sie eine langhaarige Frau erkennen. Die Augen in ihrem jungen Gesicht waren weit aufgerissen, sie starrten durch sie hindurch. Die Frau saß aufrecht. Beide Hände umschlangen krampfhaft das Lenkrad. Die Haltung des Moments, in dem sie ihn gesehen hatte. Als sie den Aufprall schon fast hatte spüren können. Unter Schock konserviert. Der Mund zum tonlosen Schrei geöffnet. Ein Blick, aus dem sie Entsetzen ablesen zu können glaubte.

In einer der angrenzenden Straßen startete ein Auto. Licht schimmerte durch die Vorhänge der Häuser gegenüber. Hinter einer dünnen Gardine zeichnete sich ein Schatten ab. Die Polizeisirene war längst verklungen.

Sie rannte los, auf ihr Haus zu. Die Tür stand noch offen. Sicheren Schrittes durchquerte sie den finsteren Präsentationsraum und erreichte die dahinterliegende Werkstatt. Zwei blitzende Fehlzündungen fabrizierte der Starter, ehe die Neonröhre summend fahles Licht von sich gab. Durch die zertrümmerte Fensterscheibe strömte kühle Nachtluft herein. Felicitas langte nach dem Telefonhörer. Auf Tillys rotem, nacktem Brustkorb saßen zwei dicke schwarze Fliegen, die sich nicht stören ließen.

11

»Wir werden natürlich überprüfen, ob er bei uns einschlägig bekannt ist.« Der Polizist war alt und roch nach Rauch. Sein ergrauter Schnurrbart war über der Lippe gelblich verfärbt. Die junge blonde Kollegin, die ihn begleitete, bewegte sich vorsichtig zwischen den fertigen Dermoplastiken im Präsentationsraum, an dessen langem Eichentisch sie standen. Er stieß brummend Luft aus. Die vergilbten Haare regten sich im Luftzug seines warmen Atems, der Felicitas traf. »Es muss ein ziemlicher Schrecken gewesen sein, obwohl ein totes Lebewesen ja etwas Alltägliches für Sie zu sein scheint.« Er wies mit dem Kopf in Richtung der Tiere und grinste dazu.

Den abgegriffenen Werbekuli einer Bierbrauerei, mit dem er ihre Aussage notiert hatte, steckte er wieder in die Innentasche seiner Jacke zurück. »Sie können uns auch noch in den nächsten Tagen informieren, falls etwas fehlt. Wir schauen uns an, was er in den Taschen hat. Wenn Sie mich fragen, sieht es nach Beschaffungskriminalität aus. Wegen ein paar Euro. Tendenz stark steigend hier in Ihrer Ecke. Die Nähe zum Bahnhof. Die vielen Ausländer, die wir mittlerweile haben.« Er schüttelte sich. »Sie sollten über ein Sicherheitsschloss nachdenken. Das da«, er deutete mit einer knappen Bewegung seiner rechten Hand auf die Eingangstür, »kriegt man mit dem Schlagschlüssel in ein paar Sekunden auf. Wenn Sie nicht dazugekommen wären, hätte er hinterher in aller Seelenruhe wieder abgeschlossen, und Sie hätten nicht einmal bemerkt, dass einer da war, sich durch alle Schubladen durchgearbeitet und am Bargeld bedient hat. Die Anleitungen dazu finden Sie zuhauf im Internet. Kleine YouTube-Filmchen. Das müssen Sie sich mal ansehen. Mit dem dritten Schlag auf den präparierten Schlüssel ist man drinnen. Das Werkzeug gibt es für ein paar Euro gleich dazu, oder sie basteln es sich selbst. Keine große Sache.«

Er redete weiter, ohne dass sie ihm genau zuhörte. Sie verbot sich, zur Hyäne zu schauen. Das hatte sie schon zu oft getan. Die Furcht, dass ihm das auffallen und er dann Fragen stellen würde, die sie nicht beantworten konnte, hielt sie zurück. Sie wollte die beiden Beamten nur noch loswerden. Wirkliche Antworten erwartete sie von ihnen ohnehin nicht. Keine Schublade war aufgezogen, nichts durchwühlt, nichts herausgeschleudert, um irgendetwas Wertvolles zu finden, schnell, hektisch, gehetzt und in Eile. Die Polizei hatte ihr genug Zeit gelassen, um sich in Ruhe in der Werkstatt und vorne im Präsentationsraum umzusehen. Alles war unberührt. Lediglich seinen Fluchtweg konnte man erahnen. Die Scherben glänzten unter dem Fenster zum Hof. Er hatte ein Glas mit Pinseln umgeworfen. Verstreut lagen sie auf der Arbeitsfläche unter dem Fenster und auf den grauen Fliesen der Werkstatt. Die Farbtuben waren verschoben. Ein geringes Durcheinander für eine überstürzte Flucht, die ihn in den Tod geführt hatte.

Durch die Scheiben in der Eingangstür konnte sie erkennen, dass ihn die Sanitäter gerade auf die Trage hievten. Bewegungen, die weder von großer Vorsicht noch von besonderer Eile bestimmt waren.

»Den Hergang haben Sie uns ja skizziert. Falls wir dazu noch Fragen haben, melden wir uns morgen bei Ihnen. Und Sie sind sich sicher, dass wir Sie allein lassen können? Haben Sie jemanden, den Sie zur Not anrufen können? Ansonsten können wir auch jemanden verständigen. Die Notfallseelsorgerin braucht nicht lange.« Routiniert, fast gelangweilt spulte er pflichtschuldig sein Programm ab.

Sie nickte und ließ ihren Blick über die anderen Tiere im Raum wandern. Der schmächtige Rehbock, an dem sie noch Kleinigkeiten fertig zu machen hatte. Ein Dutzend Nadeln stach um die Glasaugen hervor, fixierte die Haut, damit sie sich beim Trocknen nicht verzog. Heiner Brandt, dessen Strahlenpraxis im Ärztehaus am Bahnhof untergebracht war, hatte ihn geschossen. Wie immer nicht mit dem ersten und auch nicht mit dem zweiten Schuss. Dass er mehrfach nachgeladen hatte, davon zeugten die zahlreichen Löcher im Fell, die sie alle hatte ausbessern müssen. Dafür sah er eigentlich wieder recht ordentlich aus.

Die beiden Kalahari-Springböcke standen direkt am Eingang. Seit mehreren Monaten waren sie überfällig, die Handynummer, unter der sich der Auftraggeber gemeldet hatte, war nicht mehr erreichbar. Es waren zwei schöne Tiere mit einem geschwungenen, dunklen rotbraunen Streifen, der sich über beide Wangen vom Auge bis an die Maulwinkel zog. Eines hatte sie grasend, das andere mit wachsam erhobenem Kopf ausgearbeitet. Es war nicht ungewöhnlich, dass sich manche Kunden reichlich Zeit ließen, bis sie ihr Bescheid gaben, dass sie die fertigen Tiere von der Spedition zustellen lassen konnte. Nicht wenige, gerade die Afrikajäger, verbrachten einen großen Teil des Jahres auf ausgedehnten Touren in den Jagdrevieren dieser Erde. Da sie bei Neukunden wie diesem stets auf Vorkasse arbeitete, war es letztlich egal, wann sie die Dermoplastiken abriefen.

Den Springböcken gegenüber thronte ein Alpensteinbock mit langen gebogenen Hörnern auf einem schmalen Felsvorsprung. Wie die Gämse daneben war er zur Auffrischung da. Kleine Nacharbeiten nach mehr als zehn Jahren. Um die

Augen hatte sich beim Steinbock die Haut gelöst, weil er zu nahe am Heizkörper gestanden hatte. Den Glanz des Fells überdeckte eine Staubschicht. Ein Kunde von hier, der selbst nicht jagte, dem sie die beiden Tiere damals aber hatte vermitteln können, weil er vor seinen Gästen gern mit der eigenen Berghütte in den Schweizer Alpen prahlte.

Ihre Hyäne stand schon immer an derselben Stelle direkt daneben. Wieder blieb ihr Blick an dem schmalen Streifen neben dem dünnen Podest hängen. Sie hatte vorhin einen Moment gebraucht, um es zu registrieren. Ein weiterer Blick, dem sie die Anmutung des Zufalls mitgab, aus der Bewegung heraus, hatte Klarheit gebracht: Das Parkett war dort etwas heller, ein schmaler Streifen nur. Vielleicht war der Einbrecher im spärlichen Lichtkegel der Taschenlampe an der Hyäne hängen geblieben und hatte sie dadurch um ein paar Zentimeter verschoben. Sie fühlte sich ertappt und suchte den Blick des Polizisten. Der sah sie fragend an.

»Frau Booth, wir lassen Sie dann jetzt allein«, wiederholte er. Einzelne Worte, jedes von ihnen betont, große Augen.

»Herzlichen Dank für Ihre Mühen.« Sie nickte viel zu lange und begleitete die beiden zur Tür. Der Rettungswagen war bereits verschwunden. Auf dem gegenüberliegenden Gehweg standen ein paar Neugierige, die zu ihr herüberstarrten. Ein zweiter Krankenwagen und ein weiterer Polizeiwagen standen ein Stück die Straße hinunter. Gleich daneben parkte das Unfallauto, ein blauer Kastenwagen. Sie drückte die Tür hinter den Polizisten zu und schob einen schmalen Holzkeil darunter. Stück für Stück trieb sie ihn mit der Fußspitze weiter und versicherte sich, dass die Tür nun nicht mehr von außen zu öffnen war. Nachher konnte sie zusätzlich abschließen, aber dazu musste sie erst nach oben und den Schlüssel holen. So lange war sie nicht bereit, zu warten.

Vor der Hyäne ließ sie sich auf die Knie fallen, betastete das Parkett und suchte den Boden nach etwas ab, das sie nicht zu benennen wusste. Mit beiden Händen umfasste sie den Rumpf und kippte den Körper langsam auf die Seite. Raues, fast borstiges Fell, das unter ihren Fingern kaum hörbar knisterte. Zum ersten Mal sah sie die Platte von unten. Die Fläche war nicht lasiert und schimmerte hell. Sie erkannte die Verankerungen, die die dicken Drähte hielten, die im Korpus der Hyäne steckten. Ihr Blick blieb an einem vergilbten Stück Papier im rechten unteren Eck hängen: *Eugen August Schweitzer, Holzbau, Sargbau, eigene Fertigung.*

Am Boden unter dem Sockel gab es nichts zu entdecken, das Parkett war unversehrt. Sie setzte sich auf, und ihr Blick fiel auf den schmalen weißen Plastikgriff eines Einwegskalpells, das unter der dünnen Holzwand zwischen Schaufenster und Präsentationsraum steckte. Danach erst bemerkte sie, dass die feine Naht in der Bauchdecke des Tieres aufgetrennt worden war.

12

Im Dämmerlicht des Morgens hatte sie Ruhe gefunden. Die Schmerzen in ihrem Kopf hatte sie mit zwei Ibu 400 bekämpft und zwei Lendormin für einen traumlosen Schlaf gleich mitgeschluckt. Ihr Körper wehrte sich zwar über einen längeren Zeitraum erfolgreich gegen das Bündnis aus Müdigkeit und Chemie, hatte aber schließlich doch kapitulieren müssen. Tiefe Dunkelheit, aus der sie nur langsam wieder herausfand. Ihr Schädel fühlte sich noch weich verpackt an. Mit den Bildern der gestrigen Nacht geizte er. Sparsam nur und farblos ließ er sie auferstehen, einzelne Aufnahmen ohne Zusammenhang. Kein Bild davor, keines danach, dazwischen weite Sprünge und Lücken, die sie sich lange zu schließen bemühte, um den Abend vor ihrem geistigen Auge noch einmal abspulen zu können.

Mit dem Skalpell hatte der Einbrecher die gleichmäßige Naht ihres Vaters ein Stück weit aufgetrennt. Aber wozu? Recht vorsichtig und mit Bedacht war er vorgegangen. Die gegerbte Haut hatte er nur an einer Stelle verletzt. Felicitas musste ihn dabei überrascht haben, weil er letztlich nicht weit gekommen war. Nur wenige Zentimeter klaffte die Bauchdecke auseinander.

Sie versuchte, sich die Szene vorzustellen, um einen Sinn in seinem Tun zu erkennen. Der Einbrecher kniete, die Sturmhaube bis zur Nase hochgezogen, mit einer kleinen Taschenlampe zwischen den Zähnen neben der Hyäne. Beide

Hände frei, legte er sich rücklings auf den Boden und schob den Kopf halb unter den leicht durchhängenden Bauch des Tieres. Tastete nach der Naht, die er schließlich fand und behutsam aufzutrennen versuchte, bis ihre Schritte auf der Treppe oder das Geräusch beim Öffnen der Tür zum Hof ihn aufschreckten. Das Skalpell ließ er fallen, um die Taschenlampe möglichst schnell auszubekommen. Vielleicht hatte er sie danach ja sogar einen Moment beobachtet. Aus dem Schutz der Dunkelheit heraus, ehe er durch das Fenster in der Werkstatt entkommen war, weil sie ihm den ursprünglichen Fluchtweg abgeschnitten hatte.

Das war ganz sicher kein Junkie auf der Suche nach Geld gewesen, sonst hätte er die Münzen im Schälchen zwischen den Büroklammern in der Werkstatt gefunden und auch ihr Portemonnaie mitgehen lassen, das in der grellgrünen Steppjacke steckte, die sie am Kleiderständer neben der Wendeltreppe aufgehängt hatte. Zielsicher als Erstes anzusteuernde Orte für einen erfahrenen Einbrecher, um in Eile und weitestgehend gefahrlos Erfolg verbuchen zu können.

Die Arbeiten ihres Vaters waren in Fachkreisen gesucht. Es gab wieder einen Markt dafür. Besonders wenn es sich um seltene oder ausgestorbene Tiere handelte, waren bei Versteigerungen sogar ordentliche Summen zu erzielen. Jedoch nur, wenn es sich um Handwerkskunst handelte, die Handschrift des bekannten Präparators also zu erkennen und die Herkunft der Dermoplastik nachzuweisen war. Deswegen konnte der Einbrecher kaum hier gewesen sein. Dann nur des Felles wegen? Eine Hyänin konnte man auf Jagdfarmen in Afrika für knapp zweitausend Euro schießen, schönere Exemplare als ihre mit dem breiten Kopf. Das Fell war zudem geklebt und nach so vielen Jahren kaum ohne Schäden herunterzubekommen.

Das ergab alles keinen Sinn!

Sie hatte die Hyäne wieder aufgerichtet und sich wie er halb daruntergeschoben. Das Raubtier war eine typische Arbeit ihres Vaters. Sie kannte seine fachlichen Eigenarten. Viele davon hatte sie übernommen. Der nachgebildete Körper aus Gips, ein wenig rau und doch fast makellos war er gestaltet. Nahe der Naht hatte er nachgearbeitet. Das hatte sie, unter dem Bauch auf dem Rücken liegend, deutlich sehen können. Kurz vor den letzten Stichen hatte er ein wenig Gips heruntergeschabt, weil er wohl spürte, dass sich zu viel Spannung aufbaute, durch die das Fell später reißen konnte.

Was hatte der Einbrecher hier gesucht? Wieso war die Naht aufgetrennt? Hatte er unter der gegerbten Haut ihrer Tüpfelhyäne irgendetwas vermutet? Ein abwegiger Gedanke, der dennoch in ihr keimte. Der Gipskorpus als Geheimversteck. Behutsam hatte sie den Körper abgeklopft, konzentriert gelauscht und immer wieder den Kopf geschüttelt, weil das eine bescheuerte Idee war. Die Details wollten einfach nicht zusammenpassen. Auch jetzt nicht, nachdem sie darüber geschlafen hatte.

Vor genau vierundzwanzig Stunden hatte sie sich auf den Weg ins Pflegeheim gemacht. Ihre sonntägliche Routine seit mehreren Jahren. Fast immer zur gleichen Zeit, mit denselben Gedanken, in Erwartung des prägnanten Geruchs. Gleiche Wege, die sie zurücklegen musste. Dieselben Gefühle an wiederkehrenden Wegmarken. Ihr kurzes Innehalten und Durchschnaufen an der Tür. Die Zeit am Bett ihrer teilnahmslos schweigenden Mutter, die nicht vergehen wollte. Diese Routine war nun vorbei, und ihre über die Jahre erfolgreich praktizierte Verdrängung der Vergangenheit wollte nicht mehr funktionieren. Die Erinnerung an ihre Kindheit war urplötzlich zurück. Sie konnte sich dagegen zur Wehr setzen. Darin war sie geübt. Neue Routine aufbauen, den Blick stets nach vorne gerichtet. So bewältigte sie seit Jahren jeden Tag, von dem Moment an, an dem sie beschlossen hatte, die Werkstatt ihres Vaters zu übernehmen, die seit seinem Tod von einem seiner Mitarbeiter notdürftig fortgeführt und damit am Leben gehalten worden war. Und doch war es sinnlos, das Verdrängen, Vergessen, Betäuben und Ersticken, weil sie deutlich fühlen konnte, dass das, was gestern passiert war, nur der Anfang von allem war.

13

Sie stand auf und zog sich die dicken Wollsocken über, die sie hier oben in der Wohnung so gern trug, weil sie das Geräusch ihrer Schritte schluckten. Lautlos wechselte sie zwischen Küche, ihrem Kinderzimmer und dem Bad. Sie strich sich ihr langes Schlaf-T-Shirt glatt. Die Erinnerung wies ihr den Weg in das Wohnzimmer ihrer Eltern. Hinter der zweiten dunklen Schranktür, die sie aufzog, wurde sie bereits fündig. Sie hievte den Filmprojektor, den sie zwar schon gesehen, aber noch nie in Betrieb erlebt hatte, heraus und schleppte das Gerät in ihr Zimmer, wo sie auch schon die Kiste aus dem Pflegeheim deponiert hatte.

Ratternd lief das Band an und schuf die Hintergrundmusik für die bewegten Bilder, die auf der weißen Wand ihres Kinderzimmers zu tanzen begannen. Sie wartete auf Töne, Musik und Stimmen. Ein gedehnter Moment, in dem sie die kleinen Wellen eines Motorbootes erkannte und schließlich akzeptieren musste, dass sie keine Hoffnung auf den Klang seiner Stimme zu hegen brauchte. Kein Ton, kein Laut war zu hören, nur das mechanische Geräusch des Projektormotors, der die Rollen antrieb und für die richtige Zahl Bilder pro Sekunde sorgte, damit ihr Vater und Afrika auferstehen konnten. Scharfe Schnitte zwischen den einzelnen, hektisch wirkenden Sequenzen.

Zwei Jäger schlichen in knielangen Hosen, Hemd und Schlapphut durch hohes Gras. Beide weiß und auf der Pirsch.

Der Kräftigere der beiden war deutlich größer. Sein mächtiger Bauch eine Last, die ihn schwitzen ließ. Dunkel zeichnete sich ein Schatten auf seiner Brust ab. Der andere trug ein Fernglas um den Hals, das Gewehr hielt er davor mit beiden Händen umfasst. Zwei farbige Jagdhelfer, mit langen Speeren bewaffnet, begleiteten sie. Der Dünne legte an. Ein kleines weißes Wölkchen stob aus dem Lauf des Gewehres.

Tonlos erschien die Szenerie unwirklich. Filmisches Rohmaterial, wackelig und gestückelt aufgenommen. Ein jäher Schnitt, den Schwärze begleitete. Wieder die gleichen hölzernen Bewegungen. Jetzt standen alle um den Schützen herum. Der Dicke, der ihm auf die Schulter klopfte. Die Schwarzen gaben artig die Hand und senkten den Kopf dabei. Die dunklen Mützen hielten sie in der Linken.

Hinter einer Oryx posierten sie dann gemeinsam. Der kleine Dünne in der Mitte, rechter Fuß auf dem Tier, den Gewehrschaft lässig auf dem Oberschenkel abgestellt. An den langen Hörnern hielt einer der Jagdhelfer den Kopf der großen Antilope so, dass sie mit ihren toten schwarzen Augen in die Kamera blickte. Als Nächstes wurden die Hörner begutachtet. Lobendes Nicken der gesamten Jagdgesellschaft. Der Dicke klopfte wieder auf die Schulter des Kleinen und riss seinen Mund weit auf, zu einem schallenden, aber tonlosen Lachen. Mächtige Hiebe, die sie befürchten ließen, der Kleine könne unter den Schlägen zusammenbrechen. Das Lachen des Dicken übertrug sich auf die Jagdhelfer. Sie klopften sich demonstrativ auf die Oberschenkel.

Schwärze. Dann runde Lehmhütten, mit Stroh gedeckt. Mehrere Frauen tanzten stampfend im Kreis. Die Füße setzten sie weit vom Körper weg. Ihre Brüste wippten im Takt auf und nieder. Mit kleinen Bogen und Pfeilen bewaffnet, sprangen zwei junge Männer flink dazwischen. Sie hielten die Oberkörper gesenkt, um sich kurz darauf zurückzuwerfen, tief nach hinten gebeugt. Die Kamera folgte den Frauen, näherte sich ihren wogenden Brüsten, die jetzt fast die ganze Wand des Kinderzimmers ausfüllten. Dann war der Tanz vorüber. Die Jagd war gepriesen und der Erfolg der weißen Jäger ausreichend gelobt.

Schwärze. Zwei der Jagdhelfer marschierten im gespielten Stechschritt mit Holzgewehren aufeinander zu. Steif, die Oberkörper aufrecht in die Höhe gereckt, eine Hand am Schaft, den Lauf auf der Schulter, schritten sie aneinander vorbei, um sich ein paar Meter weiter umständlich um einhundertachtzig Grad zu drehen und wieder zurückzustolzieren. Sie glaubte, dabei das schallende Lachen des Dicken hören zu können, der gleich darauf ins Bild kam. Zufrieden mit akkurat gelegtem Scheitel und einer Flasche Bier in der Hand auf einem Stuhl sitzend, prostete er der Kamera zu.

Schwärze. Eine der Frauen aus der Jagdtanz-Szene blitzte überlebensgroß auf der Wand auf. Die Kamera war ihr vorhin schon gefolgt. Felicitas erkannte sie an den gleichmäßigen Rundungen ihrer Brüste. Ein Mädchen eigentlich noch, das unsicher ein Buch in die Kamera hielt. Georg von Opel, »Menschen, Tiere und Maschinen«. Die fleischige Hand des Dicken fuchtelte vor der Linse, unscharf und hektisch schien sie Anweisungen zu erteilen, die auch befolgt wurden. Die Frau ließ das Buch ein Stück sinken. Jetzt verdeckte es nichts mehr. Ein nicht enden wollender Moment, der Felicitas peinlich war, weil sie auf die Brüste der Frau starren musste. Sie hielt den Blick, was ihr schwerfiel.

Erlösende Schwärze. Ein schwerer, lang gezogener Wagen mit geschwungenem Heck fuhr über eine sandige Piste. Das hohe Gras links und rechts des Weges bog sich im Zugwind. Hinter den Seitenscheiben konnte sie winkende Arme und Hände ausmachen. Die muntere Landpartie fuhr vor. Dasselbe Auto konnte sie gleich darauf mit einem weiteren Fahrzeug auf einem hölzernen Kahn verladen wiederentdecken. Ein offener Geländewagen mit großer Pritsche. Vier weiße Männer standen darum herum. Die Einstellung ließ ihr reichlich Zeit, alles zu begutachten. Die Überfahrt schien begonnen zu haben. Sie fixierte die vier Männer nacheinander. Ihr Herz trommelte. Ihr Vater war nicht darunter. Den Dicken und den kleinen Dünnen von der Oryx-Jagd erkannte sie wieder. Zwei weitere, von denen einer sehr dunkel wirkte, aber eindeutig europäische Züge besaß. Das Gesicht des vierten Mannes war unter dem Hut kaum auszumachen. Er trug ihn tief in die Stirn gezogen. Ein schmales Band über seiner rechten Schulter hielt eine Trinkflasche, nach der er griff, um sie aufzuschrauben und einen Schluck zu nehmen. Die Kamera fokussierte den Dicken, der die Trinkflasche entgegennahm, ansetzte und gierig schluckte. Drei farbige Jagdhelfer mit nackten Oberkörpern tauchten am Rand der Fähre auf. Sie meinte, einen wiederzuerkennen, war sich aber nicht ganz sicher. Mit langen Stecken stießen sie tief ins Wasser, hielten den Kahn in Bewegung.

Gleißende Helligkeit blitzte für den Bruchteil einer Sekunde auf, als das Ende der Filmrolle aus dem Projektor schnellte. Sie reagierte augenblicklich, weil das Licht in ihren an die Dunkelheit gewöhnten Augen schmerzte. Mit ein paar knappen Bewegungen hatte sie die zweite Spule aufgesetzt und den Anfang des Filmes eingefädelt. Der Motor surrte weiter. Der Bussard über ihrem Bett schaute unbewegt zu.

Die wackeligen Aufnahmen im dichten Gras kamen ihr bekannt vor. Unscharf zunächst, eine Bewegung war kaum zu erahnen. Ein mächtiger schwarzer Berg schälte sich daraus hervor. Die Kamera entfernte sich langsam. Füße kamen ins Bild. Zwei Männer mit Speeren standen auf der gar nicht mehr so mächtigen dunklen Erhebung. Wie auf Zuruf sprangen sie wie zwei ausgelassene Kinder auf und nieder. Dann füllte der Kopf des Büffels in Nahaufnahme fast das gesamte Bild aus. Die Hornwulste, die sich auf der Stirn trafen, wirkten angsteinflößend.

Einer der beiden, die eben noch auf dem Büffel posiert hatten, hackte mit einer Machete auf dessen Hals ein. Schnelle Schläge, tief ins Fleisch. Er hielt kurz inne, um mit leuchtend weißen Zähnen in die Kamera zu grinsen und sich den Schweiß vom Gesicht zu wischen. Sekunden später hüpfte er mit dem schweren gehörnten Schädel auf dem eigenen Kopf durch das Gras. Feine, kaum erkennbare Ströme rannen ihm über die Wangen und den entblößten Oberkörper. In ihren Ohren dröhnte das Gelächter derjenigen, die nicht zu sehen waren. Das Lachen des Dicken, das es nur in ihrem Kopf gab, klang wie das nimmermüde Rattern des Projektors und löste sich schließlich in diesem auf.

Die Hyänen waren kaum zu erahnen. Winzige Punkte in der Ferne, nur durch ihren schräg nach hinten abfallenden Körperbau erkennbar. Die kurzen Hinterbeine, die sie so unbeholfen aussehen ließen. Der Größe nach aufgereiht, lagen sie gleich darauf tot nebeneinander. Die Kamera strich darüber und nahm jedes der Tiere, die eben noch aus sicherer Entfernung auf den Kadaver des Büffels gehofft hatten, stolz in den Blick. Fünf, sechs, sieben Tiere zählte sie. Ihre war nicht dabei gewesen, sie musste von einer anderen Jagd stammen. Wieder wurden Hände geschüttelt. Die Gesichter sahen freudig erregt und verschwitzt aus. Große dunkle Flecken zeichneten sich unter den Armen der Jäger ab. Die vier Männer von der Überfahrt umarmten sich. Der Dicke, der kleine Dünne, der mit dem dunklen Gesicht und der mit dem Hut und der Trinkflasche, die jetzt herumging. Ein Prost auf den Jagderfolg.

Unruhige und verwackelte Szenen folgten. Sie konnte erst gar nicht erkennen, was der Mann hinter der Kamera hatte festhalten wollen. Eine Herde Elefanten, von der Pritsche des offenen Geländewagens aus gefilmt. Die Kamera suchte immer wieder das verlorene Motiv. Grasende Riesen, deren Blicke den Fahrzeugen folgten.

Schwärze. Jetzt standen alle vier in einer Reihe. Das Gewehr im Anschlag, dicht nebeneinander und konzentriert zielten sie in die gleiche Richtung. Ebenfalls gleichzeitig zeigten sich die kleinen Rauchwölkchen, der Mündungsqualm, den der Wind sofort hinwegwehte. Der kleine Dünne hüpfte und reckte die Arme und sein Gewehr in die Höhe wie Rumpelstilzchen in Vorfreude auf das Kind der Königin. Die Kamera schwenkte auf die Umrisse eines riesigen Elefanten, der reglos auf der Seite lag. Das Gewehr geschultert, umschritten die vier das leblose Tier. Einer der Jagdhelfer spannte ein Ohr des Dickhäuters auf und feixte. Zu zweit machten sie sich mit den Macheten an dem Elefanten zu schaffen. Mächtige Hiebe, die im gleichmäßigen Rhythmus niederfuhren.

Die Kamera schwenkte wieder auf die vier Jäger, die gestikulierend im Kreis standen. Die Trinkflasche am Band wurde herumgereicht. Zufriedene Gesichter. Eine kurze Schwärze. Unscharfe, verschwommene Linien, als die Kamera diesmal zu rasch zur Seite geführt wurde. Ein halb gehäuteter Kadaver nahm das gesamte Bild ein. Wie ein Holzhacker stand einer der Jagdhelfer darauf, ließ mit weit ausholenden Bewegungen seine Machete immer wieder herabfahren, ohne dass die Kamera einfing, wohin sein Hieb traf.

Schwärze. Die riesigen gebogenen Stoßzähne stachen in die Höhe. Sie wurden von den beiden grinsenden Helfern gehalten. Auf blutigen dicken Enden ragte das Elfenbein einem Torbogen gleich gen Himmel. Der Triumphbogen, in dem nacheinander alle vier Jäger posierten. Selbst der Dicke, der auch der Längste war, passte ohne Verrenkungen hindurch.

Die Jagdhelfer schabten die letzten blutigen Reste von den Stoßzähnen.

Schwärze. Eine Menschentraube stand jetzt am Kadaver. Große Fleischbrocken wurden herausgehauen und verteilt. Neue wackelige Sequenzen flackerten auf, der nächste Elefant. Ein kleines Tier im Vergleich zum vorherigen. So ging es weiter. Immer der gleiche Ablauf. Ein paar undeutliche Sekunden, unruhige Bewegungen, Unschärfe. Danach Händeschütteln, Sprünge, Posieren. Mal auf dem Tier, mal dahinter, das Gewehr lässig auf den Oberschenkel gestützt. Die kreisende Feldflasche. Kudus, Streifengnus, Impalas, Löwen, ein Nashorn, ein Kaffernbüffel und ein Flusspferd. An dessen Hinterläufen waren noch die Abdrücke der starken Taue zu sehen, mit denen sie das Tier aus dem Wasser gezogen haben mussten. Es folgten ein Gepard, mehrere Schakale und ein Leopard.

Die Szenerie wechselte. Durch dichtes Schilf fuhren sie auf einem Einbaum dahin. Ein Krokodil lag reglos am Ufer, kleine Staubwolken nahe bei dem Tier deuteten an, dass das Feuer eröffnet worden war. Sie konnte die Steinchen hüpfen sehen. Das Tier blieb so reglos liegen wie zuvor. Schwärze. Der Dicke stand neben dem Krokodil, den rechten Fuß auf dem Rücken des Tieres. Löffelhunde, zwei ausgewachsene und drei Jungtiere, auf der Seite liegend aufgereiht, danach ein Zebra, ein Erdwolf und eine Schabrackenhyäne.

Schwärze. Die Konturen der nächsten Szene waren schärfer ausgeprägt, das Bild klar und deutlich. Eine zwischen Bäumen aufgespannte Plane bot Schutz vor der sengenden Sonne. Ein ruhiger Schwenk brachte die Zelte drum herum in Sicht. Das musste das Expeditionslager sein. Tierhäute hingen zum Trocknen an Leinen zwischen den Zelten. Sie erkannte den Jagdhelfer wieder. Er hatte mit der Machete auf dem Elefanten gestanden. Jetzt bearbeitete er konzentriert mit einem Messer einen schweren Oberschenkelknochen und entfernte die Fleischreste. Im Hintergrund tauchte das schattige, überspannte Plätzchen auf. Ein breiter Tisch stand dort im Halbdunkel. Die Bewegungen waren nur zu erahnen. Ihr Herzschlag beschleunigte sich. Heiße Trockenheit kratzte in ihrem Hals. Sie versuchte zu schlucken und spürte, wie sich ihre Augen mit Tränen füllten. Für den Bruchteil einer Sekunde war er zu sehen gewesen, obwohl sie sich nicht restlos sicher fühlte. An seinen Bewegungen glaubte sie, ihn erkannt zu haben.

Sie hielt den Projektor an, drehte die Spule gegen den Widerstand des Motors ein Stück zurück. Wieder und wieder ließ sie die Stelle ablaufen. Wenige Zentimeter Film, die ihr jedoch keine Sicherheit verschafften. Sie versuchte, aus der Nähe mehr zu erkennen. Das brachte gar nichts. Die raue Struktur der Wand verhinderte eine detailliertere Sicht. Ihr Vater blieb unscharf, weil das Interesse des Kameramanns nicht ihm gegolten hatte. Graue Konturen, die sich nur andeutungsweise im Schatten unter der Plane abzeichneten.

Sie kämpfte gegen die Tränen an und zwang ihren Blick, sich auf die Bilder zu konzentrieren. Stand ihr Vater an einem fertig präparierten Tier? Sie schüttelte umgehend den Kopf, weil sie wusste, dass das nicht sein konnte. Es wäre schlicht nicht sinnvoll, im Feld zu präparieren, weil das viel zu aufwendig und mit dem Risiko behaftet war, dass in der Hitze der Savanne die Klebestellen zu schnell trockneten und rissen. Die Häute wurden von den als »Skinner« eigens dafür angelernten Jagdhelfern abgezogen, das Fleisch und Fett notdürftig von den Knochen gelöst und alles gut eingesalzen. Ein paar notwendige Handgriffe, um der Massen Herr zu werden. Vier Jäger, die auf alles geschossen hatten, was ihnen vor die Mündung gekommen war. Da hielt sich keiner mit der zeitraubenden Anfertigung einer Dermoplastik auf, die zudem auf dem Rücktransport teuren Platz beanspruchte. Sie hatten in der Nähe des Lagers gejagt und ihm ein Warzenschwein oder ein großes Erdferkel mitgebracht, das er gerade abzog. Die einzige Erklärung, die Sinn ergab.

Sie nickte im monotonen Rattern des Projektors. Der Film lief unerbittlich weiter. Eine Vesper auf der Motorhaube des Jeeps. Die karierte Tischdecke. Geflochtene Körbchen, offene Dosen. Bierflaschen. Ein Stillleben, lange auf ihrer Wand, bis es schlagartig hell wurde. Das Ende des Filmes schlug um sich. Sie stoppte den Projektor und schloss die Augen. Auf ihrer Netzhaut tanzten die Bilder weiter, hüpften die Männer fortgesetzt hektisch im Kreis.

Das kaum hörbare Geräusch im Treppenhaus verriet ihr, was gleich passieren würde. Die Tür ihres Kinderzimmers stand nur einen schmalen Spalt weit offen. Das wenige Licht, das aus dem Flur hereinfiel, reichte dennoch aus, um zu erkennen, dass ihre Armbanduhr schon nach vier zeigte. Sie hielt die Augen weiter geschlossen und atmete flach und leise. Zweimal klingelte er noch, klopfte dann zaghaft gegen die Tür, bevor er wieder von dannen zog. Das Knarren der Treppenstufen war nicht eindeutig zuzuordnen. Er konnte nach oben zu sich oder hinuntergegangen sein.

Lautlos drückte sie die Tür zu und knipste das Licht an. Es roch nach dem Film, der Hitze der Lampe und verschmortem Kunststoff. Ihre Mutter hätte ihr so viel mehr zu den Aufnahmen erzählen können. Die Erlebnisse und Geschichten, die ihr Vater aus Afrika mitgebracht hatte, kannte sie kaum. Ihre eigene Erinnerung war reduziert auf die wenigen Eindrücke jener Nacht, die alles verändert hatte. Nicht ein Satz aus seinem Mund über diese Afrikareise oder die Personen, für die er dort gearbeitet hatte, war in ihrem Schädel haften geblieben. »Was hat er auch dorthin gemusst? Auf mich wollte er nicht hören.« Die Worte ihrer Mutter nach seinem Tod; an viel mehr konnte sich Felicitas nicht erinnern.

Sie zog sich die Kiste heran und fing an, die brüchigen Zeitungsausschnitte und -schnipsel auf dem Boden auszubreiten. Dr. Karl Kauffmann, Kommerzienrat Henning Rüther, Ministerialdirigent Hans-Ludwig Jesse. In stiller Trauer. Die schwulstige Sprache der Todesanzeigen, die das im Leben Erreichte ein letztes Mal priesen, bevor das Vergessen einsetzte, andere die Positionen einnahmen und alles weiterging. Der natürliche Lauf der Dinge, der nur die beschädigt zurückließ, die den Menschen geliebt hatten.

Sie ordnete die Nachrufe und begann, Zeitungsausschnitte zu gruppieren. Zwei davon zeigten Fotos der Verstorbenen. Sie erkannte darin zwei der Männer aus dem Film wieder. Der Dicke musste Kauffmann sein, der kleine Dünne, den sein Gewehr beim Posieren stets überragt hatte, Jesse. Von Rüther gab es kein Bild, nur die Todesanzeige. März 1962, Juli 1962, Februar 1963. Die drei waren nicht lange nacheinander gestorben. Nur drei beziehungsweise sechs Monate lagen dazwischen. Die Afrikareise hatte von Juni bis September 1961 stattgefunden. Wann genau, brauchte sie nur im Präparationsbuch nachzusehen. Im großen unten in der Werkstatt oder in dem kleinen, das sie wieder auf den Boden des Kartons gelegt hatte.

Ihre triumphalen Abschüsse hatten die Männer nicht lange genießen können. Kauffmann war dreiundfünfzig geworden, Jesse kurz nach seinem Neunundvierzigsten gestorben. Rüther war mit einundsechzig Jahren der Älteste der drei gewesen.

Wer war der Vierte? Sie verteilte weitere Ausschnitte und Zettel auf dem Fußboden um sich herum. Vier Männer waren auf den beiden Filmrollen gewesen, der Mann hinter der Kamera und ihr Vater kamen als Safariteilnehmer noch dazu. Die Gruppe hatte aus sechs Personen bestanden, von denen die Hälfte keine zwei Jahre später bereits tot gewesen war. Plötzlich und unerwartet nach kurzer, schwerer Krankheit, wenn sie den Worten der Todesanzeigen Glauben schenken konnte.

Sie überflog den kürzesten der vielen Nachrufe, die über Kauffmann veröffentlicht worden waren.

> *Erfolgreicher Unternehmer in der dritten Generation. Die Stahlwerke nach der vollständigen Zerstörung im Krieg wiederaufgebaut. Wichtigster Zulieferer der schnell wachsenden Automobilbranche. Afrikareisender, der schon früh auf die touristischen Möglichkeiten des Schwarzen Kontinents hingewiesen hatte. Am Montag im Kreis seiner großen Familie friedlich entschlafen. Deutschland hat einen seiner wichtigsten und einflussreichsten Industriellen verloren, dessen Wort Gewicht besaß.*

Er auch. Sie musste daran denken, wie er schwitzend durch das hohe Gras gestapft war, Jesse kräftig durchgeklopft und lachend die Parade der beiden Jagdhelfer mit den Spielzeuggewehren beobachtet hatte. »Menschen, Tiere und Maschinen«. Der Blick des Mädchens. Interessiert und neugierig, jedoch unsicher, das Buch schützend vor den Brüsten. Die knappe Bewegung, mit der ihr Kauffmann bedeutet hatte, den Bildband tiefer zu halten, damit mehr von ihr zu sehen war und der Kameramann ihre Brüste filmen konnte.

Jesses Todesanzeigen waren nicht ganz so groß. Die Nachrufe erstreckten sich nur über ein paar Zeilen. Er war Ministerialdirigent im Auswärtigen Amt gewesen. Er verstarb plötzlich und unerwartet auf einer Auslandsreise nach Japan. Bestürzt zeigten sich die Teilnehmer der Wirtschaftsdelegation, die ihn begleitet hatten.

Die zeitliche Nähe der Todesfälle zueinander, war das wirklich reiner Zufall? Keiner der beiden war ermordet worden wie nur wenige Jahre darauf ihr Vater. Sie spürte den schmerzenden Stich in ihrer Brust. Hastig griff sie nach dem dicken, verschnürten Bündel Fotos. Genügend Material, um die aufblitzenden Erinnerungen in ihrem Schädel zu überlagern. Viele Schichten, die alles ausreichend zudecken würden.

Kauffmann, Jesse, Rüther und wie sie sonst noch hießen; die schon gesehenen Posen, jetzt aus der Bewegung gerissen und starr, gebannt auf ein Stück Karton. Die meisten Abbildungen zeigten die erlegten Tiere ohne ihre stolzen Jäger. Aufnahmen, geschossen aus verschiedenen Blickwinkeln, zahlreiche Details. Fotos, wie auch sie sie machen würde, um später Anhaltspunkte für die Ausformung des Kunststoffkörpers zu haben.

Beim großen Ganzen nahm alles seinen Anfang. Von dort arbeitete man sich bis zum kleinsten Detail voran. Wie oft hatte er ihr das erklärt? Es musste häufig gewesen sein. Sie glaubte, sich lebhaft daran erinnern zu können, obwohl sie doch noch ein Kind gewesen war, als er starb.

Landschaftsaufnahmen folgten. Sie blätterte die Abzüge schneller durch. Den grasigen Weiten schenkte sie nur wenig Aufmerksamkeit. Kleine dunkle Punkte in der Ferne markierten Menschen, Tiere oder Sträucher. Eine breite Schotterpiste, eingebettet in hohes Gras, führte gerade ins Nirgendwo.

Jetzt kamen wieder Aufnahmen mit den bekannten Gesichtern. Kauffmann, Jesse und der mit der Flasche am Band, dessen Namen sie nicht kannte, standen vor einer Propellermaschine, die gerade gelandet zu sein schien. Im Hintergrund waren Kisten zu sehen, verschwommen ein paar unförmige Säcke, die daran lehnten.

Sie verharrte in ihrer Bewegung. Das Foto, das jetzt zu sehen war, behielt sie in der Hand, legte es auf ihren Schoß, obwohl es keinen Menschen zeigte, und strich mit den Fingerspitzen darüber. Es *musste* ihr Vater gewesen sein im Film. Der breite Tisch, im Schatten der Plane aus einiger Entfernung aufgenommen. Die geschlossenen Zelte, die darum herumstanden. Angeordnet wie ein Kinderferienlager, das im Halbkreis um das Küchenzelt errichtet worden war.

Sie ahnte, was auf den folgenden Fotos kommen würde. Mit einer schnellen Bewegung zog sie die nächste Aufnahme hervor und sank augenblicklich seufzend zusammen. Der Tisch, auf dem er die Trophäen vorbereitete. Seine Werkzeuge lagen sauber aufgereiht am Rand der großen Arbeitsfläche. Sie konnte eine Vielzahl unterschiedlicher Messer erkennen. Breite mit rund gebogener Spitze, um die Tiere abzuhäuten, kleine spitze für die feinen Schnitte. Fixiernadeln, eine dünne Säge, Draht in unterschiedlichen Stärken, diverse große Apothekerflaschen. Es mussten Glycerin und Ätznatron darin sein. Ein Stillleben in Schwarz-Weiß wie aus dem Lehrbuch für Präparatoren. Und in der Mitte, alles dominierend, stand eine fertige Tüpfelhyäne.

14

Sie war losgerannt, ohne genau zu wissen, was sie eigentlich wollte. Ein Gedankenblitz nur, von dem sie nicht zu sagen wusste, ob er sie überhaupt weiterbringen würde. Die Wendeltreppe ächzte metallisch unter ihren Schritten. Unten legte sie die Hyäne wieder auf die Seite. Das borstige Fell knackte und knisterte kaum merklich unter ihren Händen.

Das Garn der gleichmäßigen Naht ihres Vaters hing zu fest. Mit Zeigefinger und Daumen versuchte sie, den vom Einbrecher aufgetrennten Spalt ein wenig in die Breite zu drücken. Es funktionierte nicht, das Fell war zu straff vernäht. Die trockene Haut stand unter Spannung.

Sie holte das Skalpell aus der Werkstatt und nahm im Vorbeigehen noch zwei flache kleine Messer mit. Auf den Knien sitzend beugte sie sich hinab und durchtrennte behutsam weitere zehn Zentimeter zunächst in Richtung Hals, dann noch einmal ein Stück am anderen Ende der schon bestehenden Öffnung zum After hin. Das starre Fell ließ sich jetzt ein wenig auseinanderziehen. Knarrende Geräusche signalisierten, dass das gegerbte Leder mittlerweile brüchig war und unter ihren Handgriffen litt.

Vorsichtig schob sie ihre rechte Hand unter die Haut und fuhr über den Gips. Viel zu glatt fühlte er sich an. Ganz anders als das, was sie ansonsten von ihrem Vater kannte. Das war nicht sein Stil, seine Methode, nicht seine Handschrift.

Etliche seiner Tiere hatte sie in den letzten Jahren zur

Ausbesserung in der Werkstatt gehabt. Der Zahn der Zeit nagte auch an ihnen. Weil sie zu warm standen, zu feucht oder ständig angefasst wurden und dadurch Haare verloren. Auch Exemplare der Afrikaexpedition waren darunter gewesen. Sie hatte sie alle im großen Präparationsbuch gefunden. Es wäre ihr aufgefallen, wenn gerade diese Tiere anders gewesen wären.

Sie strich noch einmal über den Gips. Die typischen Formen ihres Vaters, die er immer selbst angefertigt hatte, fühlten sich nicht so an. Ihre Oberflächen waren rauer, ungleichmäßiger. Weil er den Körper individuell für jedes Tier schuf, fanden sich fast nie Spuren von Nachbearbeitungen. Selbst die meisten Hauptmuskeln bildete er sofort mit Gips aus und nicht später mit Kitt oder Wachs. Das, was sich unter dem Fell ihrer Hyäne befand, war eine vorgefertigte Form, wie man sie auch schon in den Sechzigern über Händler hatte beziehen können, um sich das zeitraubende Modellieren zu ersparen. In ihrer Ausbildung hatten sie meistens damit gearbeitet.

Das konnte nur eines bedeuten: Zwar war dies hier nicht die Tüpfelhyäne von dem Foto, ihre sah anders aus. Aber sie stammte von derselben Afrikaexpedition. Und sie war laut seinem Verzeichnis eines der ersten Präparate gewesen, das er im Anschluss an die Expedition fertiggestellt hatte, hier in seiner Werkstatt, als er wieder zu Hause gewesen war. Er hatte gegen jede Logik im Feld präpariert, wie das Foto bewies, und er musste mindestens eine der für Afrika bestimmten vorgefertigten Formen wieder mit nach Deutschland zurückgebracht und für ihre Hyäne benutzt haben.

Sie rieb sich die Augen. Ihre Pupillen, ihr ganzer Kopf schmerzte unter dem Druck. Jetzt ergab auch Schweitzers Gebrüll an ihrer Wohnungstür einen Sinn. Die Podeste, die sein Vater für die Expedition angefertigt hatte. Das vom alten Schweitzer ausgetüftelte Befestigungssystem. Die Holzplatten waren nicht für die Fertigstellung hier in der Werkstatt bestimmt gewesen, sondern für das Anfertigen der Dermoplastiken vor Ort, unter der Zeltplane im Elefantengras der Savanne. Dünn gearbeitete Sockel, die platzsparend transportiert werden konnten. So vorbereitet, dass die Drähte der Gipsformen mit wenigen Handgriffen zu befestigen waren. Den Schlangensperber hatte der alte Schweitzer als Dank dafür bekommen.

Aber welche Massen an Podesten und vor allem an Formen hatten sie mitschleppen müssen nach Afrika, um vor Ort sinnvoll arbeiten zu können? Kaum eine Antilope glich der anderen. Und warum dieser ganze unsinnige Aufwand? Sie hatte noch nie von einer Safari gehört, bei der der mitreisende Präparator im Feld fertige Dermoplastiken schuf. Weil es schlicht absurd war, in der sengenden Hitze der Savanne an den Tieren zu arbeiten. Noch dazu nahm jede einzelne Dermoplastik unendlich viel Zeit in Anspruch. Expeditionszeit, die teuer war.

Sie war so sehr damit beschäftigt, den Grund für dieses seltsame Vorgehen zu ergründen, dass sie gar nicht merkte, wie sich draußen jemand die Nase an der Fensterscheibe ihrer Eingangstür platt drückte.

15

Vor ihm graute ihr. Während der Fahrt im Auto hatte sie die ganze Zeit die kleinen Schweißtröpfchen auf seiner Oberlippe vor Augen. Die peinliche Situation gestern, seine Zudringlichkeiten, vor denen sie durch Thorsten Bassmanns beherztes Einschreiten gerettet worden war. Hätte er sie noch entschlossener bedrängt oder doch selbstständig von ihr abgelassen? Seine gehetzten Sätze klangen in ihrem Schädel wider, obgleich sie sich nicht mehr genau an seine Worte zu erinnern vermochte. Dafür hatte sie sofort wieder seine Schnapsfahne in der Nase. »Das habe ich in meinen vielen Berufsjahren noch nie erlebt. Ich wollte Sie doch nur schützen. Behalten Sie die schönen Dinge im Gedächtnis. Die sonnigen Momente und nicht das Ende. Das Ende ist nie schön.«

Die blutunterlaufenen Striemen an den Handgelenken ihrer Mutter würde sie niemals vergessen können. Das Geschäft des Bestatters, die enge Zusammenarbeit mit dem Pflegeheim ... Es funktionierte tadellos. Die Alten wurden auf Zuruf schnellstens geholt und ihr Leiden vor den Blicken der Angehörigen sorgfältig versteckt. Dafür gab es ein paar Euro extra bar auf die Hand. Der Staat musste doch nicht auch noch am Vertuschen verdienen.

Bitter schmeckte der Hass, der in ihr aufstieg. Sie würde sich zurückhalten müssen, wenn sie mehr von ihm erfahren wollte.

Zu Hause hatte sie einen Plan gefasst und dann den BH

angezogen, der das, was sie hatte, noch ein wenig üppiger aussehen ließ. Zusammen mit dem tiefen Ausschnitt des engen Bodys, über dem sie eine offene Bluse trug, sollte das als Angebot ausreichen. Eine Geste der Versöhnung. Natürlich in Schwarz, dem Anlass entsprechend. Die Trauer und Verwirrung des gestrigen Tages; unbedacht ihr Verhalten, für das sie sich hiermit herzlichst entschuldigen wolle. Sie habe sich am Sarg der Mutter einfach nicht im Griff gehabt. Es hätte nicht so weit kommen dürfen. Sie musste ihn dabei vielsagend anlächeln, auch wenn sie ihm viel lieber in sein blödes Gesicht schlagen würde. Im Rückspiegel kontrollierte sie ihren Augenaufschlag. So konnte es gehen.

Vielleicht würde sich die Sache beim Bestatter aber auch in warme Luft auflösen und der Pfad, dem sie gerade wie im Fieberwahn folgte, in eine Sackgasse münden. »Vier, fünf Podeste waren es höchstens, kaum mehr. Ich muss in der Aufregung ein wenig übertrieben haben. Das liegt schon so lange zurück. Da ist die Erinnerung nicht mehr ganz frisch. Warum interessiert Sie das bloß so sehr? Es sind doch Banalitäten.«

Womöglich gab es eine ganz einfache Erklärung für das, was sie auf den vergilbten Fotos gesehen hatte. Sie musste sie nur noch finden. Wozu hatten sie diesen Aufwand betrieben? Brauchten sie die Dermoplastiken als Gastgeschenke? Ein Beamter in Afrika, den man gnädig stimmen musste und der sich sein Haus mit ein paar heimischen Tieren auszuschmücken gedachte? Oder dienten die Utensilien und die Ausrüstung dazu, einen der Skinner zum Hilfspräparator auszubilden? Dieser Gedanke war gar nicht so abwegig.

Die Bestrebungen des Industriellen Kauffmann, den Tourismus Afrikas zu fördern, fielen ihr ein. Das Filmmaterial brauchte man, um vermögende Europäer als Jagdtouristen anzulocken. Die Weite der Savanne, der Tierreichtum, die

Gastfreundschaft der Eingeborenen, das aufwendig in Szene gesetzte Abenteuer Jagdsafari und schwarze Frauen, die sich nicht zierten, wenn man ihre Brüste angaffte.

Die Auswahl der Beteiligten bestätigte ihre Theorie. Sie nickte, während sie ihren Opel über das Pariser Tor auf die Rheinhessenstraße steuerte. Die Fahrbahn war leer, so weit sie schauen konnte. Es fiel ihr schwer, sich an die vorgeschriebene Geschwindigkeitsbegrenzung zu halten.

Jeder hatte seinen Teil beizusteuern gehabt. Das Geld für die gemeinsame Unternehmung war bestimmt von Kauffmann gekommen, die Verbindungen mussten über Jesse vom Auswärtigen Amt gelaufen sein. Die Rolle ihres Vaters lag ebenfalls auf der Hand, wenn sie mit ihrer Annahme recht hatte. Er bildete die ersten Präparatoren vor Ort aus. Was für ein Angebot für ihn. Wahrscheinlich hatte ihm Kauffmann dafür so viel Geld geboten, dass er niemals hätte ablehnen können. Die Expedition war der Versuch gewesen, eine Art Infrastruktur für eine neuartige Geschäftsidee aufzubauen. Jagdsafaris für das neureiche Bürgertum der Sechziger. Ein Abenteuerausflug, an dessen Ende man das selbst geschossene Tier ausgestopft als Andenken gleich mit nach Hause nehmen konnte. Ein wirres Konstrukt, das aus der Ferne betrachtet gar nicht so abwegig erschien. Grund genug für die vier Männer vor der Kamera, sich bei jeder Gelegenheit überschwänglich auf die Schulter zu klopfen und auf den angepeilten Erfolg ihrer Unternehmung anzustoßen. »Darauf noch einen aus der Feldflasche.«

Aber welche Aufgaben hatten die anderen beiden gehabt? Der Kommerzienrat Rüther musste einer der Männer aus dem Film gewesen sein, der mit dem dunklen Gesicht wahrscheinlich, weil er in seinen Bewegungen etwas älter gewirkt hatte. Über den mit der Feldflasche am Band wusste sie nichts.

Langsam steuerte sie den alten Opel auf den Parkplatz von Schweitzers Holzverarbeitungsparadies. Weit und breit kein Fahrzeug zu sehen. Sie parkte direkt vor der doppelten Eingangstür. »Sonntag Schautag, Montag Ruhetag«, stand auf einem Aufkleber auf der Schaufensterscheibe. Am letzten der in Rinden-Optik gedruckten Buchstaben lehnte ein putziger schlafender Schreiner mit knubbeliger roter Nase. Dem Original aus der Sargabteilung sah der sogar recht ähnlich.

Sie fühlte die Kälte des Herbstes in ihren Füßen und Fingerspitzen. Mit dem schwitzenden Schweitzer wollte sie nicht unbedingt allein sein. Das fehlte ihr gerade noch. Doch sie zögerte nur für den Bruchteil einer Sekunde, eine kurze Verlangsamung ihrer Schrittfolge von der Autotür zum Eingang. Ohne den Bestatter kam sie nicht weiter. Einen anderen Ansatzpunkt gab es nicht.

Die linke Tür fuhr einladend auf und ließ gut angewärmte Luft entweichen. Der Geruch, in den sie schon einmal eingetaucht war und der sich zu einem guten Teil aus Holz, dem Schreiner selbst und billigem, schnell verrottendem Glanzstoff zusammensetzte, schlug ihr entgegen. Sie straffte sich und drückte den Rücken durch, um die Brust in die Höhe und damit ins rechte Licht zu setzen. Laute Schritte, resolut gesetzt, er sollte merken, dass sie nicht angekrochen kam. Sie steuerte geradewegs auf die Sitzecke zu, räusperte sich gut hörbar und blieb dann unschlüssig stehen.

»Hallo?«

Keine Antwort, nicht ein Laut. Hinter den immergrünen Kunststoff-Birkenfeigen trennte eine Glaswand den Schauraum von Schweitzers Büro ab. Auch dort war niemand zu sehen. Vielleicht saß er auf dem Klo oder spannte ein kaschierendes Tuch über die nächste malträtierte Leiche in einer seiner Kisten. »Aus reiner Rücksicht auf Sie habe ich den Sarg bereits geschlossen, verschraubt und vergraben.« –

»Wir haben mehrmals versucht, Sie telefonisch zu erreichen.« Wirre Sätze geisterten durch ihren Kopf. Es war Schweitzers Stimme, die sich in ihrem Schädel eingenistet zu haben schien und unaufhörlich flüsterte.

Mit dem schnurlosen Telefon daheim in ihrer Werkstatt konnte man die nicht angenommenen Anrufe der letzten Tage verfolgen, samt Uhrzeit und Häufigkeit der Versuche. Sie würde später nachsehen, ob der Chef des Pflegeheimes überhaupt versucht hatte, sie zu erreichen. Gedanken, die ihr nur kamen, weil sie nicht recht wusste, was sie jetzt tun sollte. Es war bescheuert gewesen, überhaupt herzukommen. Die letzten Fragen zur Beerdigung hätte sie am Telefon mit ihm besprechen und dabei auch das herausbekommen können, was sie wissen wollte. Wie viele Podeste? Wozu das alles?

Nichtssagendes Klaviergeklimper aus dem Keller fand den Weg in ihre Ohren. Lief das schon, seit sie hier drinnen war? Sie wusste es nicht mit Sicherheit zu sagen. Es klang verdammt nach dem, was auch bei ihrem letzten Besuch die Räume beschallt hatte. Dieselbe CD, eine trauermusikalische Endlosschleife, die wahrscheinlich nicht einmal nachts unterbrochen wurde.

Sie drehte sich zur Seite. Es war das Plätschern, das fehlte. Der kleine Zimmerspringbrunnen hinter dem letzten Plastikbäumchen an der offenen Tür zum Büro. Zögernd ging sie an den Kunstledersesseln der Sitzgruppe vorbei. »Herr Schweitzer? Felicitas Booth hier.«

Sie wartete nicht auf eine Antwort, weil sie jetzt schon wusste, dass keine kommen würde.

Der Zimmerspringbrunnen war umgestürzt und lag quer über den auf dem Boden verstreuten grün veralgten Kieselsteinen. Der Abschlussstein mit dem gebohrten Loch, durch das die Pumpe das Wasser nach oben drückte, damit es an den anderen Steinscheiben hinabplätschern konnte, lag direkt vor ihren Füßen. Ihr Atem ging unruhig, als sie sich Schritt um Schritt ins Büro vorarbeitete. Kurz befürchtete sie, dass derjenige, der für diesen Schaden verantwortlich war, sie gleich anspringen würde. Dass sein Blick schon auf ihr ruhte, um nur nicht den richtigen Zeitpunkt zum Losschlagen zu verpassen. Doch hier war niemand.

Ein paar Blatt Papier waren auf den Boden vor dem Schreibtisch gefallen. Alles andere sah ganz normal aus, kein großes Chaos. Ein Windhauch im Hinausgehen, der die Kostenkalkulation vom Tisch geweht hatte. Sie wollte sich nicht bücken, um nachzusehen, ob es die Zahlen für die Beerdigung ihrer Mutter waren.

Über Schweitzers Schreibtisch zeichnete sich eine etwas hellere Stelle an der Wand ab. Hatte er nicht gesagt, sein Vater und er hätten dem Schlangensperber vom Booth einen Ehrenplatz im Büro gegeben? Vor Wut über ihren gestrigen Auftritt musste er ihn abgehängt haben. Kaum hörbar atmete sie aus und wandte sich der Richtung zu, aus der das Klavier weiter traurige Töne sandte, auch am Ruhetag.

Die Schritte auf den Marmorstufen setzte sie mit Bedacht. Falls Schweitzer doch noch hereinkäme, würde sie ihm erklären müssen, dass sie hier unten Geräusche gehört hatte. Sie drehte sich ruckartig um. Ein Reflex, die knappe Bewegung ihres Kopfes hin und her.

Unten musste sie noch einmal um die Ecke und durch einen kleinen Vorraum. Auf einem Tisch mit weißer Tischdecke flackerte eine Kerze. An den Weg hatte sie keine Erinnerung mehr. Hatte das alles auch schon gestern hier gestanden?

Ein letzter Abzweig. Sie hielt kurz inne, als sie den Sarg erblickte, bemerkte aber, dass er geschlossen war. Lautlos setzte sie die nächsten kleinen Schritte und stand gleich darauf im

Raum. Der Sarg war viel dunkler als der, in dem ihre Mutter aufgebahrt gelegen hatte.

Es fiel ihr sofort auf, dass etwas nicht stimmen konnte. Der Deckel war leicht verschoben, um ein paar Millimeter nur. Eine kleine Ecke schwarzen Stoffs hing heraus. Sie überlegte nicht, sondern reagierte, eine mechanische Abfolge von Bewegungen, denen sie sich willenlos ergab. Der Sargdeckel war erstaunlich leicht. Ganz anders, als sie erwartet hatte. Schwungvoll riss sie die Arme in die Höhe und sprang zurück, als die hölzerne Abdeckung, die mit stilisierten Ranken verziert war, wegrutschte und auf den Fliesen aufschlug.

Schweitzer starrte sie aus weit aufgerissenen Augen an. Völlig entgeistert. Seine rote Nase glänzte. Die blutigen Äderchen in seinen Augen hoben sich kaum mehr von dem trüben Weiß der Augäpfel ab. Vielleicht hatte er noch etwas sagen wollen. Sein Mund stand offen, rund und weit wie bei einem Karpfen, den man aus dem Wasser gehoben hatte. Neongelb leuchtete der Kabelbinder um seinen Hals. Bis auf die Daumen hatte er seine beiden Hände noch fast vollständig darunterschieben können, um zu verhindern, was nicht zu verhindern gewesen war. Tief hatte sich der schmale Kunststoffstreifen in seine fleischigen Finger geschnitten und diese fest auf die Adern in seinem Hals gepresst. Fast sah es so aus, als ob er sich selbst erwürgt hätte. Es roch stark nach Urin.

Sie wusste im selben Augenblick, dass sie nicht noch einmal in sein Büro zurückmusste, um nach dem Schlangensperber zu suchen.

16

Sie hatte bei seinem Anblick nicht schreien müssen, weil es ihr gelungen war, den Bestatter auf das zu reduzieren, was er in jenem Moment war: ein totes Lebewesen, wie sie es jeden Tag auf dem Tisch hatte. Während der Ausbildung hatte ihnen ein alter und erfahrener Präparator erklärt, dass die mit Abstand schönsten Objekte diejenigen seien, die man selbst getötet habe. Nur so könne man sicher sein, dass das Tier auch wirklich frisch sei. Was nützte die ganze Arbeit, wenn sich beim Abbalgen die Federn oder die Haare des Fells lösten? Sie hatte schweigend genickt und den Rat beherzigt, immer ausreichend Chloroform in der Werkstatt griffbereit zu halten. Außerdem ein gut abzudichtendes massives Terrarium mit schwerem Deckel, der zusätzlich fixiert werden konnte. Selbst kleine Tiere setzten sich im Moment des Sterbens in Todesangst mit immensen Kräften zur Wehr.

Sie stellte ihren Opel in einer der Parktaschen auf der Straße ab, um ungesehen in ihre Werkstatt zu kommen. Sie fühlte sich wie ein Einbrecher bei der Arbeit. Konzentriert darauf bedacht, keine unnötigen Geräusche zu machen. Genau das hatte sie immer vermeiden wollen. Keine Männer in der eigenen Wohnung, ausreichend Distanz, um sich nicht erklären zu müssen. Jetzt schlich sie fast auf Zehenspitzen durch die Einfahrt, um Thorsten nicht in die Arme zu laufen. »Wir müssen reden, warum machst du nicht auf?« – »Was ist los mit dir, du siehst blass aus, kann ich dir helfen?« Sie schnaufte genervt, weil sie wusste, dass ihr dieses Gespräch irgendwann bevorstehen würde. Es war nicht zu verhindern, sie konnte es lediglich hinauszögern, um einen besseren Zeitpunkt dafür zu finden. Aber wann war ein guter Zeitpunkt? Bloß nicht jetzt, wo ihr doch so viele Gedanken die Sicht vernebelten.

Der kantige alte Laptop in ihrem Büro lief brummend an. Er brauchte quälend lange, bis er endlich einsatzbereit war. Ihre Fingerspitzen trommelten ungeduldig auf die Holzplatte. Google Books baute sich gemächlich auf. Sie musste sich später noch in die beiden Präparationsbücher vertiefen, das alte große, das sie fast auswendig kannte, und das kleine, das ihre Mutter ihr hinterlassen hatte. Die augenfälligen Unterschiede zwischen beiden. Massive Unterschiede.

Etwa zwanzig Tiere hatte ihr Vater im großen Präparationsbuch als Arbeiten seiner Afrikareise notiert. Im Film hatte sie um die fünfzig, vielleicht sechzig Tiere gesehen. Und es war bestimmt nicht jede einzelne Jagd mit der Kamera begleitet worden. Vielleicht hatte er im kleinen Buch sämtliche geschossenen Tiere notiert. Auch all diejenigen, die nur abgezogen und später gar nicht weiter präpariert worden waren. Weil die Felle zu schlecht und dünn gewesen waren, oder sie waren ihnen doch verdorben in der Hitze, nachdem sie sie getrocknet und nicht ausreichend gesalzen hatten.

Vielleicht waren auch die Auftraggeber gestorben, noch bevor er alles hatte abarbeiten können. Das war eigentlich die naheliegendste Erklärung. Die Hinterbliebenen konnten mit den Jagdtrophäen nichts mehr anfangen. Sie wollten keine teuren Erinnerungsstücke, die sie doch nur an den Verlust des geliebten Menschen erinnerten. Nutzlose Trophäen, mit denen sie nichts verband, die nur verstaubten und Platz im Wohnzimmer zustellten.

Sie gab als Suchbegriff »Afrikaexpedition 1961« ein. Zahllose Treffer, die sie schnell über den Bildschirm laufen ließ. Sie löschte die Jahresangabe und tippte stattdessen den ersten Namen ein, der ihr einfiel. Jesse, dessen Statur sie noch genau vor Augen hatte. Das kleine Männchen mit dem großen Gewehr. Ihr Computer brauchte beinahe eine Minute, um dann keinen Treffer zu vermelden. Eine Denkschrift über die deutsch-japanische Wirtschaftszusammenarbeit bot ihr die Suchmaschine stattdessen an. Ihr Suchbegriff »Afrikaexpedition« stand durchgestrichen darunter.

Hans-Ludwig Jesse, Ministerialdirigent im Auswärtigen Amt. Sein Name war als Pfad markiert. Google Books schien Bücher gefunden zu haben, die mit ihm in Verbindung gebracht werden konnten. Wahrscheinlich waren das bloß noch mehr Denkschriften zur Wirtschaft all der Länder, mit denen er sich beschäftigt hatte. Sie klickte den Pfad trotzdem an und bereute es im selben Moment, weil ihr Computer signalisierte, dass er sich auch hierfür wieder ausreichend Zeit nehmen würde.

»Mein geliebtes Afrika, wie ich es sah«. Von Karl Kauffmann, aus dem Nachlass herausgegeben von Hilde Kauffmann.

Warum mühte sich ihr Rechner so lange an der Suche ab? Jesse musste irgendwo in dem Buch genannt sein. Sie spürte die dumpfen Schläge ihres Herzens. Ihre flache Hand klatschte auf die Arbeitsplatte. Der Bildschirm des Laptops wackelte mit. Zitternd führte sie die Spitze des Zeigefingers über die glatte Oberfläche des Tastfeldes und scrollte nach unten. Sie fand weitere Informationen zu Kauffmanns Buch: zweihundert Seiten, viele Bilder, 1963 erschienen in einem Verlag, von dem sie noch nie etwas gehört hatte. Es war aber anscheinend keine digitalisierte Version vorhanden. Googles Algorithmus bot ihr Georg von Opels »Menschen, Tiere und Maschinen« als Alternative an. Das gab es antiquarisch zuhauf zu kaufen. Ein gefragter Band vom Anfang der Sechziger. Wie kam sie möglichst schnell an das Buch von Kauffmann?

Es drehte sich alles vor ihren Augen. Sie atmete schwer. Sie rieb sich die Lider und fühlte die Feuchtigkeit ihrer Tränen, die sofort da waren. Mit Schwung drückte sie den Bildschirm nach unten, um in Ruhe im Dämmerlicht der Werkstatt Ordnung in ihren brummenden Schädel zu bringen. Besaß sie denn eine Chance gegen die Erinnerungen, die sie jahrelang erfolgreich zu verdrängen gewusst hatte? Zwei Ibu 400 reichten normalerweise aus, um sie in wattig-weiche Teilnahmslosigkeit zu hüllen. Der zu erwartende Schmerz wäre schnell betäubt. Eine wärmende und süße Fluchtmöglichkeit, die bisher noch immer ihren Zweck erfüllt hatte. Lethargisch und ungerührt würde sie das übersehen, was ihr womöglich die Augen öffnen konnte. Es war ihre vielleicht letzte Gelegenheit, noch einmal vergessen zu dürfen. Wenn sie sie jetzt nicht nutzte …

Sie schüttelte den Kopf. Etwas tief in ihr sträubte sich gegen diese Gedanken. Es war schlicht zu spät dafür. Zu viel war in den letzten beiden Tagen passiert, als dass sie sich noch irgendwie aus dieser Sache würde herauswinden können. Spätestens nach dem heutigen Erlebnis in Schweitzers Raum der Stille gab es keine Fluchtmöglichkeit mehr für sie. Die Ermordung des Bestatters und der Einbruch gestern bei ihr gehörten zusammen. Nur so machte es Sinn.

Das Rauschen in ihrem Schädel veränderte sich. Entschlossen drückte sie sich in die Höhe. Das Luftholen fiel ihr schwer. Sie stöhnte auf. Zarte, pfeifende Töne erklangen bei jedem Atemzug. Eine drückende Last beschwerte ihre Brust und Schultern. Gekrümmt schleppte sie sich die Wendeltreppe hinauf. Jeder Schritt kostete sie immense Kraft, laugte sie aus. Dabei waren es nur wenige Stufen bis in das Ankleidezimmer ihrer Mutter, zu den eingebauten und vollgestopften Kleiderschränken, in denen noch alles genau so war, wie sie es bei ihrer überstürzten Flucht hinterlassen hatte. Die Vergangenheit ihrer Mutter steckte darin, die diese auch dann nicht mehr hatte sehen und haben wollen, als sich der Tod ihres Mannes zwei Jahre später endgültig aufgeklärt hatte. Ihre Mutter war dabei geblieben und hatte nie wieder einen Fuß in diese Wohnung gesetzt.

Sie selbst hatte sich eine andere Form der Distanz geschaffen. Jahre später war sie hierher zurückgekehrt und hatte einen Teil ihrer Vergangenheit wieder in Besitz genommen. Angenommen hatte sie aber nur den guten Teil, die schönen Erinnerungen, die nicht schmerzten. Den Rest hatte sie in ihrem Innersten zugedeckt und die betreffenden Räume in der Wohnung nie wieder betreten. Das Gleiche galt für die Schränke im Ankleidezimmer ihrer Mutter und im Wohnzimmer. Sie hatte die Türen und Schubladen nie mehr aufgezogen. Die Furcht vor der Erinnerung hielt sie zurück. Bloß nichts aufwühlen, vor allem nicht die verscharrten farbigen Szenen und Bilder, die sie in ihrem Schädel unter vielen Schichten Unrat begraben hielt.

Ihr Leben funktionierte, auch wenn es seit jener Nacht vor neununddreißig Jahren anders verlaufen war als das ihrer Mitschülerinnen in der Grundschule, auf dem Gymnasium und später in der Bochumer Präparatorenschule. Sie wusste das und hatte es akzeptiert. Das Anderssein war Selbstschutz. Eine bewusst gewählte Einsamkeit, die die Distanz und den Sicherheitsabstand, den sie um sich errichtete, erhielt. Sie brauchte nichts zu erklären, musste ihr Inneres nicht nach außen wenden, wo es doch kein anderer verstehen konnte. Für ihr Leben hatte sie klare Regeln aufgestellt. Regeln, die sie bis gestern ohne Probleme eingehalten hatte. Es war ihr nie in den Sinn gekommen, die selbst gezogenen Grenzen zu überschreiten. Doch der Tod der Mutter hatte die notdürftig verkrusteten, noch schmerzenden Wunden gnadenlos aufgerissen. Nur deshalb hatte sie bei Thorsten Bassmann die sorgfältig ausgewählten und seit vielen Jahren funktionierenden Regeln missachtet. Dann der Einbruch und der Mord an Schweitzer. Es war so viel auf einmal, das tosend über sie hereinbrach. Eine höhere Gewalt, die sie immer weiter in ihre eigene Vergangenheit zwang.

Sie stöhnte beim letzten Schritt auf der metallenen Treppe und begann zu beben. Ihre Hände bewegten sich unkontrolliert. Eisige Kälte kroch von den Fingerspitzen schmerzend weiter. Ein kühler Hauch traf ihr Gesicht, die Erinnerung an damals. Ihre Füße steckten in Stiefeln, und sie trug immer noch den schwarzen Mantel, den sie für den Besuch bei Schweitzer angezogen hatte. Dennoch fühlte sie sich wie damals, wie in jener schrecklichen Nacht, die jetzt wild und bruchstückhaft vor ihrem inneren Auge aufblitzte. Die zarten Schritte ihrer kleinen nackten Füße auf dem warmen Holz des Fischgrätparketts. Das Geräusch, das sie geweckt hatte und das sie auch jetzt wieder zu hören glaubte. Es war aus der Bibliothek ihres Vaters gekommen, die sich direkt neben ihrem Kinderzimmer befand. Ganz leise und kaum wahrnehmbar, nur sie allein schien es gehört zu haben. Sachte Bewegungen, Schubladen und Schranktüren, die vorsichtig aufgezogen und gleich darauf wieder geschlossen wurden.

Mit zaghaften Schritten war sie über das Parkett geschlichen, das an manchen Stellen knarrende Geräusche von sich gab. Der Geruch nach Bohnerwachs hatte in der Luft gehangen. Vaters Büro wurde kaum gelüftet. Dann die Stille, weil der Mensch im Büro innehielt und lauschte. Sie auch. Sie hatte ihren Vater erwartet. Er war meistens abends und in der Nacht hier, weil er sich dann weitgehend ungestört mit Cognac betäuben konnte. Das Gesicht, in das sie stattdessen starrte, als sie den Raum mit den mächtigen Bücherwänden bis hoch unter die Decke betrat, war ausgelöscht, aus ihrem Schädel getilgt wie auch das Gesehene, zu dem sie nur noch die Geräusche besaß.

Die Kriminalbeamten hatten später so oft danach gefragt. Wie sah er aus, der Täter? Freundlich und geduldig zunächst, mit viel Verständnis für das arme Kind, das kaum fünf Jahre alt war und alles hatte mit ansehen müssen. Dann wurden sie fordernd. »Nur du kannst helfen.« – »Reiß dich zusammen!« Der Polizist hatte sie an den Schultern gepackt und geschüttelt. Sie hatte trotzdem weiter geschwiegen, weil sie die Bilder verloren hatte von dem Moment an, da er sich umdrehte und sie ansah.

Mit allen Sinnen fühlte sie sich zurückversetzt in jene Nacht. Der Raum, den sie seither nie wieder betreten hatte, lag vor ihr. Ihre Fingerspitzen waren blau und fühlten sich taub an, als sie sie zur geschwungenen Türklinke ausstreckte. Fahles Licht aus dem Flur erhellte die ersten Meter. Sie hatte das Gefühl, nicht mehr einatmen zu können, zu groß war der Druck auf ihrem Brustkorb. Obwohl sie sich gegen die Erinnerung zunächst noch vehement zur Wehr zu setzen versuchte, sah sie nun seinen Rücken. Er stand am Schreibtisch. Sie fühlte den kühlen Hauch, der vom Treppenhaus durch die offen stehende Wohnungstür kommend über ihre bettwarmen Wangen strich. Es war wie die zarte Hand ihrer Mutter, die in jener Nacht mit einer ihrer Freundinnen unterwegs gewesen war, geflüchtet vor dem Streit mit dem wieder besoffenen Ehemann.

Sie blieb im Türrahmen stehen und beobachtete den Eindringling lange. Sie sah, wie er sich weit nach unten beugte, um eine der Schubladen aufzuziehen. Sie hörte das Geräusch, als er die Stifte zur Seite schob, die Schlüssel, von denen einer in den Tresor unter dem Schlachtengemälde passte.

Rote Husaren im Angriff mit geschwungenen Säbeln. Die Polizisten hatten ihn bei ihren Nachforschungen geöffnet, um zu ermitteln, ob der Eindringling wegen des wertvollen Inhalts gekommen war. Alte Papiere und eine ungeladene Pistole hatten sie zutage gefördert. Der Inhalt des Tresors taugte nicht als Motiv.

Sie atmete lautlos, sah ihm weiter still zu und vernahm dann das plötzliche Knarren des Parketts hinter sich im Flur. Er hörte es ebenfalls. Sie sah, wie er sich erschrocken umdrehte. Sein Oberkörper ruckte in die Höhe, dann fuhr er herum. Diese Bewegung hatte sie noch bildhaft gespeichert. Danach riss der Film, und nur der Ton blieb ihr als Erinnerung.

Sie hatte geschrien, als er sie ansah, wie sie es später nie wieder getan hatte. Hinter ihr war ein Rumpeln zu hören gewesen, dann ertönten Schritte, die näher kamen und sie gleich darauf eingeholt hatten. Das Vibrieren des Parketts spürte sie noch immer unter ihren Füßen. Ihr Vater hatte sie erreicht. Er hielt kurz an, erstarrt für den Bruchteil einer Sekunde. Er war bestimmt überrascht gewesen, weil er zwar die offene Wohnungstür gesehen, sich darauf bis zu diesem Zeitpunkt aber keinen Reim hatte machen können.

Der Mann, der eben noch den Schreibtisch durchsucht hatte, war näher getreten. Jetzt blieb er abrupt stehen. Sie konnte seinen Atem hören. Laute Stöße aus der Tiefe seiner Lunge. Er schien nur kurz zu überlegen. Das klackende Geräusch, als die Klinge seines Messers heraussprang, durchschnitt den knappen Augenblick der Stille. Ihr Vater stand da bereits schützend vor ihr. Der warme Hauch der Regung, als sich die Männer aufeinander zubewegten. Der Schnitt einer scharfen Klinge, die, mit Schwung geführt, Haut, Sehnen, Fleisch und Adern erbarmungslos durchtrennte. Sie hörte das gurgelnde Stöhnen, das sein Zusammensacken auf dem

Parkett begleitete. Der letzte Ton ihres sterbenden Vaters drang in ihr Ohr. Dazu die schnellen Schritte neben und hinter ihr, die sich schließlich im Treppenhaus verloren.

Sie war damals und jetzt an exakt derselben Stelle stehen geblieben. Hinter dem Türrahmen, nahe dem Regal mit den Lexika und den Atlanten. Das Blut aus seinem Hals umspülte ihre zarten Kinderfüße, die daraus weiß herausragten wie Inseln aus dem Meer. Sie bückte sich und strich ihm über die Wangen und die Brust. Warm und nass fühlten sich ihre Hände danach an. Das Blut trocknete nur langsam. Es klebte. Lange traute sie sich nicht, die Finger zu bewegen. Sie verlor das Gefühl für die Zeit. Eine Ewigkeit in dieser Nacht, bis ihre Mutter sie herausriss.

Er hatte nach Geld gesucht, die goldene Taschenuhr des Großvaters und den verzierten Montblanc-Füller ihres Vaters mitgenommen. Fingerabdrücke draußen an der Wohnungstür konnten weiteren Einbruchsversuchen in der Gegend zugeordnet werden. Zwei Jahre später war bei einem Verkehrsunfall ein Albaner zu Tode gekommen, zu dem die Fingerabdrücke passten. Der Fall war damit gelöst.

Sie riss ihre Augen auf, die die Dunkelheit nicht mehr ertragen wollten. Tränen quollen nach. Ein Schleier, der die Konturen aufweichte, verzog und den dunklen Fleck vor ihr im Parkett viel kleiner erscheinen ließ. Der aus kindlicher Sicht riesige See aus seinem Blut, in dem sie lange gestanden haben musste in jener Nacht. Sie drückte die Tür weit auf, weil es ihr widerstrebte, den Raum mit grellem Licht zu fluten. Die Helligkeit aus dem Flur sollte ausreichen.

Große Tropfen fielen von ihrem Kinn in die Tiefe, als sie mit einem weiten Schritt über das hinwegstieg, was von der Blutlache übrig geblieben war. Den Anblick hatte ihre Mutter nicht ertragen können. Alles hier erinnerte sie an den Verlust, jeder Raum und jeder Gegenstand darin. Und sie.

Irgendwann hatte sie ein Gespräch ihrer Mutter mit den Kriminalbeamten belauscht. Es musste einige Wochen nach dem Mord gewesen sein. Ohne genau zu wissen, wie es passiert war, hatte sich ihre Mutter die Abfolge richtig zusammengereimt. Der Einbrecher hatte ihren Mann nur deswegen getötet, weil *sie* nicht in ihrem Bett geblieben war. Ihr Vater hatte sie schreien gehört, war deswegen aus dem Sessel im Wohnzimmer aufgeschreckt, wo er um diese Uhrzeit nach dem sechsten Cognac immer fest schlief.

Seither verstand sie, warum ihre Mutter kaum noch mit ihr redete. Das Schweigen war die Strafe ihrer Mutter, die Felicitas still akzeptierte.

Sie schluchzte auf und sog krampfend Luft ein. Durch den Tränenschleier las sie die farbigen Buchrücken im Regal, die ihr Vater alphabetisch angeordnet hatte. Hedin, Jahn, Junker, Kauffmann. Ihre Handfläche ruhte auf dem glänzenden Einband, als ob sie die Lettern und Worte auf diese Weise einsaugen und alles verstehen könnte, was passiert war. Gegen den Widerstand der Jahre, die den Schutzumschlag mit dem seines Nachbarn im Regal verbunden hatten, zog sie das Buch heraus. Die Augen auf den Boden gerichtet, verließ sie das Zimmer und schloss die Tür, ohne einen weiteren Blick zurückzuwerfen.

Was hatte alles passieren müssen, damit sie diesen Schritt tat? Der Raum, den sie für so viele Jahrzehnte aus ihrem Erinnern getilgt hatte.

Der Strom der Tränen versiegte langsam. Sie wischte sich den Schleier aus den Augen und sank erschöpft mit dem Buch in den Händen auf den Boden des Flurs. »Mein geliebtes Afrika, wie ich es sah«, aus dem Nachlass herausgegeben von Hilde Kauffmann. Sie blätterte los. Die bekannten Aufnahmen, die das, was sie schon gesehen hatte, aus einem anderen Blickwinkel zeigten. Manchmal musste Kauffmann direkt neben ihrem Vater gestanden haben. Vielleicht hatten sie sich sogar leicht berührt in jenen Momenten, in denen sie fast gleichzeitig auf den Auslöser drückten. Die Jagdgefährten, die schwarzen Helfer, die erlegten Tiere. Alte Bekannte mittlerweile.

Das Mädchen mit dem Buch vor der Brust. Ihr Lächeln ganz nah, weil er nur ihr Gesicht bis zum Halsansatz abgelichtet hatte. Ihr Vater, in die Arbeit an einer Thomson-Gazelle vertieft. Die letzten Details am fast fertiggestellten Objekt. Sein Gesicht wirkte so jung auf diesem Foto. Anfang dreißig war er damals erst gewesen. Der dunkelhäutige Jagdhelfer neben ihm, der das Fell glatt strich, lachte breit, direkt in die Kamera. *Unser Präparator Friedrich Booth bei der Arbeit mit seinem treuen Gehilfen Fritz.*

Sie wischte die neuen Tränen weg, um die nächsten Motive erkennen zu können.

Mit Rüther hatte sie richtiggelegen. Er war der mit dem dunklen Gesicht. Der mit der Feldflasche hieß Lutz von Wernicke. Die Bildunterschriften erklärten alles. Kenia, Ghana, Südwestafrika, Kongo. Die Propellermaschine auf der Schotterpiste hatte sie überall hingebracht. Sie wischte sich noch einmal die Tränen aus den Augen, weil die Buchstaben schon wieder verschwammen.

Das Klingeln ließ sie zusammenzucken. Ohne Vorwarnung, wie aus dem Nichts, wurde es von Schlägen an die Wohnungstür begleitet. »Felicitas, bitte mach endlich auf. Ich weiß, dass du da bist. Ich habe deinen Wagen draußen auf der Straße gesehen.«

Thorsten.

Er klingelte erneut. Der rasselnde Lärm überlagerte seine Worte. »Wir können doch wie vernünftige Menschen miteinander reden. Schlagheck hat mir erzählt, was heute Nacht passiert ist. Du musst total fertig sein. Lass mich dir helfen.«

Zwei Hiebe auf das Holz, in denen sie weiterblätterte, es waren bereits die letzten Seiten. Sie überflog die knappe Danksagung am Ende. Erste Expedition, zweite, dritte, vierte. *Mein Dank gilt: Jesse, Rüther, von Wernicke, Booth als Präparator, René Frei als Kameramann. Den Trägern und Helfern Fritz, Schorsch, Hannes.*

»Ich bleibe so lange vor deiner Tür, bis du aufmachst.« Sie hörte ein Knacken und Kratzen, eine Bewegung am Holz der Tür. »Und wenn ich die ganze Nacht hier draußen sitzen muss. Ich spüre, dass du da bist und dass du meine Hilfe brauchst.«

Es herrschte wohltuende Stille, in der sie die Luft anhielt, obwohl es ihr sehr schwerfiel.

»Wir brauchen nicht zu reden. Ich stelle keine Fragen. Versprochen. Ich will dich einfach nur festhalten.«

Ihr Blick huschte weiter, überflog die letzten Zeilen. *Ein ganz besonderer Dank gilt Greta von Wernicke von der Fluggesellschaft Sabena und dem Schreiner Eugen August Schweitzer.*

Die Namen aller Beteiligten dieser Afrikaexpedition folgten. Jeder, der es wollte, hätte ohne größere Mühe herausfinden können, wer alles dabei gewesen war. Sie zog die Tür auf und ließ sich in Thorstens Arme fallen.

17

»Du musst die Polizei rufen.« Er streichelte über ihre glatte, hohe Stirn. Am Haaransatz hielt er inne, um seine Hand dann sachte weitergleiten zu lassen. Seine Wärme auf ihrem Kopf tat gut. »Wenn es wirklich so ist, wie du sagst, dann gibt es keinen anderen Weg.«

Sie hatte tief und fest in seinen Armen geschlafen. Auf der Matratze in ihrem ehemaligen Kinderzimmer, unter den Schwingen des Bussards und zwischen den unzähligen Fetzen und Zeitungsausschnitten, die sie im gesamten Raum verteilt und längst nicht alle gelesen hatte. Thorsten musste ihr die Jacke und die Schuhe ausgezogen haben, ohne dass sie es bemerkt hatte. Sein Blick offenbarte, dass er ihr die ganze Geschichte nur schwer abnahm. »Du erzählst mir, dass du beim Bestatter den Sarg aufgerissen hast, und es lag nicht deine Mutter darin, sondern der Bestatter selbst? Felicitas, das ist doch irre.«

Sie schwieg, und er ließ sie. Bohrte nicht nach. Sein Gesichtsausdruck verriet, dass er sie nicht bedrängen würde. In der schützenden Obhut seiner Arme hatte sie geweint. So lange, bis ihr die Kraft für weitere Tränen gefehlt hatte und sie übermüdet weggenickt war. Ein flacher Schlaf, vollgestopft mit Träumen, aus denen sie immer wieder aufgeschreckt war und erst dann richtig herausgefunden hatte, wenn er leise flüsternd auf sie einredete. »Ich bin bei dir. Alles ist gut. Ich beschütze dich.«

»Musst du nicht zur Arbeit?« Sie richtete sich auf und streckte sich. Alles tat weh, die Arme, der Rücken, die Beine bis hinunter in die Waden. Es fühlte sich an wie ein Muskelkater nach immenser körperlicher Anstrengung. Der Marathon in die eigene Vergangenheit und wieder zurück hatte sie auch körperlich an ihre Grenzen und darüber hinaus gebracht.

»Gleitzeit. Zwischen sieben und zehn ist eigentlich alles egal. Solange die Arbeit gemacht wird, sitzt bei uns niemand mit der Stoppuhr am Eingang. Und wenn ich einen Kundentermin außerhalb habe, dann kann ich meinen Tag drum herum relativ flexibel gestalten.« Er grinste sie an. Seine dichten welligen Haare standen in alle Richtungen. So sah er also aus, wenn er morgens wach wurde. Sie mochte ihn in diesem Moment fast noch mehr als vorgestern, als sie miteinander schliefen.

»Was machst du eigentlich?«

»Ich liege neben dir. Siehst du doch.«

»Und wenn du nicht hier liegst?«

»Warte ich darauf, wieder neben dir liegen zu dürfen.« Er richtete sich halb auf und küsste sie so sachte auf den Mund, dass sie die Berührung kaum spürte.

»Und sonst?«

»Was, sonst?«

»Wenn du später wieder oben in deiner Wohnung bist, was machst du dann? Und sag jetzt nicht, warten bis ich zu dir hochkomme.«

»Schade.« Er legte den Kopf schräg. »Was Besseres fällt mir nämlich nicht ein.« Er wollte sie wieder küssen. Sie zog ihren Kopf zurück.

»Sag mir, was du arbeitest, damit ich weiß, wovon ich dich gerade abhalte.«

»Werbung.«

Sie zog unzufrieden die Mundwinkel nach unten. »Geht das auch ausführlicher?«

»Ist das ein Verhör?«

»Ja!« Sie stieß ihn sanft an und lächelte. »Reden Sie schon, los!«

»Mittelgroße Agentur. Werbung, kreative Ideen, Netzwerken. Kunden sind Frankfurter Banken, zwei Versicherungen, ein paar Gewerbetreibende mit Geschäften. Broschüren, Flyer, Visitenkarten. Corporate Identity, Corporate Language, Implementierung im Unternehmensalltag. Willst du noch mehr wissen?«

»Nein, danke.« Sie beugte sich zu ihm hinunter und küsste ihn auf die Stirn. Die Augen hielt sie auch danach noch geschlossen und verharrte leise atmend über ihm. Sie fühlte seine Fingerspitzen auf ihren Brüsten. Vorsichtige Berührungen. Seinen Blick konnte sie spüren. Prüfend, ob das so in Ordnung war für sie nach allem, was sie in den letzten beiden Tagen durchgemacht hatte. Sie seufzte. Eine angenehme Wärme flutete ihren Oberkörper, ausgehend von seiner Nähe, seinem Geruch und seinen feinen Berührungen. Kreisend führte er seine Fingerspitzen von ihren Brustwarzen, die fest geworden waren, weg. Sie blinzelte leicht, um ihn sehen zu können. Er hatte die Augen fest geschlossen, dafür aber den Mund ein klein wenig geöffnet. Fast wie im Schlaf sah er aus, träumend, einen ausgedehnten, schönen Traum. Er lächelte dabei und fasste sie jetzt fester an. Seine flachen Hände übten einen wohligen Druck aus, packten entschlossen zu. Sie ließ sich auf ihn fallen und begrub ihn unter sich. »Ich habe einen schrecklichen Hunger.« Sie hauchte ihm ins Ohr und suchte mit ihren Zähnen sein Ohrläppchen. »Ich will jetzt essen, viel essen.«

18

Wohltuend rann das heiße Wasser über ihren Kopf und ihre Schultern. Strömende Behaglichkeit, aus der sie ihn nicht hatte entlassen wollen. Jetzt war er weg. Die Arbeit, das Büro, der Kundentermin. Es war gut so. Höchste Zeit, loszukommen. Sie hatte ihm so viel erzählt, geschwiegen und dann weitere Worte geformt. So viel mehr, als sie jemals einem anderen Menschen offenbart hatte. Der Tod ihres Vaters, das Schweigen ihrer Mutter, das Vorwurf und Strafe bedeutete. Ihre selbst gewählte Einsamkeit, die sie angenommen und verteidigt hatte. Erst letzte Nacht war ihr schlagartig klar geworden, was sie in all den Jahrzehnten vermisst hatte – durch die Wärme seiner Berührungen, den Halt der Arme und Hände, die Tränen, die fließen durften, solange sie wollten. Warum war er denn nicht schon viel früher in ihr Leben getreten?

Sie tastete nach dem Hebel der Mischbatterie und stoppte den heißen Strom über ihren Körper. Unter normalen Umständen hätte sie Thorsten gar nicht bemerkt, ihn nicht an sich herangelassen, an die Grenze, ihren blickdichten Schutzwall. Vertrieben hätte sie ihn und für immer verloren. Ein Gedanke, der schlagartig Trauer in ihr aufsteigen ließ. Es hatte verheerende Umstände gebraucht, den Tod der Mutter, den Einbruch, der den Täter das Leben gekostet hatte, und den Mord an Schweitzer. Ohne sie wäre sie nicht bereit für ihn gewesen. Nicht bereit, sich zu öffnen und fallen zu lassen. Ihn nicht mehr loszulassen, um das Zusammensein zur Ewigkeit zu dehnen.

Sie hatte es stets herbeigesehnt, die Männer, mit denen sie sich in Pensionen und Hotelzimmern getroffen und geschlafen hatte, still atmend neben sich liegen zu hören. Der Schlaf, nachdem die Lust besänftigt war, ermöglichte es ihr, lautlos hinauszuschleichen.

Wenn sie reden wollten, hatte sie sich schlafend gestellt. Aus Angst vor diesem schmalen Zeitkorridor, in dem die Männer glaubten, Nähe zu spüren und Vertrautheit austauschen zu müssen, während sie darum bemüht war, den eingestürzten Grenzwall schnellstens wiederaufzurichten und Distanz zu schaffen.

Die Kälte, die sie empfing, als sie aus der aufgeheizten Duschkabine auf die Fliesen des Badezimmers trat, ließ sie frösteln. Die zarten blonden Härchen auf ihren Unterarmen richteten sich auf. Hastig trocknete sie sich ab. Wer auch immer hinter den Ereignissen der vergangenen Tage steckte, wusste ganz genau, wer alles an der Afrikaexpedition beteiligt gewesen war. Er hatte jemanden geschickt, um die Hyäne zu untersuchen und zu öffnen, und danach Schweitzer einen Besuch abgestattet. Der Mord an dem Bestatter zeigte, dass der Unbekannte zu allem entschlossen war und sich auch durch den Tod des eigenen Helfers nicht abschrecken ließ.

Die Dermoplastiken der Afrikaexpedition schienen sein Ziel zu sein. Die Tüpfelhyäne in ihrer Werkstatt und der Schlangensperber beim Bestatter. Vielleicht wiesen ihr die beiden Präparationsbücher ihres Vaters den Weg? Möglich, dass sie das Ziel des Einbruchs gewesen waren, nicht allein der Bauch der Hyäne. Und nur ihr plötzliches Erscheinen hatte den Einbrecher daran gehindert, die Bücher mitzunehmen.

Sie zog sich ein T-Shirt über und schlüpfte in Unterhose

und Jeans. Auf ihrem Rücken spürte sie die Kühle der Wassertropfen, die sie in der Eile abzutrocknen vergessen hatte. Ihre langen blonden Haare hingen nass herab. Notdürftig bearbeitete sie sie mit dem Handtuch so, dass sie zumindest nicht mehr tropften und die feine Tintenschrift ihres Vaters nicht zerstört werden konnte.

Auf nackten Füßen lief sie über das Parkett. In ihrem Schlafzimmer mussten noch die dicken Socken liegen. Sie konnte ihn sofort wieder riechen, als sie über die Schwelle trat und die zerwühlte Bettdecke auf der viel zu schmalen Matratze sah. Einen Tag, vielleicht zwei, mehr nicht, würden die Möbelpacker brauchen, um die Schränke im Wohnzimmer und im Schlafzimmer ihrer Eltern auszuräumen. Sie konnte die Kisten einlagern lassen. Sicher verwahrt für den Fall, dass sie irgendwann etwas davon benötigte. Die Erinnerung an vergangene Zeiten, verpackt in Pappkartons. Etwas anderes waren die Sachen doch hier auch nicht. Dann wäre genug Platz für sie und ihn. Sie sehnte sich danach, mit Thorsten in den Sesseln im Wohnzimmer zu sitzen, und musste augenblicklich den Kopf schütteln. Die Szenen, die vor ihrem inneren Auge auftauchten, erschienen unwirklich. Warm und heimelig im dämmrigen Kerzenschein saßen sie wie ein altes Ehepaar bei einem Glas Rotwein und besprachen den sich neigenden Tag. »Wie war es bei dir im Büro, Schatz?« Sie hätte es nie für möglich gehalten, dass sie sich einmal nach einem solchen Zustand sehnen könnte.

Ihre Haare hatten das T-Shirt am Rücken und auf ihren Schultern schon nach wenigen Augenblicken durchnässt. Sie kramte das kleine Präparationsbuch aus der Kiste und stieg mit weiten Schritten über die im ganzen Zimmer ausgebreiteten Ausschnitte. Nachher musste sie sich alles noch mal in Ruhe ansehen. Sie musste die Texte lesen und nicht nur die Überschriften, um zu verstehen, warum ihre Mutter die Artikel ausgeschnitten und in dem Karton platziert hatte, mit der Absicht, sie ihr nach ihrem Tod zukommen zu lassen.

Auf dem Weg zur Wendeltreppe im Ankleidezimmer löste sich ein dünnes Stück Papier vom Einband. Weil sie das kleine Präparationsbuch in der einen und ihre Wollsocken in der anderen Hand hatte, konnte sie es nicht schon im Fallen auffangen. Leicht wie eine Feder schwebte es in einer Art Wirbel zu Boden, im Flug mehrmals die Richtung verändernd, um schließlich vor ihren nackten Füßen zu landen. Ein Zeitungsausschnitt wie die vielen anderen, die sie schon aus der Kiste genommen, ausgebreitet und zum Teil auf kleinen Häufchen aufgestapelt hatte. Einen für jeden Teilnehmer dieser Expedition, bestehend aus Todesanzeigen und Nachrufen, die sich teils bis in den Wortlaut hinein glichen, so als ob sie für Kauffmann, Jesse und Rüther von ein und derselben Person formuliert worden wären.

Der Ausschnitt, nach dem sie sich jetzt bückte, stammte nicht aus einer Tageszeitung. Das Papier war weniger vergilbt und nicht so brüchig. Leicht glänzte es im Schein der Flurlampen. Sie nahm es mit den Spitzen von Daumen und Zeigefinger behutsam auf. Der Ausschnitt schien neuer als die anderen gesammelten Zettel zu sein und musste aus einer Illustrierten stammen. Anders als bei den übrigen Artikeln fehlte ein handschriftlicher Hinweis mit Datum und Fundort. Dafür markierten dicke Striche an der Seite die entscheidenden Stellen.

Dass die Seuche irgendetwas mit der geschwächten Immunabwehr der Betroffenen zu tun haben muss, vermuten auch andere Gelehrte. Kaposi-Patienten sind höchst empfindlich gegen alle möglichen Mikroben, Pilze und Viren. Der Tod tritt oft dadurch ein, dass die

Erreger sich vor allem in der Lunge ungestüm und nicht beherrschbar vermehren.
Ärzte, zu deren Klientel viele Homosexuelle zählen, berichteten zudem, dass sie unter ihren Patienten häufig Anzeichen einer Immunschwäche fanden, etwa stark vergrößerte Lymphknoten, obwohl offensichtlich keine Infektionen vorlagen.
Dies, so fürchten die Mediziner, könnte möglicherweise das Vorstadium einer Kaposi-Erkrankung oder auch einer bösartigen Lungenentzündung sein, wie sie in jüngster Zeit bei amerikanischen Homosexuellen gleichfalls gehäuft beobachtet werden.

Sie schüttelte erstaunt den Kopf. Die Wörter »bösartige Lungenentzündung« waren sogar doppelt unterstrichen. Dabei war der Kugelschreiber so fest und entschieden geführt worden, dass er tiefe Furchen im Papier hinterlassen hatte.

In keiner der vielen Todesanzeigen oder Nachrufe hatte auch nur ein konkretes Wort darüber gestanden, woran die Expeditionsteilnehmer gestorben waren. Hatte ihre Mutter in diesem Bericht die Verbindung gesehen? Eine Krankheit, die bei Homosexuellen auftrat?

Die Bilder fanden von ganz allein vor ihre Augen. Der dicke Kauffmann, der Jesse immer wieder auf die Schulter geklopft hatte. Die Feldflasche, die im Kreis herumgereicht worden war. Der Ausflug einer Männertruppe, die mehr verband als die Großwildjagd? Das wollte für sie nicht recht passen. Diese Art Vertraulichkeit hatte sie in den Filmen nicht erkennen können.

Nachdenklich verharrte sie im Flur. Das Buch in ihrer Hand erinnerte sie wieder daran, was sie eigentlich vorhatte, und sie steuerte auf die Wendeltreppe zu.

Immunschwäche, das klang für sie nach AIDS. Die Assoziation war sofort da gewesen und auch die Erinnerung, irgendwann einmal gehört zu haben, dass man vermutete, die Krankheit sei in Afrika vom Affen auf den Menschen übertragen worden. Durch Verletzungen bei der Jagd oder den Verzehr von Affenfleisch. Sie war sich nicht restlos sicher, ob sie die einzelnen Fetzen in ihrem Gedächtnis richtig zusammenbrachte. Hatten sie Affenfleisch gegessen und sich dadurch angesteckt? Sie mussten ja nicht schwul gewesen sein. Wenn es wirklich AIDS war, dann konnten sie sich auf einem anderen Weg angesteckt haben.

Sie hatte sofort das Mädchen aus dem Film vor Augen. Einfache Verbindungen, die ihr Hirn herstellte. *Mein geliebtes Afrika.* War das, was Kauffmann und die anderen auf den Schwarzen Kontinent gezogen hatte, mehr gewesen als nur das Jagderlebnis? Es wollte ihr einfach nicht gelingen, diesen Gedanken als fehlenden Baustein in die Ereignisse von damals und die beiden Todesfälle der vergangenen Tage einzuordnen. Ein riesiges Durcheinander aus Zetteln, Eindrücken und Gesichtern schwirrte in ihrem Kopf herum. Verblasste, brüchig vergilbte, die unter ihren Berührungen zu Staub zerfielen. Erstaunte, fast noch lebendige, die, vom plötzlichen Tod überrascht, sie ungläubig anstierten. Schweitzers runder, offen stehender Mund. Das letzte gierige Luftholen, bevor ihn die eigenen Finger unter dem Kabelbinder erstickten, für die Nachwelt auf dem starren Antlitz festgehalten.

Die Gitter der verzinkten Treppenstufen schmerzten unter ihren Füßen. Barfuß war sie noch nie in den Präsentationsraum gegangen. Sie legte das kleine Präparationsbuch auf dem Eichentisch ab, zog die Socken an und versuchte, sich zu erinnern, wo sie das große zuletzt gesehen hatte. In der dritten Schublade wurde sie fündig. Es lag gleich obenauf. Die chronologische Dokumentation der Werke ihres Vaters. Im Grunde war es nur ein hochwertiges, in Leder eingebundenes liniertes Notizbuch. Groß und schwer, im Format eines üppigen Bildbandes. *Präparationsbuch Friedrich Booth.* Die gleichen geschwungenen Buchstaben in schwarzer Tinte zierten den Aufkleber außen und die erste weiße Seite. Sie blätterte gezielt weiter.

Es war immer die gleiche Anordnung. Die vertikalen Linien hatte ihr Vater mit dem Lineal und einem Bleistift selbst gezogen. Dünne, nur angedeutete Orientierungen für seine Notizen. In der ersten Spalte hatte er die Tierart notiert. Es folgte ein Datum in der Spalte, die mit dem Wort »Zugang« überschrieben war. Danach der Name des Eigentümers. Die vierte Spalte war nicht näher bezeichnet, dafür aber die größte. Hier fanden sich erste, für die spätere Erstellung der Gipsform wichtige Stichpunkte und Notizen, ob der Kunde besondere Wünsche geäußert hatte. *Geschossen im Odenwald, großes Tier, breiter Schädel, Gehörn weit auseinanderstehend, starke Hinterläufe; Ganzkörper, flaches Podest, dunkel; Podest mit heller Sandeinstreu.*

In zwei weiteren, kleinen Spalten, die gerade genug Platz für ein Datum boten, hatte er festgehalten, wann das Tier abgebalgt und das Fell gegerbt worden war. Die letzte Spalte war wieder etwas breiter, obwohl auch sie zumeist nur ein Datum enthielt. Es war der Tag der Übergabe der fertigen Dermoplastik an den Auftraggeber oder einen anderen Käufer. Falls dieser nicht der Überbringer des Tieres war, notierte ihr Vater unter dem Datum in winzigen Buchstaben den neuen Eigentümer.

Je nachdem, wie viel Raum die breiteste und wichtigste Spalte beanspruchte, in der er den Körperbau des Tieres und die Wünsche des Kunden umschrieb, fanden sich auf einer einzigen Seite seines Präparationsbuches zwischen acht und zehn Tiere. Sie hatte die Seiten des dicken Buches nie gezählt. Mehr als zweihundert, vielleicht dreihundert mochten es sein, die sich wie ein riesiges Verzeichnis der europäischen und afrikanischen Säugetiere und Vögel lasen.

Fische suchte man vergebens und ebenso die Kuriositäten, die jeder Präparator von Zeit zu Zeit herstellte, um verdutzte Besucher oder die eigenen Kinder hinters Licht zu führen. Fabelwesen, geschaffen aus dem, was bei der Arbeit übrig geblieben war. Der lang gezogene Körper eines Feldhasen mit dem Kopf eines Eichelhähers, von den Schwingen eines Wanderfalken in die Höhe gehievt. Ein ganzes Diorama hatte er einmal mit diesen Kreaturen bestückt und damit für einen wahren Menschenauflauf vor dem Geschäft gesorgt. Bestürzte Mütter hatten ihre Kinder schnell weitergezogen, weil ihnen selbst vor den Geschöpfen grauste, von denen einige so finster dreinschauten, dass ihre Mutter am folgenden Tag persönlich Hand angelegt hatte, um die schlimmsten Auswüchse aus dem Verkehr zu ziehen. Was mit den Fabelwesen geschehen war, wusste sie nicht. Vielleicht hatte ihre Mutter sie nach dem Tod des Vaters vor Abscheu weggeschmissen.

Mehr als zweitausend Tiere in knapp fünfundzwanzig Jahren verzeichnete sein Präparationsbuch. Eine beachtliche Zahl, vor allem wenn man berücksichtigte, dass er nur wenige Teilpräparate und kaum Geweihbretter angefertigt hatte. Bis sie das kleine Präparationsbuch der Afrikaexpedition am eilig geräumten Totenbett der Mutter zum ersten Mal in der Hand gehalten hatte, war sie der Ansicht gewesen, dass das Verzeichnis vollständig sei. Alles akribisch verzeichnet im dicken Buch, in das er Tag für Tag geschrieben hatte, bis er in jener Nacht brutal aus dem Leben gerissen worden war.

Sie hatte sich schon als Jugendliche gefragt, ob er den Zeitpunkt seines Todes vielleicht erahnt hatte. Sein großes Präparationsbuch hatte kaum noch freie Seiten. Zehn, zwölf maximal. Sie hatte sie irgendwann einmal gezählt, um auszurechnen, wie viele Tiere er noch hätte präparieren müssen, um alle Seiten vollzubekommen. Verrückte Ideen und Gedankengänge einsamer Nächte im kahlen Kinderzimmer waren das gewesen.

Mittlerweile hatte sie bis zum Jahr 1961 vorgeblättert. Sie spürte, dass mit jeder weiteren Seite, die sie umschlug, auch ihr Puls anschwoll. Feine, zarte Schläge zunächst, deren Takt sich beschleunigte und die auch in ihrer Intensität und Entschiedenheit deutlich zulegten. Ein Hämmern in der Stille des Präsentationsraumes, das ihren Körper vibrieren ließ. Sie trat von einem Fuß auf den anderen und atmete dagegen an. Dann schüttelte sie den Kopf. Eine Bewegung, die Ruhe bringen sollte. Ihre feuchten Haare klatschten gegen ihre Schultern, die vom kühlen Stoff des durchnässten T-Shirts bedeckt wurden. Die Hitze in ihrem Schädel, gespeist vom rasenden Herzen in ihrer Brust, würde das alles in kürzester Zeit trocknen. Ihr Oberkörper war ein auf vollen Touren laufender Heizkörper, in dessen Ecken und Winkeln es verdächtig knackte.

Ihre Hände zitterten, als sie die Seite umschlug, die ihr den Pfad nach Afrika eröffnete. Er hatte das Blatt davor bis an den Rand hinunter gefüllt. Kein Zentimeter Raum auf dem Papier war verschenkt. Es passte zu ihren Erinnerungsfetzen. Jedes noch so kleine Zettelchen hatte er für seine einfachen Modellzeichnungen genutzt. Aufgewachsen in der Knappheit des Krieges und den Jahren danach, zeugte das von erlernter Sparsamkeit und dem Wert des Papieres, das damals ein knappes Gut gewesen sein musste. Ein Luxusgut, das man nur schwer bekam und nicht wegwarf. Sparsamkeit ein Charakterzug, der sich auch über die Zeiten des Mangels hinaus hielt. »Du kannst doch noch die Rückseite bemalen, und schau hier unten. Die Ecke ist vollkommen leer.« Manche ihrer großzügig angelegten Kinderzeichnungen hatte sie später in seinen Schubladen wiedergefunden. Reste davon, weil er einzelne Streifen abgeschnitten hatte, um Skizzenzettel daraus zu fertigen.

Sie lenkte ihren Blick auf die Aufzeichnungen im großen Präparationsbuch: *eine Thomson-Gazelle vom 3. Juni 1961. Eigentümer: Kauffmann. Weiblich, schlankes Tier, ca. 20 kg, schmaler Kopf, Kopf-Schulter-Präparat. Abgebalgt am 3. Juni, gegerbt am 21. September, abgeholt am 12. Dezember. Eine Impala vom 5. Juni 1961. Eigentümer: Jesse. Männlich, starkes Tier, 63 kg, starke Hinterläufe, verheilte Verletzung über der Nase: 7 cm, Ganzpräparat. Abgebalgt am 5. Juni, gegerbt 21. September, abgeholt am 23. November.* Dies waren die Präparate, die er erst im Anschluss an die Afrikaexpedition fertiggestellt hatte.

Sie zwang sich, die Eintragungen, die sie doch längst kannte, Zeile für Zeile konzentriert noch einmal durchzugehen. Genau dreiundzwanzig Einträge waren es. Das wusste sie bereits. Neben den beiden zuerst genannten Antilopinae ein Flusspferd, ein Kaffernbüffel und eine Giraffe als Kopf-Schulter-Präparat. Zwei Wildhunde, drei Warzenschweine, ein Streifengnu, ein Zebra, ein Streifenschakal, ein Schabrackenschakal, drei Kalahari-Springböcke und noch sechs weitere Tiere als Ganzpräparate. Schweitzers Schlangensperber und ihre Tüpfelhyäne waren auch darunter. Ihr Vater hatte jedoch nicht notiert, dass er den Vogel an den Bestatter abgegeben hatte. Alle anderen Tiere waren den vier Teilnehmern der Afrikaexpedition zugeordnet. Außer bei ihrer Hyäne war bei allen Tieren die letzte Datumsspalte ausgefüllt. Das bedeutete, dass sie von ihren jeweiligen Eigentümern abgeholt worden waren, zuletzt im Dezember 1962 ein Gepard von Lutz von Wernicke. Der Jäger mit der Feldflasche war der einzige der vier Männer, von dem es in dem Karton keine Todesanzeige gab.

Einem Gedanken folgend blätterte sie weiter, über die

Sechziger hinweg in die Jahre 1972 und 1973. Genau. Sie tippte mit dem Zeigefinger auf einen amerikanischen Braunbären. Wieder von Wernicke. Er war nicht wie die anderen binnen Jahresfrist nach dem Jagdausflug gestorben. Konnte er noch am Leben sein? Sie versuchte, sich sein Gesicht aus dem Film ins Gedächtnis zurückzurufen. Möglich wäre es. Kein alltäglicher Name, den sie später noch im Internet suchen konnte.

Sie löste den Blick von den gleichmäßigen schwarzen Bogen ihres Vaters. Jeder Buchstabe glich dem folgenden in Größe und Ausführung. Wie gedruckt wirkte das Schriftbild auf den geraden Linien seines Präparationsbuches. Keine Veränderung über die zweieinhalb Jahrzehnte, in denen er Eintragungen vorgenommen hatte, nicht im Schwung, nicht im Schreibgerät und scheinbar noch nicht einmal in der Tinte, die er verwendet hatte. Details, auf die sie nie geachtet hatte. Nebensächlichkeiten, die für sie nie von Bedeutung gewesen waren.

Gedankenverloren betrachtete sie den großen Raum und sah zur Schaufensterfront, durch die das Sonnenlicht des späten Vormittags hereinfiel. Erst jetzt bemerkte sie die Person an der Eingangstür. Dicht ans Glas gepresst, die Augen mit den Händen zu beiden Seiten abgeschirmt, versuchte ein Mann, einen Blick ins Innere zu werfen. Er schien sie im hinteren Teil des Raumes noch nicht entdeckt zu haben, weil er sich nun rasch nach beiden Seiten umsah und verstohlen nach der Türklinke fasste.

Die Angst war ganz plötzlich zurück, ohne dass Felicitas sich dagegen wehren konnte. Reglos stand sie da und traute sich kaum zu atmen. Noch einmal wandte er den Kopf in beide Richtungen, Unsicherheit im Blick. Er schien seinem eigenen Urteil zu misstrauen und wiederholte die Bewegung mehrmals hektisch, während er sich nahe an die Türklinke heranschob. Dann folgte das Geräusch. Sie konnte es deutlich hören. Es fuhr brutal in die lähmende Stille um sie herum. Das Geräusch eines Schlüssels, dessen Bart ganz langsam, Zacke für Zacke, ins Schloss geführt wurde. Sie überlegte, ob sie schreien sollte, so wie damals.

19

Sie schnappte nach Luft, weil sie sich bis jetzt das Atmen verboten hatte. Keine Regung, kein Geräusch sollte ihn auf sie aufmerksam machen. In der Gluthitze ihres Schädels verzehrten die Flammen jeden sinnvollen Gedanken. Wäre es nicht besser, unter den Tisch abzutauchen oder hinter einer der Dermoplastiken in die Knie zu gehen? Sie entschied sich gegen diese Idee, noch bevor sie sie vollständig zu Ende gedacht hatte. Nach ein paar Sekunden würden sich seine Augen nämlich an die dunklere Umgebung angepasst haben, und nichts bot dann mehr Schutz und Deckung vor ihm.

Das Geräusch wiederholte sich. Der nächste Schlüssel wurde ins Schloss geführt. Absolute Konzentration lag in seinem Blick, obwohl er sich immer wieder nach beiden Seiten umsah, den Gehweg kontrollierend. Er lauschte auf den Klang der Sperrstifte im Schloss und die Bewegung der Federn, die sie nach unten drückten. Das richtige Werkzeug und ein gutes Gehör reichten für die meisten alten Schlösser aus. Dennoch bemühte er sich weiter vergeblich, den Schließzylinder in Bewegung zu setzen. Die Enttäuschung, wenn es wieder nicht funktionierte, war an seinen Gesichtszügen abzulesen. Ein kaum merkliches Zucken umspielte seine Mundwinkel, ehe er zum nächsten Versuch ansetzte.

Sie drehte sich unauffällig zur Seite und starrte auf den Wandschrank hinter sich. Wenn er das nächste Mal auf den dicken Schlüsselbund blickte, konnte sie es versuchen. Die wenigen Sekunden reichten vielleicht aus, um ungesehen darin zu verschwinden. Doch der schmale Schrank bot keinen wirklichen Schutz, wenn er nach etwas suchte, das nicht offen im Verkaufsraum oder in der Werkstatt stand. Er würde dann zwangsläufig irgendwann auch vor dieser Tür stehen. Ihr Herz hämmerte in ihrer Brust.

Das Geräusch an der Tür klang jetzt anders. So, als ob sich alles fügte; der Bart des Schlüssels und die Länge der Zuhaltungsstifte, die den Zylinder in seiner Bewegung gleich nicht mehr blockieren würden. Sie konnte es auch an seinem Blick erkennen. Ein junges Gesicht, über das nun ein Lächeln huschte. Sie sah es ganz deutlich, während sie die ersten behutsamen Schritte zur Seite machte. Ihn behielt sie dabei im Blick. Er kam ihr bekannt vor, ohne dass sie wusste, woher. Sie würde rennen, sobald er die Tür aufdrückte. Der einzige Ausweg führte die Wendeltreppe hinauf in den ersten Stock. Das Überraschungsmoment, das ihr vielleicht zu einem rettenden Vorsprung verhalf, um oben den Schlüsselbund zu greifen und die Wohnungstür hinter sich zu versperren, musste sie nutzen. Dann konnte er ihr nicht mehr folgen. Sie könnte zu Thorsten oder einem ihrer anderen Mieter laufen und die Polizei alarmieren.

Oder sollte sie die Treppe nach unten nehmen, um auf der Straße um Hilfe zu rufen und so vielleicht zu verhindern, dass er fand, was er suchte, und entkam? Nein, denn wenn er gleichzeitig mit ihr nach unten liefe, säße sie im Hof in der Falle. So, wie es dem Einbrecher in der Nacht ergangen war. Nur ein einziger Weg führte nach draußen, und den konnte er ihr mit ein paar schnellen Schritten versperren. Er musste nur wieder aus der Tür hinaus, durch die er in wenigen Sekunden eintreten würde.

Sie konnte die Bewegung erahnen, noch bevor das Geräusch der sich öffnenden Tür ihr Ohr erreichte. Die Muskeln in ihrem Körper spannten sich, bereit, die Flucht zu ergreifen. Sein Blick war konzentriert auf seine Hände gerichtet, denen es gelungen war, das Schloss zu öffnen.

»Was machen Sie denn da an der Tür von Frau Booth?«

Sie erkannte die Stimme sofort, auch gedämpft durch das Glas der Schaufensterscheiben. Der Einbrecher zuckte zusammen und warf den Oberkörper herum. Das Geräusch des Schlüssels, der aus dem Schloss gezogen wurde, begleitete die Bewegung. Felicitas löste sich aus ihrer krampfhaften Starre und stützte sich mit beiden Händen auf der schweren Tischplatte ab, auf der die beiden Präparationsbücher ruhten. Schwer und hektisch ging ihr Atem. Sie rang nach der dringend benötigten Luft, die sie sich sekundenlang versagt hatte.

»Bleiben Sie stehen!« Der heisere Ruf kam aus der Kehle von August Schlagheck, der mit seinem Rollator langsam in ihr Sichtfeld stakste. Seine dunkelrote Reisetasche aus Kunstleder stand offen im Korb. Noch heute würde Felicitas seine Tilly, die wieder in der Kühltruhe lag, fertig abziehen.

20

Sie rannte die Treppe hinauf, langte nach dem Autoschlüssel und griff sich im Vorbeigehen die Turnschuhe. Mit ein paar Handbewegungen hatte sie sie über die dicken Wollsocken gezogen. Das Ergebnis war eine drückende Enge an ihren Füßen. Ein Blick nach unten zeigte, dass die Kombination auch optisch kaum als gelungen bezeichnet werden konnte. Aber es musste sein.

Beim Aufziehen der Eingangstür in der gebogenen Schaufensterfront bemerkte sie, dass der Keil noch darunter steckte. Der Einbrecher hätte die Tür niemals aufbekommen, zumindest nicht ohne immensen Krafteinsatz, und spätestens dann wäre doch irgendwem draußen auf der Straße oder in einem der vorbeifahrenden Autos aufgefallen, dass da etwas nicht stimmen konnte. Eine beruhigende Einschätzung, obwohl sie sich nicht restlos sicher war, ob sie zutraf.

»Vielen Dank, Herr Schlagheck, in welche Richtung ist der Mann eben weggelaufen?« Sie hatte ihren Mieter eingeholt, der, auf den Rollator gestützt, langsam die Straße entlangschlurfte.

»Ach, Frau Booth, Sie sind das. Kannten Sie den Mann, der sich an Ihrer Tür zu schaffen gemacht hat?« Er blickte besorgt. »Dann tut es mir leid, dass ich ihn verscheucht habe. Das wollte ich nicht, aber nach dem Einbruch bin ich in Sorge. Ich mache nachts kaum noch ein Auge zu.«

»Das war schon richtig. Besser einmal zu viel als zu wenig.«

»Da haben Sie recht. Dort runter. Er ist in den silbernen Mercedes eingestiegen, der da gerade aus der Parklücke fährt.« Schlagheck deutete die Straße hinunter.

Sie konnte den Wagen deutlich sehen. Es war ein älteres, schweres Oberklasse-Modell mit Stufenheck. Kein Auto eigentlich, das zu dem jungen Gesicht von eben passte. Es sei denn, er sammelte Youngtimer. Sie wandte sich in die entgegengesetzte Richtung, weil dort ihr Opel parkte, hielt jedoch inne. Eben noch hatte die Angst sie gelähmt, und jetzt wollte sie ihm hinterher? Er hatte versucht, bei ihr einzubrechen, und die Wahrscheinlichkeit, dass er Schweitzer auf dem Gewissen hatte, war nicht eben gering. Wer einen Menschen mit einem Kabelbinder strangulierte, der fühlte sich wohl kaum zum Gespräch genötigt, wenn man ihn verfolgte und in die Enge trieb. »Warum folgen Sie mir? Bitte unterlassen Sie das augenblicklich, sonst werde ich böse.«

Sie rannte trotzdem los. Der Abstand war das Entscheidende. Sie wollte bloß herausbekommen, woher er kam oder wohin er fuhr. Ein Anhaltspunkt, der sie auf ihrer Suche nach dem Grund für das, was ihr in den letzten Stunden und Tagen widerfahren war, weiterführen konnte. Ein kleiner Schritt auf dem Weg zur großen Wahrheit und in ein neues Leben, das war alles. Mehr wollte sie nicht.

Ihr Opel Diplomat sprang zuverlässig an. Das kraftvolle Surren des V8 mit seinen zweihundertdreißig PS tat gut. Es war der letzte Wagen ihres Vaters gewesen, den er sich kurz vor seinem Tod angeschafft hatte. Er wurde nicht oft bewegt. Sie hielt reichlich Sicherheitsabstand zum silbernen Mercedes, so viel, dass sie nicht einmal das Nummernschild erkennen konnte. Und wenn der bis nach Flensburg fuhr? Ihr Sprit reichte noch für hundertfünfzig Kilometer. Spätestens wenn sie tanken musste, war er weg.

Er schien sie nicht zu bemerken. Gemächlich steuerte er

den Mercedes durch die Innenstadt, hielt sich genau an die vorgegebenen Geschwindigkeiten, bremste pflichtschuldig an zwei aufeinanderfolgenden Zebrastreifen ab, um Mütter mit Kinderwagen die Straße queren zu lassen. Zwei Autos fuhren mittlerweile zwischen ihnen. Ein guter Schutz, da ihr Wagen mehr als auffällig war.

Fuhr so jemand, der die Stadt nicht kannte? Es wirkte so selbstverständlich, wie er den Weg auf die Koblenzer Straße ansteuerte, die an der Universität vorbei in die Vororte führte. Die beiden Fahrzeuge zwischen ihnen bogen an der Ausfahrt in Richtung Stadion ab. Sie ließ sich ein Stück zurückfallen, obwohl damit die Gefahr verbunden war, dass sie ihn an einer der folgenden Ampeln verlor. Wenn er sie gesehen hatte, konnte er jetzt ohne größeren Aufwand entkommen. Eine kurze Tempoverschärfung vor einer der Kreuzungen würde ausreichen. Bis sie die nächste Grünphase abgewartet hatte, wäre er längst verschwunden. Das Risiko musste sie eingehen. Sie beschleunigte dennoch ganz sachte und näherte sich an. Zu wenig Verkehr fuhr um diese Zeit aus der Stadt hinaus. Es war schlicht niemand da, in dessen Windschatten sie in Deckung gehen konnte.

Lange vor der Kreuzung setzte er schon den Blinker. Sie sah auf ihre Armbanduhr. Die Zeit war ein trügerisches Maß. In Thorstens Armen war sie davongerast, trotz aller Versuche, sie zu bremsen. Jetzt war Felicitas noch keine fünfzehn Minuten unterwegs und hatte das Gefühl, dass sie ihm schon seit Stunden folgte.

Auf den Köpfen runder grauer Strohballen wuchs dünnes Grün. Die Ernte des Vorjahres oder ein noch älterer Jahrgang. Der Mercedes bog von der Hauptstraße ab in die von alten Bäumen gesäumte Straße der Villensiedlung. Sie folgte ihm. Das Kopfsteinpflaster ließ den Wagen vibrieren. Mächtige, mit Stuck verzierte Häuser aus der Gründerzeit. Hohe Gitter mit scharfen Spitzen fassten weite Gärten ein. Folgte sie ihm gerade zum nächsten Einbruch? Wenn es in der Stadt nicht klappte, dann wenigstens hier draußen? Ein dummer Gedanke. Sie schüttelte den Kopf und trat auf die Bremse. Zu viel bewegte sich in ihrem Kopf und hielt sie davon ab, das Hier und Jetzt im Blick zu behalten.

Er war schon ausgestiegen, hatte den Wagen abgeschlossen und sich dabei umgesehen. Der gleiche unsichere Blick wie an ihrer Tür. Sie bog nach rechts ab und parkte ihren Opel unter einer großen Buche. Der rote Wagen vor ihr glänzte klebrig. Ausscheidungen der Blattläuse, die auch das blaue Basaltpflaster nass erscheinen ließen. Jeder Schritt ihrer Turnschuhe darauf klang wie das Reißen von Stoff oder das Öffnen eines Klettverschlusses.

Sie hetzte um die Ecke und konnte gerade noch erkennen, wie die Tür hinter ihm ins Schloss fiel. Ein kaum hörbares Surren verriet, dass hier mehr als ein Schließmechanismus seine Dienste verrichtete. Den Bereich vor der Pforte behielt eine Kamera im Blick, die oben auf dem Torpfosten montiert war. Sie verlangsamte ihre Schritte und klappte im Gehen den Kragen ihrer Jacke in die Höhe. Wie auffällig musste es aussehen, wenn sie jetzt jemand beobachtete!

Ein kurzer Blick genügte, um ihr Herz wieder rasen zu lassen. Winzig klein im Vergleich zu der massiven Kupferplatte war die Gravur des Namens darauf. Die Bogen des geschwungenen Anfangsbuchstabens zeigten eine grünliche Patina. *Dr. Jesse.*

21

»Du musst deine Türen mit Sicherheitsschlössern ausstatten lassen. Und das gleich morgen!« Thorsten sah sie besorgt an. »Außerdem solltest du zur Polizei gehen. Die müssen den Kerl festnehmen und dir Schutz geben.«

Sie nickte und legte ihren Kopf auf seine glatte, warme Brust. Lauschte den gleichmäßigen Schlägen seines Herzens. Ein dumpfer Takt, der Ruhe brachte. Seine Fingerspitzen wanderten auf ihrem Rücken umher. Sie schloss die Augen und seufzte erleichtert. Das Gesicht des Eindringlings tauchte vor ihr auf. Ganz nahe, sodass sie seinen Atem hätte spüren können, wenn er wirklich da gewesen wäre. Er blickte durch sie hindurch. Seine Gesichtszüge verschmolzen mit denen aus dem Afrikafilm.

Der Kleinste der vier. Jesse, dem Kauffmann so kräftig auf die Schultern klopfte, dass sie befürchtete, er würde unter den Schlägen zusammensacken. Jesse, den sein Gewehr beim Posieren auf der erlegten Oryxantilope ein gutes Stück überragte. Der Einbrecher an ihrer Tür hatte wie er ausgesehen. Er war ganz sicher jünger als Jesse damals. Er musste demnach sein Enkel sein. Irgendwo zwischen zwanzig und dreißig schätzte sie ihn. Sie hielt die Augen weiter geschlossen, obwohl sie die Bilder gern vertrieben hätte.

»Kann ich bei dir bleiben heute Nacht?« Sie flüsterte.

»Ich würde dich gar nicht gehen lassen.« Sie schwiegen beide, bevor er leise weitersprach. »Hast du Angst?«

»Hier bei dir nicht.« Sie überlegte, ob sie ihm davon erzählen sollte, dass die Angst sich langsam auflöste, von dem Zeitpunkt an, da sie den Namen auf der großen Kupferplatte gelesen hatte. Der Unbekannte hatte sie zittern lassen. Seit er einen Namen besaß, war seine Bedrohlichkeit geschwunden. Er hatte nun ein Gesicht und eine Identität. Sie wusste jetzt, woher er kam und wo er wohnte. Und damit wusste sie mehr, als er ahnte, war ihm vielleicht sogar einen Schritt voraus. Einen winzigen zwar nur, aber immerhin. Sie hatte die Gewissheit, dass sie nicht auf dem falschen Pfad unterwegs war. Sie suchten etwas. Der junge Jesse genau wie der tote Einbrecher von vorgestern. Und anscheinend gingen sie davon aus, dass es sich bei ihr befand. In einer der Dermoplastiken ihres Vaters von der Afrikaexpedition, für die sich jahrzehntelang außer ein paar Sammlern niemand groß interessiert hatte. Die aufgetrennte Naht am Bauchfell der Hyäne und der bei Schweitzer gestohlene Schlangensperber waren der Beweis. Hatten sie schon gefunden, wonach sie suchten? Wohl kaum, sonst wäre Jesse junior heute nicht bei ihr aufgetaucht.

Sie bewegte die Lippen, öffnete den Mund, sprach aber kein hörbares Wort. Thorstens Atem ging gleichmäßig und schwer. Sie lächelte und spürte unsagbares Glück. In seinen Armen und gehalten von ihm fühlte sie sich sicher. Schutz und Wärme, die sie so noch nie erlebt hatte, breiteten sich in ihr aus. Ganz verschwommen flackerten Erinnerungen auf, von denen sie nicht wusste, ob sie einem Traum oder wirklich der Vergangenheit entsprangen. Sie glaubte, die festen Arme ihres Vaters spüren zu können, der sie an sich drückte und tröstete, während er ihr blutiges Knie versorgte. Vage erkennbare Szenen ihrer Kindheit, hinweggeweht, kaum dass sie auftauchten.

Thorsten schaffte es nie lange, wach zu bleiben, nachdem

sie miteinander geschlafen hatten, auch wenn er sich zunächst bemühte, ein Gespräch zu führen. Die langen Pausen, die Stille, weil sie nicht sofort antwortete und er nicht nachfragte. Kaum hörbar gurgelnd sog er Luft durch den offenen Mund ein. Seine Hand ruhte reglos und schwer auf ihrem Rücken.

Sie kämpfte gegen den Gedanken an. Presste die Augenlider nieder, um wie er in den Schlaf zu finden. Wenn Jesse die Dunkelheit nutzte und wiederkäme? Sie fühlte sich behütet in Thorstens Armen. Geschützt und abgeschirmt von der Welt dort draußen, in der sie nach ihr trachteten. Der junge Jesse würde sich nicht hierherwagen, zumal er doch gar nicht wissen konnte, dass sie hier oben war. Aber wenn er genau das ausnutzte, um sich in aller Ruhe unbehelligt durch ihre Werkstatt und ihre Wohnung zu wühlen? Er musste nur ein paar Schubladen aufziehen, einige der verstreuten Zeitungsausschnitte in die Hand nehmen. Mehr brauchte es nicht, um nachvollziehen zu können, was sie wusste. Vielleicht waren genau das die fehlenden Mosaiksteine, die ihm noch fehlten und die es ihm dann ermöglichten, klarzusehen.

Die Restangst hatte sie am späten Nachmittag direkt von Jesse zu Thorsten geführt. Bei ihm hatte Licht gebrannt. Die beiden Präparationsbücher lagen noch immer unten auf dem Eichentisch. Sichtbar für jeden, der sich im Raum bewegte. Sie schlug die Augen auf. Löste sich sanft aus seiner matten Umarmung. Er atmete ruhig weiter, schluckte einmal. Neben dem Bett blieb sie reglos stehen. Vom Flur fiel Licht herein. Sie fand nur einen Teil ihrer Kleidungsstücke. Die Jeans und das T-Shirt. Für den knappen Weg hinunter zu ihr reichte das vollkommen aus. Die übrigen Bewohner schliefen ohnehin ab acht vor dem Fernseher ein.

Im Flur hielt sie noch einmal kurz inne. Draußen im Treppenhaus war niemand zu hören, und Thorstens Atem ging weiter gleichmäßig. Sein Handy leuchtete auf. Direkt neben ihr auf der Kommode, tonlos, ohne zu vibrieren. Ihr Blick blieb an dem großen bunten Display hängen, auf dem ein Name erschien. *22:13 Uhr – Tatjana Borsekowsky ruft an.* Sie schüttelte den Kopf und grinste, weil sie aufkeimende Eifersucht zu spüren glaubte. Ein bislang unbekanntes Gefühl. Er sollte keine anderen Frauen kennen, nicht mit ihnen sprechen, lachen, sie berühren. Ihr allein gehörten seine volle Aufmerksamkeit und Hingabe. Alberne Teenagergedanken, die sie von sich nicht kannte. »Wie du sie angesehen hast! Was läuft da zwischen euch? Ist das deine Ex?« Sie musste kichern.

Die Wohnungstür zog sie fast geräuschlos hinter sich ins Schloss. Sie war mittlerweile geübt in der Flucht aus seinem Bett. Dabei hatte sie heute Nacht bei ihm schlafen wollen. Es war nicht mehr wie sonst. Auf Zehenspitzen schlich sie weiter. Setzte ihre Schritte auf dem Holz der Treppenstufen so bedacht, dass sie jederzeit innehalten konnte, wenn sie unter ihrem Gewicht zu sehr knarrten.

Ihr Ohr presste sie gleich darauf an die eigene Wohnungstür und lauschte konzentriert. Das Rauschen ihres Blutes, das stoßweise durch die dünnen Äderchen gepresst wurde, überlagerte alles. Kein Laut sonst, nur das leise metallische Kratzen ihres Schlüssels, der in den Schließzylinder glitt.

Der warme, bekannte Duft ihrer Wohnung umfing sie. Es roch nach Leder, gegerbten Häuten und dem Eigengeruch der Tiere. Über die Wendeltreppe fand die Mischung aus der Werkstatt und dem Präsentationsraum den Weg nach oben. Es war ihr sonst nie so aufgefallen wie in diesem Augenblick. Im Dunkel ihrer Werkstatt fand sie zwei dünne Holzkeile. Sie drückte sie in den schmalen Spalt unter der Glastür in der Schaufensterfront. Starre Blicke folgten ihren Bewegungen. Gläserne Augen alter Bekannter, die sich nicht regten.

Das kleine Präparationsbuch hatte das Format eines Frühstücksbrettchens. Zu groß für die Hosentasche, aber doch so handlich, dass es in die knappe Ausrüstung für die Feldpräparation passte. Das konnte allerdings kaum der alleinige Grund gewesen sein, warum ihr Vater sich das Büchlein angeschafft hatte. Wo er doch sonst so großen Wert darauf gelegt hatte, alle seine Arbeiten chronologisch im großen Präparationsbuch zu erfassen.

Nur die Hälfte der linierten Blätter war beschriftet. Drei bis vier Tiere pro Blatt, gut zwanzig Seiten. Ein Vielfaches von dem, was er später in sein großes Präparationsbuch übertragen hatte. Der Aufbau der Eintragungen war vergleichbar. *Grant-Gazelle, 12. Juni 1961, Rüther, männlich, schlankes Tier, ca. 75 kg, Kopf-Schulter, abgebalgt 12. Juni, gesalzen.*

Im Schein der Schreibtischlampe, die den Rest des Raumes im Halbdunkel beließ, blätterte sie weiter. Der gebogene Rücken des Steinbocks nahe der Tür zeichnete sich im Gegenlicht der Straßenlaterne ab. Jetzt hatte sie ihre Hyäne gefunden. Abgebalgt und gesalzen, die typische Vorgehensweise im Feld. Die Häute wurden sofort abgezogen und mit reichlich Salz so konserviert, dass sie in der Hitze Afrikas nicht verdarben und den Transport gut überstanden. Keine zeitraubenden Arbeiten an Details, einfache Tätigkeiten, die man nach einer knappen Einführung schnell beherrschte. Mit etwas Geschick konnte ab der zweiten Woche auch ein Neuling mit den erfahrenen Skinnern mithalten.

Schweitzers Schlangensperber stand ganz oben auf der nächsten Seite. Sie blätterte weiter, viel zu hektisch, von der Hoffnung auf Erfolg getrieben.

Die Elefanten tauchten nirgendwo auf. Die Stoßzähne, die sie für die Filmaufnahmen zu mächtigen Bogen aufgerichtet hatten und durch die sie alle stolz hindurchgeschritten waren. Der Triumphbogen des Großwildjägers. Sie waren nicht vermerkt, weil ihr Vater nichts damit zu tun gehabt hatte. Die

Jagdhelfer hatten sie mit den Macheten bearbeitet, das blutige Fleisch abgehauen. Eine besondere Konservierung war nicht erfolgt.

Die übrigen Hyänen nahmen zwei Blätter ein. Sieben Tiere waren untereinander verzeichnet. Sie folgte jeder Zeile mit dem Zeigefinger der rechten Hand. Ihr Blick huschte weiter, sie ermahnte sich, langsam zu lesen, und begann von vorne. Rüther, Kauffmann, Jesse, von Wernicke. Jeder von ihnen hatte eine oder mehrere Hyänen geschossen. Hatten sie die Tiere in die Enge getrieben und eingekreist? Bei einem Raubtier kaum vorstellbar. Eine andere Möglichkeit fiel ihr jedoch nicht ein. Sie mussten eine große Antilope, ein Zebra oder ein Gnu als Köder für das Rudel ausgelegt haben. Dann hatten sie alle nebeneinandergestanden und gleichzeitig geschossen. So hatte sie es in dem Film gesehen. Gute Treffer, schnell nachgeladen, bevor die anderen Tiere alle auf und davon waren. Sie hatte wenig Ahnung von der Jagd und wusste nicht, ob man eine ganze Gruppe auf diese Weise zur Strecke bringen konnte. *Abgebalgt, gesalzen.*

Ihr Zeigefinger stockte in der Bewegung. Rutschte ein paar Zentimeter zurück, um die schon gelesenen Buchstaben erneut ins Auge zu fassen. *Abgebalgt, gesalzen.* Das zweite Wort hatte sie gelesen, obwohl es dort gar nicht stand. Ihr Vater hatte das Tier abgezogen, aber nicht vermerkt, dass er es konserviert hatte. Wurde es schlicht vergessen? Sie schüttelte den Kopf, war sich aber nicht restlos sicher. Die nächste Hyäne war wieder korrekt notiert. *Abgebalgt, gesalzen.*

Ihr Finger raste jetzt über das Papier. Da, schon wieder. Sie kramte nach einem Stift und einem Zettel. Zitternd notierte sie kaum leserlich Buchstaben und Zahlen, während es ihren Zeigefinger und die Augen wieder zurück auf die gleichmäßigen Bogen ihres Vaters zog. Nach der letzten beschriebenen Seite schlug sie das kleine Präparationsbuch zu und begann von vorne. Die Seiten bis zur Hyänen-Strecke ging sie noch einmal durch. Dann betrachtete sie die Einträge auf ihrem Notizzettel. Acht Tiere zählte sie: zwei Tüpfelhyänen, zwei Thomson-Gazellen, ein Warzenschwein, eine Schwarznasenimpala, einen Leoparden und einen Löwen. Irgendetwas verband diese Tiere. Nur was?

Im nächsten Schritt notierte sie zusätzlich den Namen des Jägers hinter dem jeweiligen Tier. Irgendeine Erklärung musste es doch geben, dass ihr Vater diese acht Tiere zwar abgezogen, ihr Fell aber nicht gesalzen und damit konserviert hatte.

Die Dermoplastik auf einem der Fotos fiel ihr ein. Sie hatte sie in Kauffmanns Buch gesehen. Ihr Vater aufgenommen bei der Arbeit an einer Gazelle. Sie musste eines der acht Tiere sein. Er hatte ihr Fell nicht gesalzen, weil er sie direkt vor Ort fertiggestellt hatte. Alle acht Tiere waren Abschüsse aus dem ersten Drittel der Expedition. Was logisch war, nur so blieb ausreichend Zeit, um die Dermoplastiken bis zur Abreise fertig zu bekommen. Dass er sie überhaupt vor Ort angefertigt hatte, war das, was sie nicht nachvollziehen konnte. Ein Irrtum, aus der Hitze Afrikas geboren, oder ihre Unfähigkeit, um diese Uhrzeit noch halbwegs sinnvolle Gedankengänge zustande zu bringen? Konstruierte sie einen Zusammenhang, den es in Wirklichkeit gar nicht gab?

Sie sah wieder auf die Liste der acht Tiere, auf das eine Merkmal, das besonders hervorstach. Die Impala. Der Name ihres Vaters dahinter, von dem sie bis zum heutigen Tag fest geglaubt hatte, dass er nie zur Jagd gegangen sei. Warum stand sein Name in dem Präparationsbuch?

22

Sie schob die beiden Präparationsbücher weit nach hinten unter ihre Matratze, hielt in der Bewegung inne und zog dann das kleine wieder heraus. Sie durften nicht am selben Ort versteckt werden. Nur mit beiden Büchern zusammen war ihre Theorie, von der sie noch immer nicht restlos überzeugt war, zu belegen. Sie drehte sich einmal um die eigene Achse. Ein fast leeres Zimmer, wenn man einmal von den verstreut liegenden Papierfetzen, dem Filmprojektor und den Kartons absah. Nichts, was Möglichkeiten für ein gutes Versteck bot. Die Matratze war so ziemlich der dümmste und offensichtlichste Platz, den man sich nur ausdenken konnte.

Der Schmuck im Mülleimer. Ein Beutel unter dem eigentlichen, stinkenden Müllbeutel. Irgendwann hatte sie das mal aufgeschnappt. Die meisten Menschen hielten dieses Versteck für eines der besten, obwohl es einer der ersten Orte war, an denen halbwegs routiniert vorgehende Einbrecher nachsahen. Der Mülleimer in der Küche schied somit aus. Sie wollte nicht wieder in die Bibliothek, zumal sie alles dort durchsuchen müsste. Sie hatte keine Ahnung, wo der Schlüssel für den Tresor lag, der sich hinter dem Schlachtengemälde verbarg.

Dünn war das kleine Präparationsbuch und nicht mehr zu sehen, nachdem sie es zwischen zwei der Umzugskartons geschoben hatte, die aufeinandergestapelt ihren improvisierten Kleiderschrank darstellten.

Sie spürte tief in sich die Unruhe, die sie den Rest der Nacht wach halten würde. Szenen vor Augen, die der Phantasie entsprangen und sich doch zu gefühlten Erinnerungen verfestigten. Ihr Vater mit einem Gewehr im Anschlag, aus dem gleich darauf die kleine Wolke eines Mündungsfeuers quoll. Hatte sie nicht richtig hingeschaut in dem Moment, in dem sie ihn als Jäger hätte sehen können? Viele Präparatoren gingen selbst auf die Jagd. Es war nichts Ungewöhnliches. Warum also nicht auch ihr Vater? Ganz einfach: Sie hatte seinen Namen noch hinter keinem der Tiere im großen Präparationsbuch gefunden.

Rastlos suchte sie Antworten im Papier um sie herum. Die dicken schwarzen Linien der Todesanzeigen. Vier Jagdgefährten, ihr Vater und der Kameramann. Sechs Männer, von denen drei wenig später schon tot waren. Drei weitere blieben übrig. Was hatten sie in den Jahren danach gemacht? Führten sie ein ganz normales Leben, oder quälte sie panische Angst, als Nächster sterben zu müssen? *Plötzlich und unerwartet.*

Sie griff nach dem Ausschnitt aus der Illustrierten. Er zeigte keinen direkten Bezug zu einem der Expeditionsteilnehmer. Sie überflog noch einmal die Erläuterungen zu den unerklärlichen Sterbefällen unter Homosexuellen. Der Inhalt und selbst die Worte waren ihr noch geläufig. Warum hatte ihre Mutter diesen Artikel aufbewahrt und der bestehenden Sammlung zugeordnet? Die darin genannten Symptome mussten sie an den Krankheitsverlauf der Expeditionsteilnehmer erinnert haben. Es sei denn, es handelte sich um ein Versehen, einen Zufall, der den Fetzen Papier hier in diese Kiste geführt hatte. Daran glaubte sie aber nicht. Wieso hatte sich ihre Mutter überhaupt mit den Teilnehmern der Expedition beschäftigt? Sie erinnerte sich an die vielen Auseinandersetzungen ihrer Eltern wie durch einen Nebel. Worum es dabei im Einzelnen gegangen war, wusste sie nicht, aber was sie damals als Dreijährige empfunden hatte, stand ihr noch klar vor Augen. Hatte ihren Vater die Angst umgetrieben, als Nächster sterben zu müssen? Die Furcht, die er jeden Abend erfolgreich im Cognac ertränkte? Seine persönliche Therapie fürs Vergessen. Hatten sie nach der Rückkehr weiter Kontakt gehalten und sich bei den Beerdigungen getroffen? Ein ängstlicher Blick am offenen Grab in die Runde und die bange Frage, wer wohl als Nächstes von dem Fluch in die Knie gezwungen werden würde. Vom Fluch, der sie alle nacheinander heimsuchte.

So kam sie nicht weiter. Sie legte den Ausschnitt aus der Illustrierten zurück in die Kiste. Ihr Blick blieb an den kleinen Zeichnungen ihres Vaters hängen, den Hilfsskizzen des Präparators. Mit eiligen Bewegungen verteilte sie die ungleichen Zettel auf dem Boden. Tüpfelhyäne, Thomson-Gazelle, Warzenschwein, Impala, Leopard und Löwe. Für manche gab es mehrere Skizzen, die neben dem ganzen Tier einzelne wichtige Details zeigten. Die Unterschiede waren deutlich zu sehen. Zwei verschiedene Thomson-Gazellen, und auch die Skizzen der Hyänen ließen unterschiedliche Tiere erkennen, wenn man die Informationen aus dem kleinen Präparationsbuch kannte.

Das waren seine Zeichnungen aus Afrika. Kein heimisches Tier war darunter. Sie dienten als Grundlage für die treffende Nachbildung des Körpers. Das war besonders wichtig, wenn man die Formen selbst erarbeitete, aber auch dann, wenn man, wie ihr Vater in Afrika, mit vorgefertigten Formen arbeitete. Wählte man die falsche, wurden umfangreiche und zeitraubende Nachbesserungen notwendig, damit das gegerbte Fell passte. Allein für eine Antilope gab es heute ein gutes Dutzend verschiedener vorgefertigter Formen.

Die Hyänen aus dem Film blitzten vor ihren Augen auf. Sie rieb sich über die glühenden Wangen. Sieben Tiere, alle an einem Tag erlegt. Im kleinen Präparationsbuch waren identische Arten gerade zu Beginn der Safari mehrmals hintereinander aufgeführt. Sie bemühte ihre Erinnerung. Der zweite oder dritte Tag musste es gewesen sein, als sie von einer Pirsch fünf Thomson-Gazellen mitgebracht hatten. Schossen sie die Tiere so zahlreich, damit ihr Vater auswählen konnte, welches der erlegten Exemplare zu der mitgebrachten Form passte? Ein absolut irrsinniger Gedanke eines übermüdeten Schädels, in dem die verrückten Ideen wild durcheinanderschwirrten, der sich aber wie ein fehlendes Puzzleteil in das lückenhafte Mosaik einfügte.

Sie knipste das Licht aus und machte einen weiten Schritt über das von der Dunkelheit verschluckte Zettelmeer hinweg in Richtung Tür. Sie konnte hören, dass sich die Papierschnipsel durch den Zugwind, den sie erzeugte, leicht bewegten. Da vernahm sie auf einmal ein leises Kratzen an ihrer Wohnungstür. Starr blieb sie stehen, in der Bewegung verharrend. Das Kratzen verstummte. Kein Geräusch war mehr zu hören. Versuchsweise verlagerte sie ihr Gewicht auf den anderen Fuß. Kein Knarren des Holzes unter ihr.

Am Kopfende der Matratze lag ihr Handy. Undurchdringliche Dunkelheit in ihrem Kinderzimmer, Dunkelheit im Flur. Die brüchigen Zeitungsausschnitte knisterten sachte unter ihren Füßen. Sie ging in die Knie und tastete sich mit den Händen auf dem Boden voran, bis sie den weichen Stoff des Spannbetttuches fühlen konnte. »Du speicherst jetzt meine Nummer, falls etwas ist und du Hilfe brauchst.«

Ihre Fingerspitzen irrten über das Display und fanden die wenigen Kontakte ihres Adressbuches. Die meisten Einträge waren vorinstallierte Nummern, die nie jemand brauchte. ADAC, Kartensperrung, Rotes Kreuz, Netzbetreiber. Thorsten. Unendlich lange dauerte es, bis die Verbindung aufgebaut war. Sie presste das Telefon an ihr Ohr und hörte das erste

Freizeichen. Gleich darauf drang Freddie Mercurys Stimme, begleitet von den Klängen einer E-Gitarre, durch das Holz ihrer Wohnungstür.

»We will, we will rock you!«

Sie hätte beinahe geschrien. Gerade noch rechtzeitig presste sie die Hand auf ihren Mund. Thorsten, Thorsten, bitte geh ran, flehte sie stumm.

Draußen ertönte ein unterdrückter Fluch. Die Stimme kannte sie doch? Das Singen wurde lauter.

»We will, we will rock you!«

Da endlich verstand sie.

23

Von Wernicke lebte noch. Sie setzte den Blinker und wechselte auf die Überholspur. Der Gedanke an die gestrige Nacht ließ sie schmunzeln. Sie hatte sich fast in die Hosen gemacht vor Angst, weil sie endlos lange gebraucht hatte, bis es ihr endlich gelungen war, die Musik vor ihrer Wohnungstür mit Thorstens Handy in Verbindung zu bringen. »Du warst weg, als ich wach wurde. Ich habe mir etwas übergezogen, nachdem ich dich weder auf dem Klo noch in meiner Küche am Kühlschrank finden konnte. Es war nicht meine Absicht, dich zu erschrecken. Ich habe mir lediglich Sorgen gemacht. Die Ereignisse der letzten Tage sind auch an mir nicht spurlos vorübergegangen.«

Ein dämlicher Klingelton, den sie für den Scherz des nächsten Durchgeknallten gehalten hatte, der in ihre Wohnung einzudringen versuchte.

Lutz von Wernicke hatte sie im Telefonbuch gefunden. Es gab laut Internet zwei Menschen mit diesem Namen. Einer war Redakteur einer Onlinezeitschrift, die Konsolenspiele testete. Es war ihr daher nicht schwergefallen, sich für den zweiten zu entscheiden, von dem eine Aufnahme aus dem Jahr 2011 kursierte, die ihn als Gewinner einer Tennismeisterschaft in der Altersklasse Ü80 zeigte. Das Foto war pixelig und überbelichtet, aber sie meinte, in den Zügen des alten Mannes den Jäger mit der Feldflasche wiederzuerkennen.

Ihr Handy wies ihr den Weg durch dichten Wald. Sie wäre

auch sofort losgefahren, wenn er in Hamburg gelebt hätte und nicht in Hanau. So brauchte sie nur eine gute Stunde und keinen halben Tag. Auch von Wernickes Frau Greta, die in Kauffmanns Danksagung am Ende seiner Safari-Erinnerungen genannt worden war, schien sich noch bester Gesundheit zu erfreuen. Sie tauchte in den Ergebnislisten eines Golfclubs auf und wurde auf der Internetseite des Vereins als Ansprechpartnerin für die Seniorinnen geführt.

Die Navigations-App ihres Handys leitete sie in eine schnurgerade Allee. Sie folgte der Anweisung. Ein Schild mit der Aufschrift »Golfclub Wilhelmsbad« wies in die gleiche Richtung.

»Sie haben Ihr Ziel erreicht.«

Direkt vor dem Haus war keine Parklücke frei, also fuhr sie langsam weiter. Er stand im Vorgarten und sah sie an, als ob er sie erwartet hätte. Die Hände zu Fäusten geballt und in die Hüften gestemmt. Eine Haltung, die sie aus dem Film über die Afrikaexpedition kannte. Die Erinnerung daran – eine riesige Pferdeantilope vor seinen Füßen – wurde begleitet vom imaginären Rattern des Filmprojektors. Nur noch wenig dünnes weißes Haar war auf seinem Schädel übrig geblieben. Es bewegte sich leicht im Wind. Er trug eine große eckige Brille mit dickem Rand. Sie wirkte überdimensioniert für das schmaler gewordene Gesicht eines alten Mannes. Von Wernickes gut gebräunte Haut sah nach viel Beschäftigung an der frischen Luft aus. So wie er dastand, machte er einen deutlich jüngeren, sportlichen und agilen Eindruck. Drahtig und fest ragten seine Arme aus dem Polohemd heraus.

Sie schluckte gegen einen eigenartigen Widerstand in ihrem Hals an und fühlte Trockenheit in ihrem Mund. Was wollte sie überhaupt von ihm?

Sein Blick folgte ihr und dem alten Opel. Sie stellte den

Wagen vor dem nächsten Haus ab, das von Wernickes ähnelte. Nur in Farbgebung und Gartengestaltung wichen sie voneinander ab. Angrenzend folgten Villen aus der Nachkriegszeit, ohne Verzierungen, schlicht in der Formensprache. Lediglich die Größe der Gebäude und die massiven Eisengitter vor allen Fenstern, selbst in den Obergeschossen, offenbarten den frischen Nachkriegsreichtum.

»Lutz von Wernicke?«

Er nickte kaum merklich und behielt seine Position im Vorgarten bei. Gepflegter, dichter englischer Rasen, der von exakt kreisrunden Löchern unterbrochen wurde, aus denen beeindruckende Rhododendren in die Höhe ragten. Ein Mähroboter zog gleichmäßig surrend seine Bahnen.

»Felicitas Booth.« Sie sah ihm direkt in die Augen, gespannt auf seine Reaktion, die ihr einen Hinweis geben könnte, wie sie weiter vorgehen sollte. Von Wernicke nickte nur. Eine leichte Bewegung seiner Mundwinkel deutete sie als zaghaftes Lächeln.

»Sie haben seine wachen Augen.« Er löste sich aus der starren Haltung und kam ein paar Schritte auf sie zu. Ein freundlicher Zug lag jetzt um seinen Mund. »Kommen Sie herein. Da vorne ist der Eingang. Ich öffne Ihnen.«

Nebeneinander gingen sie ein Stück am Zaun entlang, der ihr bis zu den Schultern reichte.

»Ich wollte zum Golf.« Er deutete die Richtung an. »Hier gleich um die Ecke. Spielen Sie auch? Dann könnten wir zusammen gehen. Ich kann Sie ausstatten. Meine Frau ist nicht da.«

Sie schüttelte den Kopf.

»Keine Sorge, das kann auch warten. Ich bin nicht wirklich verabredet. Die Herren spielen zur Not auch ohne mich.« Er lachte. Der sich unter dem weißen Poloshirt und Pullunder schwach abzeichnende Bauch wippte mit. »Dann verderbe ich ihnen wenigstens nicht schon wieder den Morgen. Die jungen Kerle mögen es gar nicht, wenn sie gegen einen alten Mann verlieren.« Er hielt ihr die Tür auf und vollführte eine einladende Bewegung mit dem rechten Arm. »Was führt Sie zu mir?«

Sie hatte auf dem Weg hierher alle möglichen Varianten der Gesprächseröffnung gegeneinander abgewogen, ohne zu einer Entscheidung gekommen zu sein. Die, auf die sie sich jetzt verlegte, war gar nicht darunter gewesen. Eine spontane Eingebung, als er sie nun fragend ansah.

»Ich arbeite an einem Bildband über die Arbeit meines Vaters.« Sie wich seinem Blick aus. »Ihren Namen habe ich in seinem Werkverzeichnis bis in die Siebziger immer wieder gefunden.«

»Er hat fast alles für mich gemacht.« Von Wernicke lief voraus, den geschwungenen Weg zur breiten Marmortreppe entlang, die zum Hauseingang führte. Als sie die ersten Stufen erreichten, öffnete sich die Haustür des Nachbarhauses. Von Wernicke blieb stehen. »Jens, du kannst vorfahren«, rief er hinüber. »Vielleicht komme ich später noch nach. Wartet nicht auf mich.« Er beugte sich näher zu ihr und flüsterte: »Mein Sohn, auch wenn er mir kaum ähnlich sieht. Ihn wird es am meisten freuen, wenn ich nicht dabei bin. Er verliert stets, aber äußerst ungern gegen seinen alten Vater.«

Sie sah hinüber und nickte dem Sohn grüßend zu. Die glänzende Platte auf seinem Kopf säumte ein nur noch dünner dunkler Haarkranz. Dicke rosige Pausbacken dominierten sein fleischiges Gesicht. Unter dem weißen Poloshirt zeichnete sich ein mächtiger Bauch ab. Die grau karierte Hose hing unförmig an ihm herab.

Von Wernicke war ihrem Blick gefolgt. Er verzog den Mund zu einem Grinsen. »Ganz jung ist er auch nicht mehr. Neunundfünfzig, aber ich habe versäumt, ihm als Kind das

Kämpfen beizubringen.« Er zuckte mit den Schultern. »Haben Sie Kinder?«

»Nein.« Sie schüttelte den Kopf. Über weißen Marmor ging es hinein ins Haus. Ein breiter Flur, der sich – durch eine Glasfront abgetrennt – zu einem großen Wohnzimmer öffnete. Durch die Terrassenfenster, die bis auf den Boden reichten, war der Park zu erkennen, der hinter der Siedlung lag. Knorrige alte Bäume, dazwischen ein kleines rotes Fähnchen.

»Loch neunzehn.« Er lachte zischend. »Hier schlage ich mich warm, bevor ich auf den Platz gehe.«

Kurz vor der Glastür bog er nach rechts ab. Der Flur wurde schmaler und dunkler.

»Meine Frau wollte die toten Tiere schon vor Jahren aus dem Wohnzimmer verbannt sehen. Ich habe angebaut, damit sie würdig präsentiert werden. Ihr Vater war ein Meister, nicht billig, aber unübertroffen in der Ausarbeitung. Auf jedes seiner Tiere hätten Sie selbst als erfahrener Jäger sofort wieder angelegt, wenn Sie es in den Wald gestellt bekommen hätten. Lebendig bis ins Muskelspiel.« Er drehte sich im Laufen zu ihr um. »Jagen Sie auch?« Er wartete ihr Kopfschütteln ab und wandte seinen Blick dann wieder nach vorne. »Wie der Booth. Der hat die Flinte auch nicht in die Hand genommen. Sich sogar gewehrt dagegen.« Das Ende des Flurs war erreicht. »Sie wissen, dass wir zusammen in Afrika waren?«

Sie spürte seinen forschenden Blick auf ihren heißen Wangen. Sie brannten. Die Glut in ihrem Inneren verzehrte den Rest Feuchtigkeit in ihrem Mund und Rachen. Staubige Trockenheit, die sie am Sprechen hinderte. Sie nickte nur. Eine Bewegung, die ihm ein Lächeln aufs Gesicht trieb.

Sie musste sich räuspern. »Der Film. Ich habe ihn mir vor einiger Zeit angesehen.«

Erstaunt zog er die Augenbrauen in die Höhe. »Ach, Sie haben eine Kopie?« Er wirkte verwundert. »Ich habe vor etlichen Jahren versucht, den Kameramann von damals ausfindig zu machen. René Frei, ein Schweizer. Die Sehnsucht nach den guten alten Zeiten hat mich angetrieben.« Er lachte kurz auf. »Es war nicht herauszubekommen, ob er noch lebt. Ich habe wohl auch zu schnell aufgegeben.« Er hielt inne. »Aber deswegen sind Sie sicher nicht hergekommen.«

Schwungvoll drückte er die Klinke nach unten, die er bereits in der Hand gehalten hatte, und schob die Tür auf. »Mein bescheidenes Trophäenzimmer.« Er grinste breit. »Hereinspaziert!« Mit einer knappen Bewegung deutete er an, dass sie vorausgehen sollte.

Vor ihr öffnete sich ein riesiger Raum. Flackernd und von kaum hörbaren Geräuschen begleitet, gingen die Lichter an. Versteckte indirekte Beleuchtung, die den einzelnen Dioramen Leben einhauchte.

Ihr Blick vermaß den Raum. Gleich vorne war die heimische Tierwelt zu sehen: Keiler, Sauen und Frischlinge, dahinter Rehe, Hirsche und Hasen. Ein Luchs lag lauernd auf einem dicken Ast der angedeuteten Eiche. Eine ganze Dachsfamilie versammelte sich um den Eingang ihres Baus darunter. An der Wand dahinter hingen Habichte, Sperber, Bussarde. Die Schwingen der meisten Vögel waren weit geöffnet.

Über die Alpen hinweg ging es weiter. Schneebedeckte Gipfel waren vor der holzgetäfelten Rückwand angedeutet. Die bemalten Stellwände gingen in modellierte Felsen über. Gämsen, Steinböcke, ein Auerhahn und mehrere gewaltige Adler. Ein Braunbär, die Pranken erhoben, mit aufgerissenem Maul. Der Kopf eines Elches schloss sich an, ausladend die Schaufeln, die bis in die afrikanische Savanne hineinreichten.

Ein Rudel Löwen, zwei Männchen mit prächtiger Mähne.

Hyänen rissen an den Fetzen eines Kudus. Der Rücken eines Löwen, die Muskeln bis zum Bersten angespannt, die Krallen tief in das Fleisch eines Kaffernbüffels geschlagen, den er mit dem Gewicht des eigenen Körpers ins trockene Gras zu ziehen suchte. Über dieser Jagdszene hingen drei Reihen mit Kopf-Schulter-Präparaten an der Wand. Penibel angeordnet nach Art und Größe des Geweihs: eine Reihe Oryx, Kudus, Impalas, Kuhantilopen, Thomson-Gazellen, Grant-Gazellen, Kalahari-Springböcke. Eine Trophäensammlung, wie sie sie in privater Hand noch nie gesehen hatte.

Einer der beiden Löwen hier vorne und das hintere Warzenschwein, das den Schwanz in die Höhe streckte, mussten die sein, nach denen sie suchte. Beides Tiere der Afrikaexpedition, die ihr Vater direkt vor Ort fertig präpariert und aufgezogen hatte. Sie hatte sie anhand der Skizzen wiedererkannt. Die dünnen schwarzen Striche ihres Vaters, die die körperlichen Charakteristika treffend herausarbeiteten, hatte sie sich extra noch einmal angesehen, bevor sie aufgebrochen war. Sie drehte sich weiter, damit er keinen Verdacht schöpfte, und zwang ihren Blick ins ewige Eis zu den Robben, Eisbären und einem kleinen Rudel von sechs Wölfen, die einen schmächtigen Bison eingekreist hatten.

»Hat es Ihnen die Sprache verschlagen?« Sein stolzer Blick streifte sie. Von Wernicke ging ein paar Schritte in den Raum hinein. »Sie werden ein Auge für die Werke Ihres Vaters haben, seine Handschrift ist deutlich zu erkennen, wie ich meine. Ich kann Ihnen ansonsten auch aufschreiben, was aus seiner Werkstatt stammt. Die Kopf-Schulter-Präparate kommen ausnahmslos von einem seiner Kollegen hier in Hanau. Dafür ist die Tierwelt der Alpen, Afrikas und Nordamerikas komplett von Booth. Eine stolze Summe hat das über die Jahre gekostet, für die selbst meine Frau nur schwer Verständnis aufbringen konnte, obwohl sie doch den Transport der meisten Tiere organisiert hat.« Er lächelte vielsagend. »Und bei einigen war es nicht leicht, sie ins Land zu bekommen, wenn Sie verstehen, was ich meine.« Er schien ihre Reaktion zu beobachten und fuhr dann fort. »Meine Frau hat für die belgische Fluggesellschaft Sabena gearbeitet. Das hat vieles leichter gemacht und mir die meisten Formalitäten erspart. Für das Gepäck der Crew hat sich niemand interessiert.« Er grinste.

In die Stille hinein klingelte weit entfernt ein Telefon.

»Schauen Sie sich in Ruhe um. Ich bin gleich wieder bei Ihnen, dann können wir besprechen, wie wir die Details regeln.« Beim letzten Halbsatz war er bereits im Flur. Seine Schritte auf dem weißen Marmor entfernten sich.

Sie ließ ihren Blick prüfend über die Decke und in die Ecken des Raumes wandern. Sie konnte keine Kamera sehen. Sie versuchte, Ruhe in sich hineinzuatmen, während sie sorgsam – um im dürren Gras der afrikanischen Savanne keine Spuren zu hinterlassen – das private Naturkundemuseum durchquerte. Der aufgeklebte Sand knirschte unter ihren Füßen.

Sie ging in die Knie und befühlte den Bauch des Löwen. Weiches Fell, in dem sie mit ihren Fingerspitzen die weiten Schlaufen des Garns ertasten konnte. Sie beugte sich tiefer hinunter. Die unsichtbare Naht ihres Vaters konnte sie jetzt deutlich erkennen – und dann die sich anschließende Stelle, an der sie in einen weit auseinanderklaffenden Schlitz überging. Die Stelle dort unten war nur notdürftig wieder geflickt und mit viel zu dickem roten Stickgarn stümperhaft vernäht worden. Wo es ging, war der Faden durch die alten Löcher geführt worden, an zwei Stellen waren diese jedoch ausgerissen. Dort zeichnete sich eine schmale Lücke deutlich ab.

Sie hob den Kopf und lauschte angestrengt. Durch das Rauschen in ihren Ohren drang Stille, keine Schritte, nichts war aus dem Wohnbereich zu hören. Entschlossen drückte sie ihren Zeige- und Mittelfinger durch den Spalt ins Innere. Sie spreizte die Finger und konnte damit die Ausmaße des Hohlraumes ertasten, der sich direkt unter dem Fell des Tieres befand. Das Hämmern in ihrer Brust schien kilometerweit zu hören zu sein. Schnell schob sie sich in die Höhe. Klopfte sich hektisch die Knie ab, von denen feiner gelber Sand herabrieselte.

Das reichte doch aus! Kein weiteres Risiko.

Es waren nur ein paar kleine Schritte, die sie an den Hyänen vorbei setzte. Vor dem Warzenschwein sank sie erneut in den Sand der Savanne. Die Borsten am Bauch kratzten. Ein kaum hörbares Geräusch, das vom Wummern in ihren Ohren überlagert wurde. Sie suchte die Naht. Anscheinend hatte man sich hier noch weniger Mühe gegeben. Ein Loch klaffte in der Bauchdecke. Ihr Körper sträubte sich gegen die Bewegung, die sie ihm aufzwingen wollte. Ächzend legte sie ihre linke Schulter auf dem Boden ab und schob den Kopf so weit wie möglich unter den Bauch des Warzenschweins. Sie brauchte die Bestätigung. Mit den Fingern der rechten Hand drückte sie den Spalt ein wenig weiter auf. Das reichte aus, um die Dimensionen zu erfassen. Deutlich war der nachträglich sauber in die vorgefertigte Gipsform eingearbeitete Hohlraum zu erkennen. Gleichmäßige Kanten. Ausgehärtete Reste von dunkelbraunem Kitt in den Winkeln.

Sie konnte seine Schritte hören, schnell und hart auf dem weißen Marmor. Gleich musste er in der Tür erscheinen.

»Den Bison habe ich 1966 in den Rocky Mountains geschossen. Ihnen wird sicher aufgefallen sein, dass er nicht in seine Umgebung passt?« Von Wernicke sah sie fragend von der Seite an.

Ihr Herz raste wie wild. Gerade noch hatte sie es in den Stand geschafft und sich die Spuren der Savanne von der

Kleidung klopfen können, ehe er in den Raum getreten war. Sie lächelte ihn an. Dann richtete sie ihren Blick wieder nach vorne auf den Bison, vor dem sie Position bezogen hatte. Die Anspannung wich quälend langsam aus ihren Muskeln. Wärmende Erleichterung breitete sich in ihr aus. »Sommerfell.« Sie legte den Kopf leicht schräg und ließ ihren Blick von den schwarzen Augen des von Wölfen bedrängten Tieres bis hinunter zum Bart wandern.

»Ich bin beeindruckt.« Von Wernicke blickte anerkennend. »Die gleiche schnelle Auffassungsgabe wie Ihr verehrter Herr Vater.« Er seufzte und verzog bedauernd den Mund. »Es ist schrecklich, was mit ihm passiert ist.«

Sie hielt seinem Blick stand und nickte sachte.

»Ich habe es damals aus der Zeitung erfahren. Die Polizei hat mir sogar einen Besuch abgestattet. Sie haben anscheinend alle Verbindungen Ihres Vaters nachverfolgt, bis sich die Sache ein paar Jahre später gottlob aufgeklärt hat.« Er schwieg und betrachtete die Jagdszene. Eine lange, quälende Stille folgte. »Sie können, wenn Sie Ihre Auswahl getroffen haben, gern jedes Tier hier fotografieren. Es wäre mir eine Freude und Ehre zugleich. Jetzt muss ich unser Kennenlernen aber beenden. Ich erhielt einen Anruf, der mich in die Firma zwingt.« Er hob entschuldigend beide Hände. »Einen Ruhestand gibt es nie, wenn man für zweihundert Mitarbeiter und ihre Familien verantwortlich ist und der Sohn den Golfplatz dem Büro vorzieht.« Mit einer knappen Geste wies er ihr den Weg.

Sie atmete erleichtert auf und zwang sich zu langsamen Schritten durch den Flur und am verglasten Wohnzimmer vorbei. Es sollte nicht nach einer Flucht aussehen, obwohl sie schnellstens hier rauswollte. Die Sonne strahlte vom Himmel. Auf der Treppe hielt er lange ihre Hand.

»Es war mir eine große Freude, Frau Booth. Sie finden allein durch den Garten hinaus?«

Sie nickte. »Ich melde mich bei Ihnen, wenn ich mit der ersten Sichtung durch bin.«

Ein verstohlener Blick zurück verriet ihr auf halber Strecke zum Wagen, dass er stehen geblieben war und ihr nachsah. Mit zitternden Händen öffnete sie die Autotür und sank ins tiefe Polster des Fahrersitzes. Ihre Wangen glühten noch immer. Sie legte Hand an den Rückspiegel, um ihr Gesicht zu kontrollieren. Es wirkte nicht verdächtig. Es war die Freude über die prächtige Zahl und den guten Erhaltungszustand der Tiere, die ihr die Röte aufs Gesicht gezaubert hatte. Von Wernicke ahnte nicht, was sie wirklich zu ihm geführt hatte. Hätte er sie sonst so freundlich empfangen und in seinem privaten Naturkundemuseum allein gelassen?

Sie lehnte sich zurück. Alles war gut, er hatte keinen Schimmer. Sie stockte in der Bewegung, mit der sie den Rückspiegel, der nun auf ihre linke Schulter gerichtet war, wieder in die richtige Position hatte bringen wollen. Auf dem dünnen schwarzen Stoff ihres Sommermantels leuchtete hell der gelbe Sand der Savanne.

24

Sie hatte alle drei Türen abgeschlossen und zusätzlich mit Keilen gesichert. Zu oft hatte man in den letzten Stunden bei ihr einzubrechen versucht. Sie musste das Durcheinander sortiert bekommen. Das Chaos um sie herum und vor allem das in ihrem Schädel brauchte Struktur. Sie hatte sich fest vorgenommen, ihr Kinderzimmer erst dann wieder zu verlassen, wenn sie alle Zeitungsausschnitte und Zettel, die hier teils verstreut, teils vorsortiert am Boden lagen, mindestens einmal wirklich durchgelesen hatte. Sie verzog gequält den Mund. Zwei Tage brauchte sie bestimmt dafür, so zahlreich waren sie.

Sie atmete kräftig aus. Ein paar der ganz kleinen Fetzen hoben ab und landeten ein Stück weiter auf Häufchen, auf denen sie nichts verloren hatten. Vielleicht war das der richtige Weg? Alles zusammenschieben, auf eine große Papierhalde, und von Neuem beginnen. Der gleiche Vorgang, aber mit dem Wissen, das sie jetzt besaß. Acht Tiere, direkt vor Ort ausgewählt und auf vorbereitete Formen gezogen, in die ihr Vater akribisch kleine, gleichmäßige Hohlräume eingearbeitet hatte. Nur er konnte das gemacht haben, weil man Erfahrung mit dem Material haben musste, um die Gipsformen nicht zu zerstören. Man konnte problemlos ein paar Millimeter abschaben, um der Statur des Tieres gerecht zu werden, oder mit Kitt Muskeln ausformen, aber einen Hohlraum musste man mit Bedacht angehen.

Acht Tiere, die nicht zu ausgefallen waren. Keine seltenen Arten. Daher war kein Stress bei der Einfuhr zu erwarten gewesen, die mit den Kontakten von Greta von Wernicke zur belgischen Fluglinie Sabena ohnehin kein größeres Problem dargestellt hatte. Mit den entsprechenden Papieren konnte jedes dieser Tiere auch unter heutigen Bedingungen hierhergeschafft werden. Dazu bedurfte es keiner besonderen Vorkehrungen.

Acht Tiere, die von einem reichen Industriellen, einem Unternehmer mit Flugbegleiterin als Ehefrau, einem Ministerialdirigenten des Auswärtigen Amtes und einem Kommerzienrat geschossen worden waren, im Feld unterstützt von einem erfahrenen Präparator und einem Kameramann. Zwar blieb noch zu klären, welche sensiblen Bereiche der Unternehmung Rüther und der Schweizer abdeckten. Es wirkte aber jetzt schon wie eine klug zusammengestellte Truppe, die, als Jagdgesellschaft getarnt, irgendetwas in den Hohlräumen ihrer Trophäensammlung über Grenzen hinweg nach Deutschland transportiert hatte.

Tief in ihr sperrte sich etwas dagegen, ihren Vater in diese Reihe einzuordnen. War er Teil einer kriminellen Schmugglerbande gewesen? Oder war das alles ohne sein Wissen und Zutun geschehen? Ein Wunschtraum wie eine Seifenblase, viel zu groß, um aufzusteigen, und schon geplatzt, noch bevor sie den Ring verlassen hatte. Wenn es so war, wie sie vermutete, musste ihr Vater eine zentrale Rolle gespielt haben. Er konnte kein Unwissender gewesen sein, den die anderen bloß hinters Licht geführt hatten. Überrumpelt von dem, wozu man ihn erst vor Ort gedrängt hatte. Das waren doch nur sinnlose Versuche, ihren Vater herauszuhalten. Es brauchte eine akribische Vorbereitung, detaillierte Planung und Listen für das benötigte Material. Die Formen mussten bestellt und zuvor musste hier in Deutschland abgeschätzt werden, welche Tiere in welcher Größe zu erwarten waren. Ihr Vater hatte sich einlesen müssen, abwägen, welche Materialien taugten. Ohne ihn funktionierte das alles nicht. Jeder andere der Gruppe wäre austauschbar gewesen, nur er nicht.

Aber was hatte er in die kleinen Hohlräume eingebaut und mit Kitt fixiert? »Wir kamen aus armen Verhältnissen. Meine Eltern haben im Krieg alles verloren. Nackt bis aufs letzte Hemd. Auf der Flucht vor den Russen. Friedrich ging es nicht anders.« Die Worte ihrer Mutter klangen in ihren Ohren.

Sie hievte sich in die Höhe und rannte ins Wohnzimmer. Aus dem Schrank riss sie den ersten der drei Ordner und blätterte ihn hektisch durch. Der war es nicht. Eine vage Erinnerung an die Handschrift auf der Rückseite, das Material und das Alter begleiteten ihre Suche. Sie hatte ihn doch schon mal in der Hand gehabt. Das musste er sein! Sie zog den gesuchten Ordner heraus und klappte ihn auf.

21. April 1962. Erschienen vor dem Notar Dr. Gunther Schellenberger. Der Kaufvertrag für dieses Haus. Sechs Parteien, ein Geschäft, Innenstadtlage. Warum hatte sie sich nie gefragt, woher das Geld für diese riesige Immobilie stammte? Acht Tierpräparate, zwei für Kauffmann, eines für Jesse, zwei für Rüther, eines für Ihren Vater und zwei für von Wernicke, so hatte ihr Vater es im kleinen Präparationsbuch verzeichnet. Die Beute war zwischen allen Beteiligten fein säuberlich aufgeteilt worden. Und der Schlangensperber für Schweitzer? Hatte der Schreiner auch einen kleinen Teil abbekommen? Ein Schweigegeld? Oder war der Vogel lediglich eine symbolische Anerkennung, ein Dankeschön für die Sonderanfertigungen gewesen?

Ihr Vater hatte das Haus ein knappes halbes Jahr nach der Rückkehr aus Afrika erworben. Kauffmann war zu diesem Zeitpunkt schon tot gewesen. Rüther war bald darauf im Juli gestorben, Jesse im Februar des Folgejahres. »Wir haben uns alles hart erarbeiten müssen. Friedrich hat oft bis spät in die Nacht in seiner Werkstatt gestanden.« Hart erarbeitet mit dem Schmuggel in extra dafür gefertigten Tierpräparaten? Ein nahezu perfektes Versteck in jenen Zeiten, in denen am Flughafen noch nichts durchleuchtet wurde.

Sie ließ den Ordner fallen und lief zurück in ihr Zimmer. Mit der rechten Hand tastete sie nach dem großen Präparationsbuch unter ihrer Matratze und zog es hervor. Sie blätterte in Sekundenbruchteilen, überflog die Spalten nur und schlug schon weiter. Kauffmann, Jesse, Rüther, immer wieder diese Namen zwischen den anderen Kunden ihres Vaters. Alle waren sie schon in den Jahren zuvor aufgetaucht. Kauffmann und Rüther schienen sogar drei Jahre zuvor schon einmal gemeinsam auf Safari in Afrika gewesen zu sein. Nur von Wernicke war nirgends zu finden. Er fand erst mit der Afrikaexpedition Eingang in das Buch, war ihrem Vater dann aber bis zu dessen Tod ein treuer Stammkunde gewesen. Nie weniger als zwei Tiere hatte er pro Jahr bei ihrem Vater in Auftrag gegeben, eines im Frühling und eines im Herbst. Eine solche Kontinuität konnte sie in der Eile für keinen anderen Kunden feststellen.

Das zwanglose Zusammenkommen um den Eichentisch bei einem Obstler blitzte vor ihrem geistigen Auge auf. Ein Glas auf die Gesundheit und den Umstand, dass sie beide noch immer am Leben waren, während es den Rest der Jagdgesellschaft längst dahingerafft hatte. Der Fluch Afrikas, die rätselhafte Immunschwäche, die von Wernicke nicht davon abgehalten hatte, weitere Safaris auf den Kontinent zu unternehmen und die Tiere danach von ihrem Vater ausarbeiten zu lassen.

Das Klingeln des Telefons in der Werkstatt riss sie aus ihren Gedanken. Sie sah auf die Uhr. Halb vier. Zu früh, um das Läuten zu ignorieren. Dennoch beeilte sie sich nicht sonderlich auf dem Weg nach unten. Die zarte Hoffnung, dass es von ganz allein wieder aufhören könnte, schwand mit jedem Schritt, den sie näher kam.

»Booth.«

»Stenzel. Hallo, Frau Booth. Es ist ja fast unmöglich, Sie zu erreichen. Ich habe es schon mehrmals auf Ihrem Handy versucht.« Er schnaufte empört in das Telefon.

Sie musste kurz überlegen, bis sich die Informationen zusammenfügten. Der verstaubte Alpensteinbock und die Gämse, die sie zur Reinigung bekommen hatte. Professor Dr. Eberhardt Stenzel. Passionierter Jäger und Eigentümer einer chirurgischen Privatklinik in Frankfurt. Plastische Chirurgie. »Ihre Arbeit, liebe Frau Booth, gleicht der meinen.« Sie hatte in den letzten Jahren mehrere Kopf-Schulter-Präparate und Dermoplastiken für ihn angefertigt. Er unternahm regelmäßig Jagdreisen in Osteuropa und Russland und hatte mächtige Keiler, Hirsche und sogar einmal einen recht kleinen Braunbären mitgebracht.

»Ich gebe übermorgen Abend einen Empfang und würde bis dahin gern die klaffende Lücke in meiner Trophäensammlung geschlossen sehen.« Stille, in die er schwer hineinatmete. »Das Gesamtbild ist gestört, zumal ein Großteil meiner Jagdfreunde ebenfalls zugegen sein wird. Darunter ist im Übrigen der Staatssekretär des rumänischen Verteidigungsministeriums.« Er hielt wieder kurz inne, wohl um die Macht seiner Worte wirken zu lassen. Sie kannte diese Gespräche. Beim letzten Anruf war es der stellvertretende slowakische Handelsminister gewesen, mit dem er sehr erfolgreich auf Sauenjagd gewesen war.

»Die Tiere sind fertig.«

»Sie machen mich glücklich, liebe Frau Booth. Ich lasse sie gleich morgen früh abholen.« Er stockte kurz in seiner überbordenden Entzückung, die sie auch schon kannte. Ein Räuspern. »Sind Sie noch dran, Frau Booth?« Stenzel flüsterte jetzt.

»Ja.« Sie verspürte Ungeduld. Wenn sie flüsterten, wusste sie stets, was kam. Zwei Möglichkeiten, die ihr beide reichlich und gleich unangenehm waren. »Ich kann doch sofort bar bezahlen? Sie wissen schon, ohne Rechnung.« – »Präparieren Sie auch Tiere, für die … wie soll ich mich ausdrücken … für die keine ausreichenden Papiere vorliegen?«

»Mir kommt da gerade eine Idee.« Wieder räusperte er sich umständlich. »Der Staatssekretär hat mir einen Braunbären versprochen. Eine lange Geschichte, mit der ich Sie nicht behelligen möchte. Sagen wir mal so, ich habe da noch eine Kleinigkeit gut bei ihm. Darum hat er mir nicht irgendeinen Braunbären versprochen, sondern einen rekordverdächtigen. Über sechshundert CIC-Punkte, nahe am Weltrekord, vielleicht sogar drüber. Ein gewaltiger Hauptbär.« Er schwieg bedeutungsvoll.

Was erwartete er jetzt von ihr? Lauten Jubel und überschwängliche Glückwünsche brauchte Stenzel nicht. Dafür sorgte er schon selbst. Also erwiderte sie nichts.

Sie konnte ihn atmen hören. Dann flüsterte er weiter, um die Spannung zu halten. »An so einen kapitalen Bären kommen Sie normalerweise nicht ran. Die sind für die ganz Großen reserviert, für Staatsmänner, Präsidenten oder den spanischen König. Dieser ist *mein* Bär, und er kostet mich zwanzigtausend. Geschenkt! Verstehen Sie mich nicht falsch. Das ist natürlich viel Geld. Aber für ein solches Exemplar, das es auf der Welt nur ein einziges Mal gibt, ist es ein Schnäppchen.«

Er klang aufgeregt. Sie hatte allerdings keinen Schimmer, was das alles mit ihr zu tun hatte. Stenzel ging ihr auf die Nerven.

»Das Problem sind die Bedingungen vor Ort. Ich schieße den Weltrekordbären, und es gibt ein paar schöne Fotos. Das klappt dort noch ganz gut, aber dann balgen ihn Amateure ab. Sie kennen das. Alles muss schnell gehen, falsche Schnitte, Risse im Fell, und der Bär sieht nachher aus, als ob er sich von einer Klippe in die Tiefe gestürzt hätte. Lange Rede, kurzer Sinn: Ich hätte Sie gern mit dabei. Geld spielt keine Rolle. Höchstens eine Woche, keinen Tag länger wird das dauern, versprochen. Der Bär ist schon gechipt. Die Jagdbegleiter können ihn jederzeit orten und zutreiben. Denken Sie darüber nach. Ich brauche jetzt noch keine Antwort, es sei denn, ich habe Sie bereits restlos überzeugt. Wenn Sie mögen, fällt auch ein Wolf oder ein Luchs für Sie ab. Nur warten Sie nicht zu lang mit der Entscheidung. Ich sitze quasi auf gepackten Koffern. Wir fliegen ab, sobald der Anruf aus Rumänien kommt, dass alles vorbereitet ist. Spätestens am Wochenende geht es los.«

25

Sie hielt einen der geschätzt mehr als fünfhundert Zeitungsausschnitte in der Hand, als es klingelte. Ihr Herz schlug schneller. Diesmal nicht vor Schreck. Sie musste grinsen über diesen Gedanken. Die Vorfreude nach dem Blick auf die Uhr: kurz nach fünf. Um diese Uhrzeit wollte Thorsten von der Arbeit zurück sein. Es gab so viel, was sie ihm erzählen wollte. Aber nur dann, wenn er ihr verriet, wer Tatjana Borsekowsky war. Seine Ex-Freundin, eine Kollegin oder doch die Cousine?

Die Antwort war ihr egal. Es zählte das Jetzt – und das, was noch kam für sie beide. *»Haben Sie Kinder?«* Die Reaktion auf von Wernickes Frage vor der Haustür, als sein Sohn zu ihnen herübersah, war ihr nicht schwergefallen. Es hatte kein Bedauern darin gelegen. Wenn man als Frau ab einem bestimmten Alter noch keine Kinder hatte, provozierte das Nachfragen. Aber was hätte sie auch sagen sollen, »den richtigen Mann dazu habe ich gerade erst gefunden«? Mit vierundvierzig musste man sich nicht mehr mit dem Kinderkriegen beschäftigen. Obwohl das heute keine Ausnahme mehr war.

Wenn es nicht mit ihm passierte, dann war es endgültig zu spät und vorbei. Die Booths erloschen. Sie war die Letzte, die diesen Namen weitergeben konnte. Ein Gedanke, den sie noch nie erwogen und der von ganz weit zu ihr gefunden hatte.

Mit dem Zeitungsausschnitt in der Hand lief sie durch den Flur. Es klingelte erneut, aber nur kurz, weil ihre Schritte auf dem Fischgrätparkett knarrten und er das jetzt bestimmt ebenfalls gehört hatte. Sie las im Gehen weiter.

Ausstellungseröffnung am 8. Januar 1977
Im Foyer der Sabena-Zentrale in Brüssel eröffnete der belgische Wirtschaftsminister Fernand Herman eine viel beachtete Ausstellung über die Zielländer der Fluggesellschaft. Viele der dort gezeigten Exponate, die die reiche Tierwelt Afrikas widerspiegeln, stammen aus der Sammlung des Hanauer Elektroanlagenbauers Lutz von Wernicke.

Ihre Mutter hatte am Rand notiert, dass die Meldung aus dem »Hanauer Anzeiger« vom 12. Januar 1977 stammte. Das Foto zeigte undeutlich, aber dennoch erkennbar von Wernicke und seine Frau neben zwei Thomson-Gazellen und einer Schwarznasenimpala. Felicitas führte den Zeitungsausschnitt nahe an ihre Augen heran, drehte ihn in verschiedene Richtungen und suchte nach Anhaltspunkten, ob es sich bei den Tieren um drei von jenen handelte, die sie auf ihrem Zettel notiert hatte. Waren das drei der acht, die direkt in Afrika gefertigt worden waren? Dann wäre die Impala auf dem Foto das Exemplar ihres Vaters. Die Thomson-Gazellen müssten von Rüther und Jesse stammen.

Sie schüttelte irritiert den Kopf. Eine Thomson-Gazelle hatte es auch in von Wernickes privatem Naturkundemuseum gegeben, aber keine Schwarznasenimpala, zumindest nicht als Ganzkörperpräparat. Sie rieb sich mit der freien Hand über Stirn und Augen. Zu viele Informationen kreisten in ihrem Kopf, die auf den ersten Blick zusammengehörten, letztlich aber doch nicht zueinander passen wollten.

Ihr kam ein Gedanke, so gewaltig, dass er sie alles um sich herum vergessen ließ. Wieder läutete die Klingel. Schläge hämmerten gegen die Wohnungstür. Das Handy surrte in ihrer Hosentasche. Sie war nicht imstande, sich zu rühren.

Konnte ihr Vater das alles ganz allein geplant haben, ohne dass die anderen Expeditionsteilnehmer etwas davon mitbekamen? Sie sträubte sich gegen diese Vorstellung. Im Camp war er die meiste Zeit unbeobachtet gewesen. Alle wussten, dass er nicht jagte. »Ich übe mit den Skinnern, während ihr auf der Pirsch seid.«

Waren die Hohlräume in den Gipsformen sein Plan gewesen, den er heimlich umsetzte und der funktioniert hatte, bis sie ihm später doch noch auf die Schliche gekommen waren? Nach dem schnellen Tod von Kauffmann, Jesse und Rüther blieben dafür nur noch zwei Teilnehmer der Jagdgesellschaft übrig: von Wernicke und der Schweizer Kameramann René Frei.

Sie könnten ihren gerechten Anteil, ihr Drittel an der Beute eingefordert haben. Stand der Mord an ihrem Vater damit im Zusammenhang? Es dröhnte in ihrem Schädel, weil sich urplötzlich alles wie von selbst ineinanderfügte. Sie mussten den Albaner beauftragt haben, der ihren Vater umgebracht hatte.

Sie schleuderte den Zeitungsausschnitt von sich fort. Er segelte langsam zu Boden. Sogleich beugte sie sich hinab und nahm ihn wieder in die Finger. Das waren vollkommen irre Brücken ins Nirgendwo, die ihr Hirn konstruierte, um Querverbindungen zu schaffen, die gar nicht da waren. Gänzlich abwegige Gebilde, die der Realität nicht standhielten. Mit nur einem einzigen klaren Gedanken ließen sie sich einreißen, und alles blieb in Trümmern liegen.

Sie kam einfach nicht weiter. Es gab keine Lösung. Jedes Nachdenken über die Rolle ihres Vaters bei dieser Unternehmung war eine sinnlose Zeitverschwendung, solange sie nicht wusste, wozu die Hohlräume in den Gipsformen gedient hatten. Entschlossen zog sie die Wohnungstür auf, um in Thorstens Armen das, was ihr Kopfzerbrechen bereitete, ein paar glückliche Stunden lang zu vergessen. Die Kälte, der Geruch, das Gesicht und die Augen, die sie anstierten, ließen sie erstarren.

»Sind Sie wirklich erstaunt, Frau Booth? Das kann ich mir kaum vorstellen.«

26

»Es war nicht meine Idee. Dafür bin ich auch erst zu spät zur Truppe dazugestoßen.« Von Wernicke deutete mit einer knappen Bewegung der Pistole an, dass sie sich von der Tür entfernen sollte. »Langsam! Ich habe nicht vor, Sie zu erschießen, brauche aber verständlicherweise eine gewisse Sicherheit, weil ich nicht ermessen kann, was Sie antreibt, liebe Frau Booth. Ihr Verhalten hat mich gezwungen, hierherzukommen. Was haben Sie geglaubt, im Warzenschwein zu finden? Den vergessenen Rest von damals? Nach dem suche ich schon lange nicht mehr. Wenn es ihn überhaupt gegeben hat. Darüber könnte uns nur Ihr verstorbener Herr Vater Auskunft geben. Sie scheinen aber ja eifrig danach zu suchen.«

In kleinen, sachten Schritten tastete sie sich rückwärts. Auf Höhe der verschlossenen Tür zur Bibliothek blieb sie stehen. Sie wollte nicht, dass er das Chaos in ihrem ehemaligen Kinderzimmer sah. Die zahllosen Zeitungsausschnitte, quer über den gesamten Boden verteilt. Von Wernicke gab der Wohnungstür einen Schubs mit dem Fuß und kam näher.

»Sie haben mich erst hinzugeholt, als sich herausstellte, dass Rüther eine Pfeife war. Kommerzienrat, dass ich nicht lache.« Er schüttelte sich und fuhr dann fort. »Ein gekaufter Titel war das, und reichlich aufgepustet hatte er seine Rolle bei der Hapag außerdem. Die Schiffe, mit denen er geprahlt hatte, um seinen Anteil in die Höhe zu schrauben, fuhren plötzlich gar nicht mehr oder fanden sich auf einmal auf ganz anderen Linien. Es zeigte sich schnell, dass er vollkommen nutzlos war für das, was wir vorhatten. Das Gepäck des Flugkapitäns war die Lösung aller Probleme. Separat verstaut im Bauch des Fliegers, blieb es beim Verladen in Accra, an der Goldküste, unkontrolliert. So hieß das Land damals noch bei den meisten, klingt viel besser als Ghana heute. Ein Land im Aufwind war es, noch nicht lange in die Unabhängigkeit entlassen, von einem charismatischen Präsidenten geführt, auf der Suche nach seiner Rolle zwischen dem Ostblock und den Westmächten im sich rasant wandelnden Afrika, und wir haben dabei geholfen. Neue Handelswege haben wir eröffnet, versteckt zwar, aber vielversprechend.« Er starrte sie aus großen Augen an und nickte auffordernd. »Das hätten Sie nicht gedacht, was?« Er lachte. »Wir mussten die Pakete nur noch in Empfang nehmen, direkt nach der Landung, ehe die Crew das Flugzeug verließ.« Er lachte wieder. Ein stolzes Lachen, das von einem selbstzufriedenen Grinsen abgelöst wurde. »Ihren Vater haben wir in die Kapitänsuniform gesteckt, die meine Frau besorgt hatte. Er hat nach und nach jedes Tier durch die Kontrollen gebracht, weil er den Schneid eines Flugkapitäns besaß.«

Sie spürte den Herzschlag in ihrer Brust. Erstaunlich ruhig und gleichmäßig hämmerte es dort drinnen. Der alte Mann vor ihr, der die Mündung seiner Pistole weiter auf sie gerichtet hielt, flößte ihr keine Angst ein. Im Gegenteil, seine Worte halfen, die verstreut liegenden Puzzleteile zusammenzufügen. Das Bild vervollständigte sich. Für einen winzigen Moment hatte sie ihren Vater vor Augen, der in der Uniform eines Flugkapitäns und mit einem unförmigen, in Packpapier eingeschlagenen Paket unter dem Arm durch die Passkontrolle spazierte. Sein Lächeln, das er einem der Beamten zeigte, und der knappe Gruß mit den Fingern an der Schirmmütze.

Von Wernickes Worte erklärten vieles, was sie schon wusste, aber nicht sinnvoll hatte zusammenbringen können. Eine Erlösung, die wohltat.

»Sie waren noch zu jung, als er umkam. Wahrscheinlich erinnern Sie sich kaum noch an ihn. Ich kann Ihnen von Ihrem Vater erzählen, wenn Sie wollen. Für mich ist er noch so lebendig, als ob wir uns gestern zuletzt gesehen hätten. Wir teilten Erlebnisse, die man nie vergisst. Sie haben uns miteinander verbunden, auch über seinen frühen Tod hinaus.«

Er hob langsam den linken Arm und führte auch diese Hand an die Waffe. Sicherheit und Standfestigkeit für den erwarteten Rückstoß, wenn er es zu Ende brachte? Warum? Der Coup von damals, eine Straftat, die Jahrzehnte zurücklag. Längst vergessen und verjährt war das, was sie getan hatten.

Die Bewegung war nur der Auftakt zu einem Positionswechsel gewesen. Mit der linken Hand hielt er die Pistole weiter auf sie gerichtet. Seine rechte tastete nach der Türklinke der Bibliothek. »Und jetzt würde mich natürlich brennend interessieren, ob Sie bei Ihrer Suche nach dem fehlenden Teil der Beute irgendwelche neuen Erkenntnisse gewonnen haben. Es hat mich schon stutzig gemacht, dass Sie auf einmal die Tiere Ihres Vaters sehen wollten. Und nur wenige Tage nach dem Tod der Mutter. Hat sie Ihnen auf dem Sterbebett Details verraten, die eine neue Suche begründet erscheinen lassen?« Sein Grinsen veränderte sich. Es nahm lauernde Züge an. Schwungvoll stieß er die Tür auf. »Zusammen mit meinen Erkenntnissen könnte uns das der Lösung des Rätsels vielleicht ein Stück näher bringen.«

Mit dem Zeigefinger schob er seine zu große eckige Brille bis zur Nasenwurzel hoch. Vor nicht allzu langer Zeit musste sie noch gut gesessen haben. Die Form wirkte altmodisch, das Material glänzte aber neu. Der schnelle Gewichtsverlust im hohen Alter war offensichtlich. Selbst im Vergleich zu heute Morgen wirkte sein Gesicht jetzt schmaler und viel faltiger, tiefe Furchen zeichneten sich um seinen Mund und von dort bis hinunter zum Halsansatz ab.

»Es wäre schön, wenn Sie vorgehen würden, um Licht zu machen. Aber bitte mit Bedacht. Keine schnellen und hektischen Bewegungen.« Seine linke Hand wies Felicitas mit einer knappen Geste den Weg. Dadurch schien ihm bewusst zu werden, dass er die Pistole für den Ernstfall besser wieder in die rechte Hand nehmen sollte, was er auch tat. »Wenn die anderen nicht so schnell gestorben wären, hätten wir bestimmt weitergemacht. Deutsche Perfektion bis ins kleinste Detail. Es hat alles tadellos funktioniert. Auf den Fensterkitt kam Ihr Vater. Er hat verhindert, dass man das Versteck beim Abklopfen finden konnte. Man hörte wirklich keinen Unterschied. Aber so weit ist es nie gekommen. Keiner hat etwas von den Diamanten bemerkt, die wir unter tatkräftiger Mithilfe ghanaischer Regierungsstellen an Ernest Oppenheimers Syndikat vorbei nach Deutschland geschleust haben. Sein Sohn Harry Frederick Oppenheimer hat das Syndikat nach dem Tod seines Vaters erfolgreich weitergeführt. Und wir haben auf ganz elegante Weise dessen Diamond Corporation in London, über die damals fast alle Rohdiamanten liefen, ausgehebelt. Ein kontrollierter Markt, in dem allein Oppenheimer die Mengen bestimmte und sich dabei – welch Zufall – an einer notorischen Knappheit orientierte. Gerade so viel, dass die Nachfrage eben *nicht* gestillt werden konnte und der Eindruck aufrechterhalten blieb, es handele sich um ein seltenes Gut. Ziemlich genial, wenn Sie mich fragen.« Er sah sie prüfend an. Ein Blick, der ihr bekannt vorkam.

Sie war in den Türrahmen getreten und hatte ohne hinzusehen auf den Lichtschalter gedrückt, betrat aber nicht den Raum, sondern blieb neben dem Eingang stehen. Von

Wernicke machte ebenfalls keine Anstalten, sich zu bewegen. Im Plauderton redete er weiter. »Wussten Sie, dass Oppenheimer ganz in der Nähe geboren wurde? In Friedberg im Taunus kam er zur Welt, keine Stunde von Mainz entfernt. Kennengelernt habe ich ihn trotzdem nie. Kauffmann kannte ihn. Woher, das hat er nicht erzählt. Es kann keine gute Erinnerung gewesen sein, weil es ihm ganz besondere Freude machte, Oppenheimer und den am Kartell gut mitverdienenden Engländern eins auszuwischen.« Er nickte zufrieden. Der alte Mann, der ihr die Welt erklärte. »Die Gründe sind mir erst später, viele Jahre danach, klar geworden. Oppenheimer hat durch seine Unternehmenspolitik nicht nur die Preise für Schmuckdiamanten bestimmt, sondern auch die der Werkzeugdiamanten sinnlos in die Höhe getrieben. Kauffmanns Stahlfirmen brauchten diese Diamanten zum Schneiden und Bohren. Sein Antrieb war also neben dem Gewinn auch ein klein wenig sportlich motiviert.«

Von Wernicke ging jetzt an ihr vorbei in den Raum hinein, behielt sie aber dennoch im Auge. Sein Blick wanderte durchs Zimmer. Ein Seufzen, das fast melancholisch klang. »Sie haben kaum etwas verändert.«

»Gar nichts.«

Er zog die Augenbrauen in die Höhe. Erstaunen darüber, dass sie ihm antwortete?

»Warum nicht?«

»Im Andenken an ihn.«

»Ich hoffe, ich habe es mit dem, was ich Ihnen gerade erzählt habe, nicht erschüttert?«

»Nichts, was ich nicht schon gewusst oder zumindest geahnt hätte«, entgegnete sie kühl.

»Soso.« Er schwieg und schien einem Gedanken zu folgen, den er kurz darauf verwarf. Er winkte ab. »Sie glauben also, alles zu wissen. Hat er es aufgeschrieben oder es

Ihrer Mutter erzählt? Das halte ich für unwahrscheinlich. So dumm war nur Jesse. Dessen Frau hat mich während seiner Krankheit etliche Male angerufen, weil sie wissen wollte, ob die verschwundenen Diamanten aufgetaucht seien. Ich habe ihr klargemacht, dass es die Afrikaner waren, die uns übers Ohr gehauen haben. Sie war einfach im Geist und hat es irgendwann geglaubt. Zu diesem Zeitpunkt lebte Rüther noch.« Sein Blick verhärtete sich. Auf eine Antwort von ihr schien er nicht zu warten. »Ich war mir sicher, dass er dahintersteckte. Wir hatten seinen Anteil reduziert, weil er es nicht anders verdient hatte. Er war ja nur noch ein Tourist mit Flinte, ohne Aufgabe und ohne Verantwortung. Dem persönlichen Risiko haben wir daher seinen Gewinnanteil angepasst.«

Jetzt grinste er und deutete mit der Pistole auf ihre Hände. Sie bemerkte, dass sie noch immer den Zeitungsausschnitt aus dem »Hanauer Anzeiger« über die Ausstellung bei der Sabena in der Hand hielt.

»Das war nicht unsere erste Ausstellung.« Er deutete noch einmal auf den Fetzen Papier. Ein stolzer Ausdruck lag auf seinem Gesicht. »Vor der in Brüssel mit dem Minister gab es schon mal eine«, sagte er versonnen. Dann rief er sich zur Räson. Seine wachen Augen fixierten sie. »Mir war schon der Ablauf in Afrika nicht ganz geheuer.« Zur Bestätigung nickte von Wernicke mehrmals. Die Pistole richtete er nach oben und bewegte sie hin und her wie einen verlängerten erhobenen Zeigefinger. Der Vater, der seiner ungehorsamen Tochter drohte. »Es hatte sich damals eine regelrechte Partisanenbewegung gebildet, um Oppenheimers Monopol zu unterlaufen. Die Reichtümer, um die es ging, zogen sie alle an. Die Gier des Menschen ist unersättlich. Oppenheimer selbst ging unerbittlich gegen jeden vor, der einen Handel an ihm vorbei betrieb. Er nutzte jedes Machtmittel, das sich bot. Und er hatte mächtige Verbündete in diesem Kampf. Großbritannien verlor Geld mit jedem Diamanten, der nicht über London in den Markt kam. Den ehemaligen Chef des britischen Geheimdienstes, Sir Percy Sillitoe, konnte Oppenheimer engagieren, um eine schlagkräftige Abwehrorganisation aufzubauen. Das hat den Diamantenabfluss zwar stark reduziert, aber nicht zum Versiegen gebracht. Dazu waren die übrigen Beteiligten zu sehr am Fortbestand interessiert. Vom ghanaischen Präsidenten bis zur Bonner Bundesregierung, die den Schmuggel still tolerierte, weil der Jude Oppenheimer deutsche Unternehmen angeblich gezielt boykottierte. Er soll streng darüber gewacht haben, dass die deutsche Edelsteinindustrie in Idar-Oberstein und hier bei uns in Hanau nicht beliefert wurde. Reihenweise sind sie kaputtgegangen, die kleinen heimischen Familienbetriebe mit einer langen Tradition in der Verarbeitung von Rohdiamanten.«

Von Wernicke, der zu Beginn seines Monologs noch ruhig und besonnen gewirkt hatte, schien sich jetzt in Rage geredet zu haben. Seine faltigen Wangen leuchteten rot erhitzt. Die große Brille war ihm auf die Nasenspitze gerutscht und drohte bei der nächsten schnellen Bewegung herabzufallen. Die Pistole hielt er wieder auf Felicitas gerichtet.

»Bevor wir auf den Plan traten, haben sich die Schmuggler meist kleine Röhrchen mit ein paar Steinen darin in den Arsch geschoben.« Er schüttelte sich vor Ekel. »So wurden die Diamanten über die Grenzen und durch die Kontrollen geschmuggelt. Kleinste Mengen nur und in der ständigen Furcht, entdeckt und drakonisch bestraft zu werden. Die Verstecke am und im Körper hatten die Grenzpolizisten schnell herausgefunden. Wir haben einen ganz neuen Weg erschlossen. Perfekt getarnt als touristisches Zukunftsprojekt und abgesegnet von ganz oben. Jagdreisen für die exponentiell anwachsende Schicht begüterter Europäer. Jesse sorgte für den nötigen politischen Rückhalt in Bonn. Eine hieb- und stichfeste Story, die wir auf höchster Ebene verankern konnten. Die Verträge lagen ausgearbeitet bereit, um das Konzept der Jagdreisen im nächsten Schritt ganz groß aufzuziehen. Unsere Afrikaexpedition war der erfolgreiche Testlauf dafür. Für die Menge, die wir in einem einzigen Tier untergebracht haben, hätten Sie sechzig Mann mit Kapseln im Hintern auf die Reise schicken müssen.«

Von Wernicke hob stolz das Kinn. Er schien jedoch den Faden verloren zu haben und überlegte einen gedehnten Augenblick. Er wollte seine Geschichte loswerden, das sah sie ihm an. Die Erinnerung, die er mit niemandem mehr hatte teilen können, seit ihr Vater ermordet worden war.

Jetzt erweckte es den Anschein, dass er wieder wusste, wo er mit seinem Bericht hinwollte. Die Worte sprudelten aus ihm heraus. »Geheuer war mir der Ablauf von Anfang an nicht«, wiederholte er. »Die Steine bekamen wir von schwer bewaffneten Partisanentrupps, die plötzlich und ohne Vorankündigung im Lager auftauchten. Das müssen Sie sich mal vorstellen.« Er fuchtelte erregt mit der Pistole herum und schob die Brille wieder in die Höhe. »Zwanzig, dreißig Mann stehen auf einmal vor Ihnen, ohne dass Sie davor einen Ton gehört haben, wie aus dem Nichts. Kerle, mit denen Sie im Normalfall nicht einmal über den Verkauf eines Gebrauchtwagens verhandeln würden, aus Angst, nicht lebend aus der Sache herauszukommen, sobald der erste Schein auf dem Tisch liegt. Von unseren Jagdhelfern haben Sie da keinen mehr gesehen. Die wussten, mit wem wir es zu tun hatten, und haben sich schnellstens verkrochen. Kauffmann hat das abgewickelt, in der für ihn so typischen Weise. Stets großspurig, jovial und immer schwitzend.« Von Wernicke lachte auf und verzog das Gesicht zu einem gequälten Grinsen. »Die Partisanen brachten uns zwei, drei Lederbeutel und bekamen dafür von

Kauffmann ein fettes Bündel Dollarscheine. Sekunden später war der Spuk vorüber und der Trupp wieder im dichten Gras verschwunden. Keiner hat die Steine gezählt, keiner die Geldbündel. Wir waren alle dabei, als Booth die erste Lieferung auspackte. Ein faszinierender Moment, den ich nie vergessen werde. Diamanten in allen Größen. Eine bunte Mischung unermesslichen Reichtums, die da plötzlich vor uns lag.«

Er atmete ein paarmal schwer ein. Sein Blick wirkte fast verklärt bei der Erinnerung daran. »Kauffmanns Hyäne wurde als Erstes gefüllt. Wir machten weiter, als wäre nichts gewesen, und mit der Zeit wurden die Partisanenbesuche beinahe zur Routine. Egal, wo wir waren und unser Lager aufgeschlagen hatten, sie wussten es. Ich glaube, dass einer unserer Jagdhelfer zu ihnen gehörte. Nach und nach füllte Booth die dafür vorgesehenen Tierpräparate. Wenn uns einer im Busch überfallen und erschossen hätte, wäre er steinreich geworden.« Er lachte lautlos in sich hinein. »Keiner von uns hat danach noch länger als ein, zwei Stunden am Stück geschlafen. An der Jagd hatten wir bald keinen Spaß mehr. Zwei von uns haben mit geladenen Gewehren Wache geschoben, rund um die Uhr. Jesse hat sich amüsiert darüber. Wir genossen schließlich Schutz von ganz unten bis nach ganz oben. Aber der Reichtum und die Gier nach immer mehr haben uns verändert.«

Von Wernicke schüttelte bedauernd den Kopf. »Schon mit den ersten Diamanten durchdrang das Misstrauen unseren Kreis. Es hat uns alle befallen, ohne Ausnahme. Ein schleichendes Gift. Jeder hat den anderen auf die Finger geschaut, und alle hatten wir ein Auge auf Booth, weil der ja ständig um die Präparate herumscharwenzelte.« Er schnaufte verächtlich und sah ihr direkt in die Augen.

Sie ahnte, welcher Teil des großen Abenteuers der Jagdfreunde jetzt kam, und es graute ihr schon davor.

»Jesse hat als Erster einen konkreten Verdacht geäußert.« Er starrte sie durchdringend an. »Er hatte bemerkt, dass Ihr Vater außer den verabredeten Tieren noch andere fertig gemacht hat. Einen Vogel zunächst, den ihm einer der Helfer gebracht hat. Wohl auch noch ein paar kleine Nager, Buschhörnchen oder so etwas. Ich glaube, jeder von uns hat diese Viecher in unbeobachteten Momenten etliche Male geschüttelt und dabei angestrengt gelauscht. Wozu stopfte Booth die anderen Tiere aus?«

Wieder rückte er mit einer schnellen Bewegung der freien Hand seine Brille zurecht. Er schien sich darüber zu ärgern, dass sich die widerspenstige Sehhilfe seinem Willen widersetzte. Dann vollführte er eine nur angedeutete, abwehrende Bewegung. Sie fürchtete kurz, er habe die Lust am Erzählen verloren.

»Mein Vater hat immer zu seinem Wort gestanden.« Sie bereute die Worte, die halb geflüstert über ihre Lippen gekommen waren, augenblicklich.

»Sie kannten ihn doch kaum, was wissen Sie schon? Wir wollten es uns damals nicht eingestehen, aber daran war deutlich zu sehen, dass das gegenseitige Vertrauen bröckelte. Wenn man einem nicht mehr trauen kann, ist es bald so weit, dass man keinem mehr glaubt. Nur die Fassade wurde weiterhin von uns aufrechterhalten. Die gespielten Vertrautheiten untereinander, die aufgesetzte Freude nach dem nächsten Abschuss, der Schluck aus meiner Feldflasche, die immer herumging. Ich konnte nicht verstehen, warum wir trotzdem bei unserem Plan geblieben sind, und habe das den anderen auch gesagt. Aber sie wollten, dass alles genau so weiterlief wie besprochen. Sie beharrten darauf, dass wir Ihren Vater schon unter Kontrolle hätten. Schließlich säßen wir alle im selben Boot. Zumindest bis wir wieder sicheren deutschen Boden unter den Füßen hätten.«

Sie wollte einwerfen, dass Jesse den Verdacht nur deshalb ausgesprochen haben könnte, weil er selbst es war, der die anderen um ihren gerechten Anteil betrügen wollte. Dass er ihren Vater als Sündenbock brauchte. Doch sie konnte die Worte nicht aussprechen, und von Wernicke redete einfach weiter.

»Booth musste die Tiere als Kapitän verkleidet am Flughafen in Frankfurt in Empfang nehmen. Sie kamen nach und nach, und wir ließen ihn nie allein gehen. Wir haben direkt vor Ort überprüft, ob die Nähte unversehrt waren, und die Präparate dann hierhergeschafft, in seine Werkstatt. Er hatte die Räume schon vor der Safari extra dafür angemietet. Gekauft hat er das Haus dann mit dem Geld aus den Veräußerungen der Diamanten. Die Tiere sollten mit den wertvollen Steinen im Bauch bei ihm bleiben, bis wir den Verkauf der Diamanten nach und nach abgewickelt hätten. Kauffmann bestand darauf, denn so war es von Anfang an vereinbart gewesen. Wenn jemand nach den Steinen suchen würde, dann bestimmt nicht dort. Und in diesem Punkt waren wir uns ausnahmsweise einig. Das Misstrauen gegenüber Ihrem Vater war groß, aber nicht so groß wie die Todesangst, die uns beim Gedanken an Oppenheimers Häscher befiel. Kauffmann wusste das. Er hat uns keine Sekunde, aber Ihrem Vater anscheinend immer vertraut und damit den Laden zusammengehalten. Wir waren stets vollzählig, wenn einer der Kuriere kam. Jeder hatte seine Tiere und darin seinen festgelegten Anteil, aber das war eher symbolisch gedacht. Die Diamanten mussten kontrolliert und über einen längeren Zeitraum hinweg auf den Markt gebracht werden, damit niemand Verdacht schöpfte. Das war weit schwieriger als der Transport nach Deutschland. Kauffmann regelte auch das, weil er die richtigen Leute kannte. Daher das Chaos, als er so plötzlich starb.« Von

Wernicke senkte kurz den Kopf, als wollte er dem Toten ein letztes Mal Respekt zollen.

Als er wieder aufsah, war sein Blick lauernd. »Kauffmann war der Dreh- und Angelpunkt der ganzen Unternehmung. Jeder hatte seine Aufgabe, aber nur einer war nicht zu ersetzen, weil er die Kontakte für den An- und Verkauf besaß. Als er starb, war klar, dass es nach den bereits geplanten Verkäufen keine Fortsetzung geben würde, und das Misstrauen übernahm die Herrschaft. Alle wollten jetzt ihre Tiere haben, die ja größtenteils noch immer gefüllt hier bei Ihrem Vater standen. Rüther und ich haben unsere selbst abgeholt, Jesse ging es schon schlecht, obwohl er erst ein Jahr später an einer Lungenentzündung starb. Der hat seine Frau geschickt. Obwohl wir nun alle Einzelkämpfer waren, folgten wir Kauffmanns Plan bezüglich der Verkäufe. Keiner von uns hätte sonst gewusst, wie wir die Steine an den Mann bringen sollten.« Er zuckte bedauernd mit den Schultern.

Nach einer kurzen Pause, während der Felicitas ihn schweigend anstarrte, fuhr er fort. »Kauffmanns Leoparden haben wir zusammen geöffnet, als Jesses Frau weg war. Booth, Rüther und ich. Er war nach Booths Impala und Kauffmanns Hyäne unser dritter Verkauf. Wir hätten damals sofort einschreiten müssen. Es waren weniger Steine in der Form, als wir geglaubt hatten. Aber bei den beiden Tieren davor war alles in Ordnung gewesen, also redeten wir uns ein, es sei ein Irrtum. Jesse hingegen hat vom Krankenbett aus gegen Booth gewütet, und als er kurz vor seinem Tod mit dem Verkauf an der Reihe war, beharrte er auf einen gewissen Schwund. Der war allerdings so gering, und ihm ging es damals schon so schlecht, dass ich seinem Misstrauen keinen Glauben schenkte. Erst ganz langsam, in den Jahren danach, dämmerte mir, dass wir alle komplett falschgelegen hatten. Es gab für den Abverkauf eine festgelegte Reihenfolge und feste Termine. Rüther ist nicht mehr an die Reihe gekommen. Sein Tod kam so überraschend, dass er noch nicht einmal seine Frau über das Versteck informieren konnte.« Von Wernicke verzog sein Gesicht zu einem breiten, hässlichen Grinsen.

Mit dem Revolver deutete er erneut auf den Zeitungsausschnitt in ihrer Hand. »Die erste Ausstellung fand 1964 im Hanauer Rathaus statt. Rüthers Frau hat mir die Gazellen bereitwillig überlassen und wollte sie auch später nicht wieder zurück. Beide Bäuche waren noch voll.« Er ließ seine linke Hand über seinem eigenen Bauch kreisen, so als würde er mit den Diamanten in den Tierkörpern ein Sättigungsgefühl assoziieren. Sie musste beinahe lachen. »Mit diesem Fund ist mir erst restlos klar geworden, dass Ihr sauberer Herr Vater sein ganz eigenes Spielchen getrieben hat. Auch hier stimmte nämlich die Menge an Steinen nicht mit dem überein, was wir errechnet hatten. Weniger Diamanten, die irgendjemand herausgeholt haben musste.« Er funkelte sie an.

Dann winkte er ab. »Mir war das längst egal. Ich konnte sogar darüber lachen.« Er zuckte mit den Schultern. »Mein Anteil stimmte nach dem überraschenden Fund in Rüthers Tieren. Ich hatte genug abbekommen, und die anderen waren ja mittlerweile tot.« Er atmete durch, nachdem er noch einmal tonlos in sich hineingelacht hatte. »Diese Idioten waren selbst schuld. Jede Nacht waren die Mädchen im Lager und gingen von Zelt zu Zelt. ›Am Tag auf der Pirsch nach den Big Five, in der Nacht die Big Two‹, hat Kauffmann immer gesagt. So habe er es auf all seinen Safaris gehalten. Ich war frisch verheiratet, Ihr Vater prinzipientreu. Das hat uns beiden wahrscheinlich das Leben gerettet. Die Krankheit war noch nicht nachweisbar, aber ich denke, sie haben sich vielleicht mit HIV angesteckt. Die körperliche Entkräftung durch die Immunschwäche könnte zum Ausbruch der Krankheit geführt haben. Oder es war etwas anderes. Ausführlich beschäftigt habe ich mich damit nicht.«

Von Wernicke bewegte sich rückwärts auf den Schreibtisch zu, ohne sie aus den Augen zu lassen, und lehnte sich an. »Mein linkes Knie. Das Alter.«

Sie schwiegen beide. Er schien auf eine Reaktion von ihr zu warten. Was sollte sie davon halten? Sie suchte die winzigen Risse und offensichtlichen Fehler in seinem Konstrukt. Stellen, an denen sie ansetzen konnte, um das Gebilde zum Einsturz zu bringen. Es durfte so nicht gewesen sein. Das war allein von Wernickes Version. Ihr Vater beteiligt am Diamantenschmuggel aus Ghana, von der Gier erfasst und beherrscht, die ihn dazu angetrieben hatte, die anderen Beteiligten zu betrügen, indem er von jedem Anteil eine kleine Menge zur Seite legte? Das wollte nicht an sie heran. Sie schob es von sich, entschieden und bestimmt. Nein! Nicht er! Sie bewegte den Kopf hin und her. Zuerst kaum wahrnehmbar, dann immer schneller, bis ihre Haare flogen. Wild und besessen. Sie wollte schreien. So laut wie damals, in jener Nacht, als er sich vor sie gestellt hatte, an genau dieser Stelle. Doch es kam kein Ton aus ihrem Hals, obwohl sie den Mund weit aufriss.

»Sie scheinen viel, aber doch nicht alles gewusst zu haben.« Er blickte sie amüsiert an. Sie stoppte mitten in der Bewegung, strich sich die Haare aus dem Gesicht. »Vielleicht sollten wir beide nun endlich einmal in seinem Tresor nachsehen, ob Sie mittlerweile fündig geworden sind. Dass Sie nach weiteren Diamanten suchen, das ist mir heute Morgen klar geworden, als Sie mit dem Sand aus meiner Savanne auf Ihrer Schulter vor mir standen. Es ist sogar echter Savannensand aus Kenia. Das löste eine Vorahnung in mir aus, die sich nach ein paar Anrufen bestätigte. Der Tod Ihrer Mutter. Sie wusste nichts von den Diamanten, da bin ich mir ziemlich sicher, aber es ist denkbar, dass Sie Ihnen Dinge hinterlassen hat, die Sie auf die richtige Spur geführt haben. Sie üben den gleichen Beruf aus wie Ihr Vater, Sie besitzen die gleichen wachen Augen und anscheinend seinen Verstand. Möglich, dass Sie längst wissen, wo er die restlichen Diamanten versteckt hat. Sie arbeiten an einem Bildband mit den Werken Ihres Vaters?« Er lächelte. »Ein schöner Einfall, den ich Ihnen nur zu gern abgenommen hätte.«

Langsam und zielsicher beugte er sich zurück und zog die Schublade des Schreibtischs auf. Sie konnte die Stifte klappern hören, die er zur Seite schob. Blind tastete er nach dem Schlüssel. »Das war immer sein Platz. Wir wussten es alle. Sie brauchen mich also gar nicht so erstaunt anzusehen. Vor der ersten Übergabe an den Kurier haben wir das so besprochen und später immer wieder praktiziert. Zuerst öffneten wir das jeweilige Tier und warteten dann alle zusammen, bis der Verbindungsmann kam. Booth hat die Steine solange hier oben eingeschlossen. Wir waren stets komplett. Keiner hat gefehlt, weil jeder seinen Anteil wollte. Das Geld wurde nach einem festen Schlüssel verteilt. Den größten Anteil bekam immer der Eigentümer des jeweiligen Tieres. Das war eine irre Konstruktion, in der Hitze der Savanne ausgetüftelt und eisern beibehalten. Jeder sollte verantwortlich sein und trotzdem bis zum Schluss bei der Stange gehalten werden. Kauffmann und Rüther zählten unten in der Werkstatt die Scheine, während Booth und ich hier oben auf das verabredete Zeichen warteten. Banal, aber effektiv. Eine abgesprochene Zahl Schläge mit einem kleinen Hämmerchen auf das Heizungsrohr. So wussten wir, dass alles in Ordnung war. Ein Schlag mehr bedeutete größte Gefahr. Für diesen Fall lag der geladene Revolver neben den Steinen im Tresor.«

Er lachte auf und kramte weiter in der Schublade. Anscheinend ohne Ergebnis und mit wachsender Ungeduld. »Wir hatten wohl zu viele Agentenfilme gesehen. Im Rückblick wirkt das auch auf mich wie die Spielerei von vier kleinen Jungs, die sich am schillernden Gangsterdasein ausprobierten.«

Für einen kurzen Moment drehte er den Kopf zur Seite, um einen Blick in die Schublade zu werfen. Eine knappe Bewegung, die die Dunkelheit in ihrem Gedächtnis erleuchtete. Unbarmherzig schoss die Erinnerung in ihren Schädel. Ein grelles Licht. Blendend hell. Der breite Spalt der Sturmhaube zeichnete sich darin ab. Die Augen, die sie angesehen hatten, als sie die Schritte ihres Vaters neben sich spürte.

Ihr Herz begann schlagartig zu rasen. Sie glaubte, das dunkle Parkett unter ihren nackten Füßen spüren zu können, obwohl die Sohlen ihrer Schuhe das verhinderten. Das metallische Klimpern des kleinen Schlüsselbundes fand den Weg in ihr Ohr. Sie bewegte sich ruckartig vorwärts und hatte sein Handgelenk umfasst, ehe er den Blick wieder auf sie richten konnte. Die Knochen des alten Mannes schienen direkt unter der dünnen Haut zu liegen.

Der Schwung ihres Angriffs ließ sie beide seitwärts über die Schreibtischkante rollen. Das Metall der Waffe schmerzte unter ihrem Körper. Es bohrte sich links in ihre letzten beiden Rippen im Übergang zur Bauchdecke, als sie auf ihn fiel. Die Augen hatte sie geschlossen. Ihre rechte Hand hielt krampfhaft sein Gelenk umklammert. Gedämpft der Schuss, der ihr schmerzvoll in die Glieder fuhr. Eine weiche Dunkelheit umhüllte sie. Sie vermochte ihren eigenen Atem kaum noch zu hören. Hitze breitete sich in ihrem Bauch aus und begleitete sie auf dem Weg durch die wärmende Schwärze.

27

Die weiße Haut ihrer Füße leuchtete im Dämmerlicht. Sie spürte die Last ihres Körpers nicht mehr. Er schien zu schweben, frei im Raum, und berührte dabei doch den Boden. Ihre Fußsohlen kribbelten. Feine Nadelstiche. Als Kind hatte sie geschrien, wenn ihr Vater versuchte ihre eingeschlafenen Füße knetend wieder aufzuwecken. Ein unangenehmer Schmerz, der vorbeigehen sollte. Jetzt sehnte sie sich danach zurück. Nach einem heftigen, alles durchdringenden Schmerz, der sie zurückholte, wenn es denn einen Weg zurück gab. Sie wollte das eigene Gewicht wieder spüren, den Druck auf den Schultern und die Schwere in den Beinen nach einem langen Fußmarsch. Nicht den schwerelosen Körper, der ihr wie eine nutzlose Hülle vorkam.

Als von Wernicke auf dem Schreibtisch gelehnt und sich weggedreht hatte, um in die Schublade zu sehen, war die Schwärze ihrer Erinnerung aufgehoben worden. Sie hatte die Vergangenheit nun wieder scharf vor Augen. Knapp vierzig Jahre nach dem Mord an ihrem Vater war diese durch die Situation, die der damaligen so ähnelte, freigelegt worden. Zu den Geräuschen, die sie nie vergessen hatte, gab es jetzt auch Bilder.

Der Blick des Einbrechers, an dem zwar Erstaunen, aber keine große Überraschung abzulesen war. Er starrte sie an. Eine Situation, die er nicht geplant, aber auch nicht ausgeschlossen hatte. Entschiedenheit lag in seinen Augen in dem schmalen Ausschnitt, den die Sturmhaube ließ, und sie zeigte sich auch in dem Schritt, den er gleich darauf auf sie zumachte. Da stand ihr Vater aber schon vor ihr. Das Geräusch des herausfahrenden Messers konnte sie hören; was sie sah, waren die dichten Maschen seiner dunkelgrünen Strickjacke, die er abends gern trug. Sein Geruch entströmte ihr und beherrschte Felicitas' Wahrnehmung, weil sie fast mit der Nasenspitze daran hing und auch den Moment spüren konnte, als das Messer seine Kehle durchtrennte. Ein Zucken durchfuhr seinen Körper. Dann sackte er in sich zusammen. Sie ging mit ihm in die Knie, ohne auch nur einen weiteren Blick auf den Mörder zu werfen. Sie blendete ihn aus, weil ihre kleinen Hände die Stelle am Hals ihres Vaters umfassten und sich erfolglos mühten, das stoßweise aus seiner Schlagader schießende Blut aufzuhalten. Sie hatte erst von ihm abgelassen, als lange schon kein Leben mehr in ihm gewesen war. Sie vermochte noch immer nicht abzuschätzen, wie lange sie über ihm gekniet hatte. Erst viel später hatte sie sich aufgerichtet und ihre blutigen kleinen Finger und Handinnenflächen betrachtet.

Ihre Füße gehorchten nicht, obwohl sie zurückwollte. Mit den Fingerspitzen ertastete sie den dünnen Stoff ihres T-Shirts. Zart und fein lag er auf ihrer Brust und schwebte darunter luftig frei, um sich über ihrem Bauch mit der Haut zu verbinden. Haut und Stoff waren eins geworden. Miteinander verschmolzen zu einer neuen Hülle, auf der ihre Fingerspitzen sich weiter vorantasteten. Sie fühlte Feuchtigkeit und schreckte zurück. Ihr Daumen klebte an den anderen Fingern fest. Sie rieb sie aneinander, um sich davon zu befreien. Feine Brösel rieselten hinab, die sie jetzt auch sehen konnte. Sie fielen weit in die Tiefe, ihren nackten Füßen entgegen, die wie zwei Inseln aus dem warmen Blut ragten.

»Oh mein Gott, Felicitas!« Sie spürte den Druck seiner Arme, die sie umschlangen und wegzogen. »Jetzt ist alles vorbei.«

Sie nickte, obwohl sie wusste, dass das nicht stimmte.

28

»Wie bist du in meine Wohnung gekommen?«

»Die Tür war nur angelehnt.«

»Was machen wir jetzt?«

»Ich trockne dich fertig ab, und dann bringe ich dich nach oben zu mir. Du musst schlafen. Wenn du nichts dagegen hast, gebe ich dir eine Tablette.«

Sie wollte ihn küssen, aber er wich ihr aus.

»Und der Mann?«

»Er ist der Mörder meines Vaters.«

Thorsten schüttelte ratlos den Kopf. Er rieb ihr mit dem Handtuch über den feuchten Rücken. Lange schwieg er dabei.

»Was wollte der hier?«

»Wirst du die Polizei rufen, wenn ich schlafe?« Sie wartete auf eine Antwort. Mit dem Handtuch rieb er weiter an ihren Beinen hinab.

»Warum hast du ihn überhaupt hereingelassen?« In seiner Stimme lag ein zarter Vorwurf.

»Ich dachte, *du* hättest geklingelt.« Sie flüsterte tonlos.

»Ist er einer von der Afrikaexpedition?«

»Ja.«

»Warum hat er deinen Vater umgebracht?«

»Ich war heute Morgen schon mal bei ihm.«

»Was? Felicitas, ich verstehe das alles nicht.« Er hielt in der Bewegung inne. Sie hätte so gern weiter die sanft kreisenden Berührungen auf ihren Beinen und dem Rücken gespürt.

»Vielleicht muss ich schlafen, um es dir erklären zu können.«

»Ich werde keine Sekunde von deiner Seite weichen.«

»Das ist nicht nötig. Ich habe keine Angst.«

»Wo finde ich etwas zum Anziehen?«

»Die Kisten in meinem Zimmer. Oben die T-Shirts, direkt darunter die Hosen.«

»Kann ich dich hier kurz allein lassen?«

Sie nickte und drehte sich langsam um. Er war schon hinaus. Sie betrachtete ihre Hände von allen Seiten. Er hatte sie aus der Bibliothek getragen, ausgezogen und so lange abgeduscht, bis das Wasser, das an ihr hinabrann, keine Verfärbung mehr zeigte. Ihre Fingerspitzen waren noch immer faltig vom warmen Wasser.

Zaghaft betastete sie ihren Bauch. Die Stelle, an der ihr T-Shirt geklebt hatte. Ein spitzer Schmerz stach sie an den letzten Rippen unter der weißen Haut. Dort deutete eine leicht blaue Verfärbung bereits den Bluterguss an.

Sie war auf ihn gefallen. Der Griff seiner Pistole hatte sich in ihre Rippen gedrückt. Nicht der Lauf. Der hatte in seine Richtung gezeigt. Es war sein Blut gewesen, das sie durchnässt hatte. Es hatte das T-Shirt mit ihrer Haut verbunden.

Ihre Klamotten lagen vor der Duschkabine. Thorsten hatte ein Handtuch daruntergelegt, damit von Wernickes Blut nicht die weißen Fliesen beschmutzte. Von Wernicke, der nun tot in ihrer Bibliothek lag.

Vorsichtig setzte sie einen Fuß vor den anderen. Ihre Muskeln schmerzten wie nach einem langen Lauf. Sie konnte Thorsten in ihrem Kinderzimmer hören. Seine Finger, die durch das Papier fuhren, durch die verstreut herumliegenden Zeitungsausschnitte und Fetzen, die sie nun nicht mehr brauchte. Hätte sie ein Streichholz, sie würde es jetzt sofort entzünden und hineinwerfen. Ein Freudenfeuer gäbe das, um das sie wild tanzend herumspringen würde, bis die Flammen alles restlos verzehrt hätten. Die Vergangenheit konnte sie nun loslassen.

Sein Blick traf ihren, als sie in die Tür ihres ehemaligen Kinderzimmers trat.

»Ich verstehe das nicht.« Er wirkte überfordert. »Wollte deine Mutter, dass du das alles erfährst? Hat sie dir deswegen diese vielen Ausschnitte hinterlassen, weil sie es dir nicht selbst sagen konnte?«

»Ich glaube nicht. Sie hat es nicht gewusst, und wenn sie es vielleicht doch ahnte, hat sie es erfolgreich verdrängt. Für sie war es meine Schuld. Sie hat immer geglaubt, dass sich mein Vater dem Einbrecher entgegengestellt habe, um mir das Leben zu retten. Ich denke, dass sie nach Erklärungen dafür gesucht hat, warum die Afrikareise meinen Vater so verändert hat. Das Geld für das Haus, der Tod der drei Jagdfreunde, die mit Cognac betäubten Abende und Nächte … Sie konnte das alles nicht verstehen. Auch mit den Zeitungsausschnitten hat sie das nicht auflösen können.«

Thorsten legte eine der Todesanzeigen zurück. »Dann ist er auch der Mörder des Bestatters?«

Sie war sich nicht sicher, ob er es als Feststellung oder als Frage formuliert hatte und nun auf eine Antwort wartete. Schweitzer in seinem Sarg stand ihr vor Augen, so umgehend, dass sie sich nicht dagegen wehren konnte. Er starrte sie aus weit aufgerissenen Augen an, während sein Fischmaul geräuschlos nach Luft schnappte. Sie stellte sich von Wernicke vor, wie er auf Zehenspitzen im Büro des Bestatters stand und begleitet vom Klang der dahinplätschernden Trauermusik den Schlangensperber von der Wand fingerte. Schweitzer trat ein und überraschte ihn dabei. Es kam zum Gerangel. Der Zimmerspringbrunnen stürzte um. Von Wernicke gewann die Oberhand und zog den Kabelbinder zu. Dann schaffte er die Leiche in den Keller, wo man sie nicht so schnell finden würde. Kein Mitwisser, kein Zeuge, der aussagen konnte, wonach er gesucht hatte und dass er fündig geworden war, durfte überleben.

Das passte nicht zu ihm. Warum der Kabelbinder, wenn er doch eine Waffe besaß? Hätte er überhaupt ausreichend Kraft besessen, um den deutlich jüngeren Schweitzer im Todeskampf niederzuringen? Von Wernicke wusste nicht, wo ihr Vater die unterschlagenen Steine versteckt hatte. Wenn er Schweitzers Vogel im Visier gehabt hätte, wäre er doch schon vor Jahren beim Bestatter vorstellig geworden und hätte sich das Präparat für eine seiner Ausstellungen ausgeliehen.

Er wollte in das Szenario einfach nicht hineinpassen, auch wenn es die logischste Variante war. Eine, die ihr Ruhe verschaffte. Sie wollte Thorsten davon erzählen, bekam die Abfolge aber nicht mehr zusammen. In ihrem Schädel herrschte das gleiche Durcheinander wie auf dem Boden vor ihren Füßen. Sie musste schlafen, um die notwendige Ordnung wiederherzustellen. Spätestens wenn sie erwachte, würde sie der Polizei alles in einer sinnvollen Reihenfolge präsentieren müssen.

29

Sie hatte noch nie eine vorgefertigte Gipsform benutzt außer in der Ausbildung. Der Grundsatz ihres Vaters, dem sie konsequent gefolgt war. Und oft genug musste man eine solche Form von der Stange aufwendig ausfüttern und nachbessern. Die gewonnene Zeit verlor man dadurch meist wieder. Die Individualität eines Lebewesens konnte man nur abbilden, wenn man im Inneren der Dermoplastik damit begann. Jeden Muskel arbeitete sie eigens aus und bildete ihn bei der Erstellung der PU-Form so nach, dass er dem entsprach, was sie mit der Digitalkamera festgehalten hatte. Sie fotografierte daher das Tier zunächst von allen Seiten, bevor sie mit dem Abbalgen begann. Ein zweiter Satz Aufnahmen entstand gleich danach, wenn das Fleisch vollständig entblößt vor ihr lag. Der Verlauf und die Stärke jedes einzelnen Muskels zeichneten sich jetzt deutlich ab. Wie ihr Vater mit seinen kleinen Skizzen hielt sie auf ihre Weise winzige Details fest, die für die späteren Präparationsschritte wichtig waren.

Dass sich ihre Erfahrung und ihr handwerkliches Geschick in der Erstellung eigener Tierformen einmal als so nützlich erweisen sollten, hätte sie nie für möglich gehalten. Es hatte einige Zeit gedauert, bis Dermestes maculatus mit seiner Aufgabe fertig war. Er trug, genau betrachtet, ja auch die Hauptlast der Arbeit. Daher hatte sie ihre eigene Zucht mit mehreren Nachbestellungen zügig ausgebaut. Vier große Terrarien, deren Temperatur sie auf achtundzwanzig Grad hielt, hatte sie dafür in einem separaten und abschließbaren Raum ihres Kellers aufgestellt.

Dermestes maculatus war zugleich Freund und ärgster Feind des Präparators, weil er nicht unterschied. Hungrige Speckkäfer fraßen selbst Sehnen, Knorpel, Haare und kleine Knochen. Nach und nach hatte sie die Teile von ihm aufgetaut, die sie zur Fütterung ihrer Speckkäfer benötigte. Von Wernicke hatte sich auf diese saubere Art und Weise auf seine Zähne, Knochen und ein künstliches linkes Kniegelenk reduziert. In den nächsten Tagen würde sie den größten Teil der Population in die Freiheit entlassen. Sie hatten sich durch die kontinuierliche Nahrungszufuhr so stark vermehrt, dass sie nicht wusste, wie sie sie in Zukunft ernähren sollte.

Ihre Finger tasteten nach dem ersten der gebleichten und entfetteten Oberschenkelknochen. Ein Löwe, Bär oder Nashorn stand ihr nicht zur Verfügung. Außerdem war es entschieden zu gefährlich, den gesamten von Wernicke in einer Dermoplastik zu verstauen. Sie hatte daher beschlossen, seine knochigen Überreste großzügig aufzuteilen.

Professor Stenzels Jagdausflug nach Rumänien hatte sich als großer Flop herausgestellt. Der angeblich gechipte und per GPS zu ortende Bär war nicht aufzufinden gewesen. Das mickrige Exemplar, das man ihm dafür vor das Zielfernrohr trieb, hatte er nur angeschossen. Die Suche nach dem Tier war erfolglos geblieben. Stattdessen hatte er einen ordentlichen Rothirsch erlegt. Der Sechzehnender hatte ihn nicht wirklich über den entgangenen Weltrekordbären hinwegtrösten können. Ihr kam er gerade recht. Im PU-Rumpf des Hirsches war ausreichend Platz für die Oberschenkel, eine Hälfte des Beckens, das sie zersägt hatte, und das künstliche Kniegelenk.

Den Rest der Gebeine würde sie in den nächsten Tagen auf zwei Eber verteilen, die sie von der Straßenwacht bekommen hatte und für die sich ein Innenarchitekt interessierte. Was dann noch übrig war, konnte in einer Auftragsarbeit für das Naturhistorische Museum Mainz Verwendung finden. Zwei Streifengnus, die schon vor dem Zweiten Weltkrieg in die Sammlung aufgenommen worden waren, sollten auf einen robusten PU-Körper umpräpariert und ausgebessert werden. Man würde sich im Museum sicherlich ein wenig darüber wundern, wie schnell sie die Tiere wieder ihrem Publikum präsentieren konnten. Letztlich wären sie ihr aber auf ewig dankbar, dass sie diesen schlecht bezahlten öffentlichen Auftrag vielen weitaus lukrativeren vorgezogen hatte.

Ihre rechte Hand griff ins Leere. Ein spitzer Schrei entfuhr ihr, weil die Knochen nicht mehr dort lagen, wo sie sie eben noch platziert und der Verwendung nach sortiert hatte. Diese Vorarbeit war notwendig, weil man nicht einfach wahllos Knochen einbauen konnte, ohne Ziel und Plan. Sonst bliebe am Ende ein Rest von ihm übrig, für den sie bis zum Eingang neuer Aufträge keinen sinnvollen Aufbewahrungsort mehr ausfindig machen konnte. Sie hatte von Wernickes sterbliche Überreste daher mehrmals umsortiert und die gebleichten Knochen neu gruppiert, bis alles so passte, wie es der Inhalt ihrer Kühltruhe vorgab, in der sie die Tiere lagerte, die ihm eine neue Heimat geben sollten. Sie schrie noch einmal und riss die Augen auf.

»Felicitas, was ist los? Hast du geträumt?« Sie spürte Thorstens Arme um ihre Schultern. Ein sanfter, aber entschiedener Druck, mit dem er sie in die Höhe hievte. »Komm, trink einen Schluck Wasser. Du musst schrecklichen Durst haben nach so vielen Stunden Tiefschlaf.«

Seine Hände strichen über ihre Wangen. Er befreite ihre Augen und den Mund von ihren Haaren. Das Glas drückte er gleich darauf fest an ihre Lippen. Sie schluckte gierig. Das Wasser schmeckte bitter. Ihr Mundraum gleich darauf auch.

Sie sträubte sich dagegen. Es kam aber immer mehr nach. Ein nicht enden wollender Strom ergoss sich in ihren Mund und rann ihre Kehle hinunter. Er streichelte ihr über den Kopf, die Stirn und die kalten Wangen. Berührungen, die wohltaten. Vielleicht hatte er die Knochen beiseitegeräumt, weil sie im Weg lagen? Sie würde ihn nachher fragen, wenn sie wieder aufwachte. Die Müdigkeit war zu groß. Sie lastete auf ihr und drückte ihre Augenlider nieder.

Aus weiter Ferne drangen seine Worte zu ihr. Klar und deutlich konnte sie seine Stimme hören, obwohl sie ihn schon nicht mehr sah und nicht mehr fühlte. Thorsten wisperte in ihr Ohr. »Sie waren da und haben ihn geholt. Die Polizei, die Spurensicherung. Sie haben alles aufgenommen. Ein Arzt hat nach dir geschaut. Er war der Meinung, dass es besser sei, dich schlafen zu lassen. Sie wissen ja, wo sie dich finden, und gehen nicht davon aus, dass du dich nach Südostasien absetzen wirst. Ich habe ihnen unsere Personalausweise angeboten, aber die wollten sie gar nicht. Sie warten darauf, dass du dich meldest, sobald du dazu in der Lage bist. Das reicht auch morgen noch. Die Kampfspuren, der Schuss, der sich gelöst hat. Die Waffe ist auf ihn angemeldet. Damit ist klar, dass er dich bedroht hat und du in Notwehr gehandelt hast. Du wolltest dich verteidigen. Sie haben gesagt, dass du dir keine Sorgen zu machen brauchst.«

Sie seufzte und ließ los. Erleichtert und dankbar sank sie wieder hinab in die warme Dunkelheit des Schlafes, aus der sie doch gerade erst erwacht war.

30

»Ich glaube, du willst nicht wissen, was ich für einen kranken Scheiß geträumt habe.«

»Ausreichend Zeit hattest du dazu. Und deine Unruhe und die Schreie verhießen nichts Gutes.«

Sie saßen am Frühstückstisch in seiner Küche. Ihr Magen knurrte bedrohlich. Der frische Kaffee, die duftenden, heißen Brötchen aus seinem Backofen und das Rührei auf ihrem Teller direkt unter ihrer Nase fachten den Appetit zusätzlich an.

»Zwei volle Tage hast du geschlafen. So etwas habe ich noch nie erlebt.« Thorsten schüttelte den Kopf. »Wenn man die Nacht davor und den halben heute dazurechnet, komme ich sogar auf fast drei Tage Tiefschlaf.« Er warf einen kontrollierenden Blick auf seine Armbanduhr. Sie konnte erkennen, dass es bereits elf war. »Dein Körper scheint das gebraucht zu haben. Meine Mutter hat immer gesagt: ›Kind, schlaf dich gesund.‹ Das scheinst du beherzigt zu haben.« Er lächelte sie an und hielt ihr den Korb mit den Brötchen unter die Nase. »Greif zu. Ich kann das Knurren deines Magens bis hierher hören.«

»Muss ich nicht zur Polizei? Die warten doch auf mich.«

»Ich war heute Morgen dort. Sie hatten angerufen, weil du dich noch nicht gemeldet hast. Die Untersuchungsergebnisse des Rechtsmediziners liegen inzwischen vor. Ebenso die der Spurensicherung und natürlich meine Aussage. Davon ausgehend haben sie den Ablauf rekonstruiert. Es ist alles recht eindeutig. Der Schuss muss sich gelöst haben, als du auf ihn gefallen bist. Ein Handgemenge, weil er dich mit seiner Waffe bedrohte.« Er beugte sich zu ihr herüber und streichelte mit dem Handrücken über ihre Wange.

Sie fühlte sich leicht und wohl unter seiner Berührung. Sie griff nach einem der warmen Brötchen und schnitt es auf. Marmeladen, Lachs, Schinken, Käse. Am liebsten alles auf einmal und übereinander in die Höhe gestapelt.

»Es reicht also aus, wenn du morgen oder übermorgen deine Aussage machst. Erhol dich erst. Die Zeit wollen sie dir gern lassen.«

»Was ist mit deiner Arbeit?« Sie blickte in seine fragenden Augen. »Du kannst doch nicht die ganze Zeit hier bei mir sitzen und die Krankenschwester spielen. Die schmeißen dich raus. Du hast doch noch Probezeit.«

Er lachte. »Für meinen Chef ist es in Ordnung, dass ich für ein paar Tage von daheim arbeite.« Er nahm sein Messer und setzte es an seinem Brötchen an. »Mach dir um mich keine Sorgen. Homeoffice geht jederzeit, wenn keine Präsentationstermine oder Meetings anstehen. Ich konnte dich unmöglich allein lassen. Und jetzt ist erst mal Wochenende. Wenn es nachher möglich ist, dann verschwinde ich für ein paar Stunden ins Büro. Ich muss für den Montag noch etwas vorbereiten. Die nötigen Unterlagen habe ich leider nicht hier.« Er klappte die beiden Hälften auseinander. Dampfend entwich die Hitze. »Das mache ich aber nur, wenn du ohne mich klarkommst.« Sein Blick suchte den ihren. Prüfend musterte er sie wie ein Arzt, der seinen Patienten begutachtete.

»Mir geht es gut«, bekräftigte sie. »Erstaunlich gut, bis auf den Hunger.«

»Da hast du einiges nachzuholen.«

»Zwei Tage habe ich geschlafen?« Sie biss in die Brötchenhälfte, auf der sich die Butter vollständig aufgelöst hatte. Versickert war sie und hatte das weiße Innere gelblich verfärbt.

»Am Mittwochnachmittag ist es passiert. Ich bin gegen halb sechs heimgekommen und habe die angelehnte Tür bemerkt. Der Rest deiner Mieter hat kaum etwas mitbekommen, weder dass der von Wernicke bei dir war noch den vermutlich gedämpften Schuss. Die Polizei hat nach der Befragung von Schlagheck und der älteren Dame über mir aufgegeben.«

»Frau Schlösser?«

»Genau.« Er hielt ihr die Platte mit dem Rührei hin. »Nimm dir.«

Sie griff danach und schaufelte sich die Hälfte auf ihren Teller. »Das hätte mich auch gewundert.« Sie musste lachen. »Die hört schon seit Jahren nichts mehr.«

Er nickte und lachte ebenfalls. Seine kurzen dunkelblonden Locken wippten mit. Kleine Fältchen zeichneten sich an seinen Augen ab und verschwanden wieder, als das Lachen wich. Die grünen Augen. Die stoppeligen Wangen. Überbordendes Glück durchfloss sie. Der Gedanke, dass er in den letzten beiden Tagen an ihrem Bett Wache gehalten hatte, erfüllte sie mit Dankbarkeit. Das Wasser, das er ihr eingeflößt hatte. Die beruhigenden Worte, seine Stimme, die sie jetzt wieder im Ohr hatte. So sollte es bleiben, für immer. Sie würde ihn nie wieder gehen lassen. Er war ihr Leben.

»Du bleibst am besten hier oben bei mir.« Sein Gesichtsausdruck war erneut ernst. Er schien seiner Anweisung damit den nötigen Nachdruck verleihen zu wollen.

»Darf ich nicht hinunter?«

»Doch, natürlich. Sie sind längst fertig mit der Spurensicherung.« Er verstummte, sah sie an und lenkte den Blick wieder auf seinen Teller. »Ich habe auch sauber gemacht. Ich wollte nicht, dass du das siehst. Das viele Blut in der Bibliothek. Vielleicht wartest du noch damit, und wir gehen heute Abend zusammen hinunter.« Erschrocken blickte er auf. »Entschuldige, Felicitas. Es ist nicht gut, wenn wir darüber reden. Du musst essen!«

»Es macht mir nichts.« Zur Bestätigung biss sie ein großes Stück ihrer Brötchenhälfte ab. Sie kaute still. »Vielen Dank für alles«, sagte sie dann. »Ich liebe dich! Nicht nur deswegen und wegen des gedeckten Tischs.«

»Ich dich auch. Ich würde alles für dich tun.«

31

Eine halbe Stunde hielt sie durch, nachdem die Tür hinter ihm ins Schloss gefallen war. Sie hatte den Küchentisch bereits zweimal abgewischt. Jetzt hielt sie den rosa Lappen schon wieder in der Hand. Sie schleuderte ihn ins Waschbecken zurück und drehte den Hahn auf. Das Wasser lief über ihre Finger, kalt zuerst, dann langsam wärmer werdend. Sie wusste, dass es nur noch ein paar Sekunden dauern würde, bis sie die Hände zurückziehen musste. Die Hitze verbrühte ihr sonst die Haut.

Bei der letzten Heizungswartung hatte ihr der Installateur ausgiebig und bis ins letzte Detail erklärt, dass es sinnvoll sei, die Wassertemperatur in einem betagten Mehrfamilienhaus am oberen Limit zu halten. So ließe sich die Gefahr, dass sich unerwünschte und gefährliche Keime einnisteten, minimieren.

Sie zwang sich, die Hände nicht zu bewegen. Dampfende Hitze stieg auf. Der Schmerz drang nicht bis zu ihr durch. Sie schloss die Augen und lauschte dem Rauschen.

Von Wernickes Augen starrten sie an. Nur der schmale Ausschnitt von damals, den sie durch den Schlitz in der Sturmhaube gesehen hatte. Der fragende Blick, der sie bei ihrem letzten Zusammentreffen getroffen hatte, ruhte auch jetzt wieder auf ihr. »Dann wollen wir doch mal im Tresor nachsehen, ob Sie schon fündig geworden sind.«

Sie schluckte. Mit von Wernickes Tod war es nicht vorbei.

Zu viel war passiert, für das er nicht allein verantwortlich sein konnte. Hatte er mit Jesse unter einer Decke gesteckt? Warum wäre der sonst bei ihr eingebrochen? Und passte der Mord an Schweitzer nicht auch viel besser zu einem so jungen, kräftigen Mann? Solange noch irgendjemand hinter den Diamanten her war, würde es weitergehen.

Sie schlug die Augen auf und zog die Hände aus dem Wasserstrahl. Von der Glasscheibe des Hängeschrankes direkt vor ihr rannen feine Rinnsale Kondenswasser herab. Ihre Hände leuchteten krebsrot. Schmerz empfand sie dennoch nicht.

Thorsten hatte einen Stapel Klamotten aus ihrer Wohnung geholt und hier auf der Waschmaschine in seinem Badezimmer deponiert. Sie musste lächeln über die bunte Mischung aus Unterhosen, BHs, T-Shirts, Pullovern und Jeans. Er hatte wirklich an alles gedacht. Er umsorgte sie so fürsorglich, wie es nicht einmal ihre Mutter getan hatte. Sie kämpfte erfolgreich gegen die Tränen an, weil er sie an ihren Vater erinnerte. Ein dummer Kleine-Mädchen-Vergleich, der ihr ein weiteres Lächeln aufs Gesicht zwang. Sie wehrte sich gegen den Gedanken, dass sie ihn genau deswegen liebte: als Ersatz für den zu früh gestorbenen Vater. Der Komplex einer zerstörten Kindheit, die aus der Gewalt einer Nacht geboren und von der abweisenden Kälte der Mutter bestimmt worden war.

Sie suchte vergeblich nach ihrem Schlüsselbund und zog nach und nach alle Schubladen und Schränke in seiner Wohnung auf. Nichts, gar nichts. Resigniert ließ sie sich auf sein Bett sinken, in dem sie noch die eigene Körperwärme der letzten beiden Nächte zu spüren glaubte. Einen Augenblick später drückte sie sich schon wieder in die Höhe. Rastlosigkeit ohne Sinn und Verstand trieb sie um. Sie holte den Werkzeugkasten unter der Spüle hervor und machte sich auf den Weg zu ihrer Wohnungstür. Die Bewegung und eine Beschäftigung wirkten sofort beruhigend auf sie. Auch wenn sie noch keine Ahnung hatte, was sie überhaupt dort unten wollte. Der Weg war das Ziel.

Das Holz knirschte, als sie den größten der Schraubenzieher ansetzte. Ein feiner Riss im dunklen Lack zeichnete sich ab, dann brach die Leiste der Länge nach. Sie ließ sich nicht beirren und setzte das Werkzeug immer wieder an, bis das Holz endgültig nachgab und ihr das schmale Brett entgegenkam.

Die Tür war zwar noch immer zu, aber jetzt konnte sie zumindest sehen, dass sie nicht abgeschlossen war. Sie hebelte nach und nach weitere kleine Splitter ab, sodass der feinste der Schraubenzieher hindurchpasste. Sie hatte keine Ahnung, wie lange sie damit im Dunkel zwischen Schloss und Türrahmen herumstocherte, bis es endlich klappte. Das Geräusch war eindeutig, als sie fest gegen den Widerstand andrückte und dieser endlich nachgab.

Sie zog die Tür auf und atmete tief ein. Kurz verharrte sie, um in sich selbst hineinzulauschen. War sie bereit dazu? Ihr gleichmäßiger Herzschlag signalisierte Ruhe. Rhythmisch arbeitete es in ihrer Brust. Das Geräusch verjagte die Angst vor dem, was sie dort drinnen erwartete. Thorsten hatte sauber gemacht, nachdem sie von Wernicke geholt und die Wohnung kriminaltechnisch untersucht hatten.

Sie konnte auf Anhieb erkennen, dass die Tür zur Bibliothek verschlossen war. Rasch durchquerte sie den Flur und langte nach ihrer Jacke. Der Autoschlüssel befand sich in der Tasche. Sie musste also nicht noch die Fensterscheibe einschlagen und den Wagen kurzschließen. Die Tür zu ihrem ehemaligen Kinderzimmer stand offen, sie ging darauf zu. Die gestapelten Umzugskisten, die ihr als Schrank dienten, kamen in ihr Gesichtsfeld. Die Matratze lag daneben. Bettdecke und Kopfkissen waren zerwühlt wie immer. Der Bussard starrte angriffslustig an ihr vorbei. Der Boden war leer. Sie warf ihren Kopf herum. Die Zettel und Zeitungsausschnitte aus der Kiste ihrer Mutter fehlten. Hastig hob sie den oberen Umzugskarton an und schob ihre Hand tief in den Spalt zwischen den Pappen. Das kleine Präparationsbuch lag noch dort, wo sie es platziert hatte. Komisch, dass die Polizei es nicht gefunden hatte. Sie mussten den Rest mitgenommen haben. Ein Toter und die Frau, die ihn in Notwehr erschossen hatte. Nur verständlich, dass sie sich bemühten, die Beziehung zwischen ihnen zu rekonstruieren. Auf alle Fragen, die sie ihr dahin gehend stellten, musste sie eine Antwort parat haben.

Der Motor des Opel Diplomat sprang surrend an. Sie versuchte, sich zu sammeln, fuhr aber trotzdem sofort los. Untätigkeit bedeutete Qual, die sie nicht ertragen konnte. Etwas trieb sie an. Der gleichmäßige Rhythmus in ihrem Brustkorb vielleicht. Sie musste weitermachen. Zu viel lag noch im Dunkeln.

Sie fragte sich, wie sie vorgehen sollte. Vor seinem Haus auf und ab laufen, bis er herauskam und sie zur Rede stellte? Ein absurder Gedanke. Jesse hatte probiert, bei ihr einzubrechen. Sie musste herausfinden, was er damit bezweckt hatte. War er Schweitzers Mörder? Wer kam denn sonst noch in Frage? Von Wernicke ganz sicher nicht, davon war sie mittlerweile fest überzeugt. An den Vogel über dem Schreibtisch wäre er mit einer kleinen Ausrede jederzeit rangekommen, ohne dafür einen Mord begehen zu müssen. Nahm man das alles zusammen, war es erst recht bescheuert, dass sie weiter stur und allein drauflosfuhr. Aber sie konnte unmöglich warten, bis Thorsten nach Hause kam.

Es musste jetzt sein. Solange die Polizei sie noch im Schockzustand wähnte. Wenn sie dort erst saß, ließen sie sie wahrscheinlich nicht mehr gehen. Stellten Fragen über Fragen, die sie nicht zu beantworten wusste. Schwärze im

Kopf, die sie ihnen vorspielen musste, obwohl sie sich doch haargenau an jedes Detail erinnerte. Sie spürte den Griff des Revolvers jetzt noch an ihren Rippen. Die Wucht ihres eigenen Körpers, als sie vom Schreibtisch auf von Wernicke gestürzt war. Dadurch war der Schuss ausgelöst worden. Ihr plötzlicher, massiver Druck auf seine Hand und den Finger, der den Abzug berührte, war dafür verantwortlich. Sein Zittern, als das Leben langsam aus ihm wich, hatte sie spüren können. Erst danach war die Ohnmacht über sie gekommen. Was es bedeutete, hatte sie zuerst nicht einordnen können. Sie hatte fest geglaubt, dass das Projektil aus seiner Waffe in ihren Körper gefahren sei. Dass sie noch am Leben war, hatte sie erst realisiert, als sie Thorstens Arme spürte.

Das Rattern des Kopfsteinpflasters drang in ihr Bewusstsein. Sie fuhr langsam an Jesses Haus vorbei und parkte ihren Wagen ein Stück weiter in der nächsten Seitenstraße. Zu Fuß drehte sie eine Runde um den Block und passierte dabei sein Gartentor. Unter der spähenden Kamera tauchte sie geduckt hindurch, sodass ihr Gesicht nicht zu erkennen war.

Großzügige Villen aus der Gründerzeit dominierten diese Straßenzüge des Mainzer Stadtteils Gonsenheim. Während einige, opulent verziert, historisierend klassische Formen zeigten, deuteten andere bereits den angenehmen Kontrast des Jugendstils an. Den sich zaghaft aus der Fassade reckenden stilisierten Blüten fehlte das Pompöse. Ein Teil der Villen war seiner ursprünglichen Bestimmung zweckentfremdet worden. Die auf Hochglanz polierten Namensschilder wiesen Rechtsanwaltskanzleien, Werbeagenturen und andere Firmen als Nutzer aus.

Sie hielt kurz an, weil sie glaubte, sich jetzt ziemlich genau auf der Rückseite von Jesses Villa zu befinden. Durch eine Lücke zwischen den Sträuchern konnte sie über eine gepflegte Rasenfläche hinweg bis zur Terrasse sehen, auf der sie einen aufgespannten Sonnenschirm entdeckte. Die Ruhe des frühen Nachmittags beherrschte die Umgebung. Niemand war zu sehen. Sie vermied es, sich auffällig und reichlich verdächtig in alle Richtungen umzublicken. Aus der Ferne erklangen die Reifen eines Fahrzeugs auf dem Kopfsteinpflaster. Sie trat kurz entschlossen zwischen den Sträuchern hindurch auf die Wiese, die keinen Schutz mehr bot und keine Ausrede mehr zuließe, sollte sie gesehen werden. Sie hielt sich links und folgte den Hecken, die das Grundstück der Jesses zum Nachbarn hin abgrenzten. Auch auf der anderen Seite war kein Zaun auszumachen. Zur Not konnte sie sich durch das Gestrüpp drücken und in diese Richtung verschwinden.

Sie befand sich jetzt auf der Höhe des Hauses. Die Terrasse war nur wenige Schritte entfernt. Sie drehte sich einmal um die eigene Achse und wunderte sich gleichzeitig über sich selbst. Abgestumpft durch das Erlebte der vergangenen Tage, spürte sie nichts als Ruhe in sich. Eine Ruhe, die sie antrieb, sie entschieden ermahnte, bloß nicht zu rasten. Sie musste Jesse zur Rede stellen. »Ich muss mit Ihnen sprechen. Deswegen bin ich hier. Was wollten Sie vor ein paar Tagen an meiner Tür? Ich habe Sie dabei beobachtet, wie Sie versucht haben, bei mir einzubrechen, danach bin ich Ihnen bis hierher gefolgt. Was wollen Sie von mir?«

Auf den Fußballen schleichend, legte sie lautlos die wenigen Meter zur Terrasse zurück. Die Fenster reichten fast bis zum Boden. Sie schob sich an den wuchtigen Sandsteinrahmen heran und versuchte, ihre Augen mit den Händen gegen das helle Licht abzuschirmen. Überall hingen Trophäen an den Wänden. Gewaltige Geweihe auf cremefarbener Schädeldecke und kantigen dunklen Brettchen. Ihr Blick hetzte weiter, weil sie wusste, dass sie hier nicht ewig so stehen bleiben durfte. In der Tiefe des Raumes konnte sie ein Bett sehen. Ein Fremdkörper in dieser Umgebung, das weiße

Gestänge, die grauen Räder, der Bügel, von dem ein trapezförmiger Griff herabhing. Die Pflegegrundausstattung für daheim. Der Stuhl, in den die Bettpfanne eingelassen war, stand direkt daneben.

Sie hörte jemanden rufen und zuckte zusammen. Die Worte hatte sie eben schon einmal gehört, weiter entfernt und leise, ihnen aber keine Beachtung geschenkt, weil sie sich sicher gewesen war, dass sie nicht ihr gelten konnten.

Erschrocken warf sie sich nun herum. Ihr Blick irrte suchend durch den Garten. Sie brauchte unendlich lange, um den Mann zu entdecken, weil sie dabei gegen die Sonne schauen musste. Er stand am anderen Ende der Rasenfläche, auf dem Balkon des benachbarten Hauses. Er winkte ihr mit der Linken zu – in einer sonderbaren Haltung, weil sich sein rechter Arm leicht angewinkelt vor seinem Bauch befand. Sie erkannte das Handy, das auf sie gerichtet war, und hörte das erste heisere Bellen des Hundes, das bereits überraschend nah klang. Sie erfasste den Verursacher des Geräuschs sofort. Ein Pitbull, der auf sie zuraste, während der Typ auf dem Balkon ihren hilflosen Fluchtversuch laut lachend zu filmen schien.

32

Sie rannte so schnell sie konnte über die Terrasse und sprang mit wenigen Schritten die Stufen hinunter und auf die dichten Hecken zum Nachbargrundstück zu. Mit der vollen Wucht des Aufpralls drückte sie sich in die dünnen Äste des Grüns. Spierstrauch, Forsythie, Kirschlorbeer. Hunderte dürre Ästchen griffen nach ihr, zerrten an ihrer Kleidung, hielten sie und brachen knackend unter ihrem Drang, weiter hineinzukommen. Den Ellbogen schützend vor dem Gesicht, schob sie gegen den Widerstand an und glaubte gleichzeitig, schon die Gier des Jägers im Nacken zu spüren. Die heiseren Atemzüge, bevor er sie anfiel.

Das Geäst zerkratzte ihr das Gesicht. Brennende Striemen auf ihren Wangen. Schwärze, weil sie die Augen zudrückte, um sie vor den Zweigen zu schützen, die hineinstechen wollten. Peitschenhiebe auf die nackte Haut ihres Gesichtes. Sie brüllte und spannte alle Muskeln an, weil sie ihn im Gras hören konnte. Er war jetzt schon ganz nah hinter ihr. Ein röchelndes Bellen, das sich mehrmals überschlug. Sie drückte fester gegen das Geäst an und schaffte es hindurch. Stolperte, stürzte aus der Hecke auf das Pflaster und drehte sich im Fallen hektisch auf den Rücken, um die Füße zur Not gegen ihn einsetzen zu können.

Noch schien der Hund ihr die Zeit zu lassen, um wieder auf die Beine zu kommen. Strampelnd und tretend drückte sie sich in die Höhe. Sie setzte ein paar unbeholfene, fast torkelnde Schritte rückwärts. Die Hände schützend nach vorne ausgestreckt, um ihn im Sprung abwehren zu können, wenn er den Weg an ihre Kehle suchte. Eine Kampfmaschine, die jetzt mit Macht durch das Dickicht brach und knapp vor ihr überraschend innehielt.

Knurrend und bellend stand er fast reglos da, die Muskeln angespannt. Das Maul riss er immer wieder weit auf. Drängte kurz vor, wich aber umgehend wieder zurück. Es wirkte so, als würde ihn eine unsichtbare Leine im Zaum halten. Gerade so weit von ihr entfernt, dass sie ihn riechen konnte, wenn er bellend seinen Atem in ihre Richtung blies. In den kurzen Pausen dazwischen konnte sie das Johlen vom Balkon deutlich hören. Die rosa Zunge des Kampfhundes hing weit aus seinem breiten Maul heraus. Er stand zitternd auf seinen kurzen Beinchen und giftete sie an. Das Johlen in der Ferne ging in ein lautes, heiseres Lachen über. Der Hund reckte den Kopf in die Höhe. Seine kurzen kupierten Ohren bewegten sich in Richtung des Geräuschs. Ein Freudenschrei unterbrach das Lachen. Der Pitbull warf sich herum, das Geäst knackte. Sie rang hektisch nach Luft. Der Hund war blitzartig verschwunden.

»Hat er Sie über die Wiese gehetzt?«

Sie zuckte zusammen und fuhr herum.

»Entschuldigen Sie. Ich wollte Sie nicht noch zusätzlich erschrecken. Verzeihen Sie meine Wortwahl, aber er ist ein nichtsnutziges Arschloch.« Eine ältere Frau sah sie aus müden Augen an. Sie stand leicht vorgebeugt auf einen Stock gestützt, dessen oberes Ende ein golden schimmernder Knauf zierte. Ihre dünnen grauen Haare waren auf Volumen geföhnt. Im Licht der Sonnenstrahlen schimmerten sie leicht violett. Sie steckte in einem hellblauen Sommermantel, der seidig glänzte. »Sie sind nicht die Erste und werden bestimmt auch nicht die Letzte sein, die er jagt.« Sie schüttelte resigniert den Kopf. Die großen weißen Perlen in ihren weit herabhängenden Ohrläppchen schwangen mit.

»Was soll das?« Felicitas hatte die Worte herausgepresst. Ihr Herz raste.

»Ihm gehört die Villa auf der Rückseite. Geerbt von den Eltern. Im oberen Stock hat er seine Wohnung, der Rest ist gut und teuer vermietet. Daher muss er selbst nicht arbeiten und vertreibt sich die Zeit damit, alle anderen hier zu tyrannisieren. Wir haben versucht, gegen ihn vorzugehen.« Die alte Dame winkte ab. »Keine Chance. Er hat gute Kontakte zu anderen nichtsnutzigen Söhnen reicher Eltern. Und sein Hund hat noch nie jemandem etwas getan.« Sie reckte den Stock drohend in die Höhe. »Genau das hat der Polizist zu mir gesagt. ›Hat er denn etwas getan?‹ Ja, muss denn erst einer totgebissen werden?« Sie ließ ihren Stock wieder sinken. »Zu viele nichtsnutzige Sprösslinge.«

»Der auch?« Sie deutete mit einer knappen Kopfbewegung in Richtung der Villa der Jesses.

Die alte Frau verzog ihr Gesicht zu einem spöttischen Grinsen. Sie trat näher, um flüstern zu können und dennoch gut verstanden zu werden. »Ein ganz besonderes Exemplar.« Sie hob bedeutungsvoll die schmalen, mit feinen braunen Strichen nachgezogenen Augenbrauen. »Erst ein Weltreisender, und das hübsch auf Kosten der Großmutter. Sie hat ihn abgöttisch geliebt. Er war ihr Sonnenschein. So hat sie ihn immer stolz genannt. Sie zog ihn auf, nachdem seine Eltern bei einem Verkehrsunfall starben. Da war er gerade sechs. Alles hat sie für ihn getan. Zum Dank hat er sich mit achtzehn aus dem Staub gemacht und ist jahrelang nicht mehr aufgetaucht, obwohl sie immer gebrechlicher wurde. Erst als es darum ging, die Großmutter zu entmündigen und sich den Besitz zu sichern, war er urplötzlich wieder da.«

Sie hauchte ihr eine gut angewärmte Mischung aus Pfefferminzbonbon und 4711 entgegen. »Verdient hat sie es nicht, von wechselnden Rumäninnen, Ukrainerinnen und Russinnen gepflegt zu werden. Jeden Monat eine andere. Sie ist schwer dement und kann ohne Hilfe gar nicht mehr aufstehen. Ich war einmal bei ihr, um sie zu besuchen.« Sie verzog angewidert ihr Gesicht. »Was ich da gesehen habe, hat mein Bild von ihm bestätigt. Das habe ich dem Gernot Jesse auch sehr deutlich gesagt.« Ein bekräftigendes Nicken. »Eine Schande ist das, die arme Großmutter so zu vernachlässigen. Wir leben schon seit sechzig Jahren nebeneinander. Sie war zwanzig Jahre jünger als ihr Mann.« Sie schüttelte wieder den Kopf und hielt kurz inne, weil sie wohl den roten Faden ihres Monologes verloren hatte. »Da war es meine Pflicht, dem Jungen die Leviten zu lesen! So geht man nicht mit einem lieben Menschen um.« Sie atmete empört aus.

Der Ton der alten Dame veränderte sich. »Seither lässt Gernot mich nicht mehr zu ihr. Ab und zu, wenn es warm ist, schieben sie das Bett aus dem Trophäenzimmer nach draußen auf die Terrasse. Dann schleiche ich mich rüber, wenn ich sicher bin, dass der auf der anderen Seite mit seinem Mistvieh unterwegs ist. Wenn sie einen ihrer wenigen lichten Augenblicke hat, kann man sich noch recht gut mit ihr unterhalten«, sagte sie ein wenig wehmütig. »Sie lebt in der Vergangenheit, wie wir alle. Erinnerungen aus einem ganzen Leben haben den Kopf so restlos gefüllt, dass kein Platz mehr für Neues übrig ist.«

Die alte Dame fasste nach Felicitas' Hand. Eine angenehme Wärme ging von ihr aus. »Die sind ja eisig, mein Kind.« Sie hängte sich den Gehstock über den Unterarm, nahm auch noch die andere Hand und wärmte beide zwischen ihren. Fast tonlos flüsterte sie: »Es ist noch nicht lange her, da haben sie sie draußen vergessen. Ich habe es vom Balkon gesehen, als ich meinen Mantel zum Lüften hinaushängen wollte. Ich habe angerufen, keine Reaktion. Also bin ich rüber und habe geklingelt. Nichts, obwohl Licht brannte und Stimmen zu hören waren. Sie haben sie schlicht vergessen – können Sie sich das vorstellen? In ihrem Bett draußen auf der Terrasse! Allen Mut habe ich zusammengenommen und bin hier hinten durch den Garten.«

Sie ließ ihre Hände los. »Was ich da gesehen habe durch die Scheiben, das kann ich nicht in Worte fassen.« Noch immer sichtlich bestürzt, legte sie eine Hand über den Mund. »Er und ein anderer Kerl, zusammen mit Natascha und Tatjana, den beiden jungen Pflegerinnen. Zwei Männer, zwei Frauen«, flüsterte sie. »Kein Wunder, dass sie die Großmutter vergessen hatten. Ich bin wieder zu mir und habe die Polizei und den Rettungsdienst gerufen. Das war ein Aufruhr in unserer Straße.«

Jetzt grinste sie zufrieden.

33

Ihr Herz schlug noch immer viel zu schnell. Sie musste sich ständig umdrehen, weil sie glaubte, rasende Pfoten auf den Granitplatten des Gehwegs hinter sich zu hören. Schrecksekunden, die sich wiederholten und sie für jeden Beobachter wie eine lächerlich verstörte Kreatur aussehen lassen mussten. Von Wahnvorstellungen gepeinigt nach dem Schreck. »Reiß dich zusammen, Booth!« Es war Thorstens Stimme, die sie in ihrem Kopf vernahm. Scharf im Ton und ungewohnt, weil er sie doch nie so nannte. Sie lauschte, während sie weiterlief, aber es blieb still in ihrem Schädel.

Vorsichtig tastete sie über die Striemen in ihrem Gesicht. Sie brannten. Die feinen Risse in der Haut, die das dünne Geäst gezogen hatte, waren deutlich zu fühlen. Solche Verletzungen zeigten oft auch die Tiere, die sie in ihrer Werkstatt abzog. Spuren eines Kampfes, vernarbte Verletzungen, die nur von Fressfeinden stammen konnten, denen man gerade so entkommen war. Revierkämpfe. Gezeichnet wie sie jetzt war fast jedes Tier.

Sie wechselte die Straßenseite, hinüber zum klebrig glänzenden Pflaster unter den Buchen. Ihre Schritte wurden schwerer. Reißende Geräusche ihrer Sohlen bei jeder Bewegung. Sie wollte nicht direkt an seiner Gartentür vorbei. Ein Sicherheitsabstand erschien ihr nach dem Erlebten angebracht. Es war nicht völlig abwegig, dass der eine nichtsnutzige Sprössling mit dem anderen befreundet war und ihr Fluchtfilmchen schon den Weg zu Jesse gefunden hatte. *Schau mal, wen ich eben gerade von deiner Veranda vertrieben habe. Rennender HONK. Der fehlt noch in eurer Trophäensammlung. LOL.*

Einen kurzen Blick warf Felicitas im Vorbeigehen trotzdem auf die Villa. Die Bewegung, die sie nur erahnte, ließ sie ihre Schritte beschleunigen. Idiotisch erschien ihr dieses Verhalten. Sie bremste am nächsten dicken Stamm ab und drehte sich hastig um. Die schwere Eisentür an der Villa der Jesses wurde gerade quietschend aufgeschoben. Eine junge Frau trat heraus. Die Haare steckten unter einer grünen Wollmütze mit Schild. Ihr langer beiger Steppmantel, der ihr bis über die Knie reichte, stand vorne zur Hälfte offen. Sie zog einen Rollkoffer hinter sich her. Eines dieser Modelle aus Alu, die teurer waren als der gesamte Inhalt ihres eigenen Kleiderschrankes.

Es war dieses deutlich feststellbare Zucken im Gesicht der jungen Frau, als sich ihre Blicke für einen winzigen Moment trafen, das Felicitas zeigte, dass da mehr war. Diese kleine Veränderung, die durch wenige unbedeutende Muskeln zustande kam, aber doch so viel Wirkung zeigte. Dann lief die Frau mit ihrem Koffer in die entgegengesetzte Richtung davon. Wahrscheinlich begleitete sie der gleiche Gedanke. Das bekannte Gesicht, irgendwo schon einmal gesehen, aber wann und in welchem Zusammenhang?

Felicitas ging Situationen durch, Umgebungen, selbst als sie schon hinter dem Steuer ihres Opels saß, setzte sie die Suche noch fort. Nichts. Eine Einbildung, die erklärbar war nach dem, was sie in den letzten Tagen erlebt hatte. Sie hatte die Frau mit dem Koffer angestarrt. Daher hatte diese mit einem irritierten Blick geantwortet. Eine ganz natürliche Reaktion. Wenn sie mehr hineininterpretierte, war es ganz allein ihr Problem.

Sie schüttelte den Kopf und kontrollierte im Rückspiegel ihr Gesicht. Sie erschrak. Das war es gewesen. Ein Wunder, dass die Frau mit dem Koffer nur erstaunt geschaut hatte und nicht schreiend weggerannt war. Sie sah aus wie das Opfer eines unvorstellbaren Martyriums. Die roten Striemen verliefen quer übers gesamte Gesicht und hoben sich leuchtend von ihrer kalkweißen Haut ab. Deutlich erkennbar waren auch die dunklen Tränensäcke unter ihren Augen. Ein Anblick zum Fürchten.

Sie startete den Motor und quälte sich aus der Parklücke. Feine, klebrige Tröpfchen überzogen die Windschutzscheibe ihres Wagens. Die osteuropäische Pflegerin der alten Jesse befand sich also auf dem Weg nach Hause. War die neue Gespielin für den nichtsnutzigen Enkel, der prächtig vom Reichtum der Großmutter zehrte, schon da? Wenn Gernot Jesse wirklich auf so großem Fuß in den Tag hinein lebte, wie es die Nachbarin beschrieben hatte, war vom alten Reichtum der Familie vielleicht gar nicht mehr so viel übrig. »Wenn sie einen ihrer wenigen lichten Augenblicke hat, kann man sich noch recht gut mit ihr unterhalten. Sie lebt in der Vergangenheit, wie wir alle«, hörte sie die Nachbarin der alten Jesse sagen.

Die alten Zeiten, in denen ihr Mann noch im Bonner Außenministerium tätig war. Nahe an der Macht. Schillernde Auslandsreisen in ferne Länder, auf denen sie ihn immer mal wieder begleiten durfte. Die Afrikaexpedition und der Schmuggel der Diamanten, von denen er ihr, wenn nicht zuvor schon, auf dem Sterbebett erzählt hatte. »Der Booth hat uns alle beschissen. Einen Teil der Beute hat er unterschlagen und unbemerkt in den anderen Tieren der Safari heimgeschafft.«

Die krächzende Stimme, die ihr Schädel schuf, hallte in ihren Ohren. Unzählige Wiederholungen: »Der Booth hat uns alle beschissen.« Die wirren Erzählungen einer dementen alten Frau, die das Bett kaum mehr verlassen konnte. Irre Gedanken – bis zu dem Moment, da der Enkel den Bauch der Hyäne abtastete, die irgendwo in der Villa stehen musste. Die geöffnete Naht, der Hohlraum darunter, der das idiotische Gefasel urplötzlich bestätigte. Neu gewonnenes Vertrauen in ihre Geschichten, weil sie ja in den wenigen lichten Momenten auch noch die Namen aller Staatsminister und Staatssekretäre zusammenbekam, unter denen ihr Mann im Ministerium gedient hatte.

Hatte Gernot Jesse zuerst den Typen zu ihr geschickt, der dann vor das Auto gelaufen war? Der Einbruch, mit dem alles angefangen hatte. Die erfolglose Suche an ihrer Tüpfelhyäne. Das wäre der Beweis, dass er zwar etwas, aber keine Details wusste. Alle Tiere der Afrikaexpedition waren für ihn verdächtig, und er brauchte nur in Kauffmanns Erinnerungsband nachzusehen, um zu wissen, bei wem er sonst noch auf die Suche gehen musste. Von dem Schlangensperber als Geschenk für den Bestatter, der die hölzernen Sockel für die noch in Afrika präparierten Tiere angefertigt hatte, hatte der alte Jesse ebenso gewusst wie vermutlich dessen Frau. »Der Booth hat uns alle beschissen.«

Vielleicht hatte der Vogel wirklich dazu gedient, die unterschlagenen Steine aus dem Land zu schaffen. Hatte ihr Vater auch in diesem Tier einen Hohlraum mit Diamanten bestückt? Und wenn ja, wäre es möglich, dass sie noch immer in diesem Hohlraum lagerten? Ein kleiner Beutel mit Diamanten ließ sich im gewickelten Ersatzkörper aus Stroh oder Holzwolle leicht unterbringen. Mehrere feste Lagen drum herum reichten aus. Der Inhalt wäre nicht zu ertasten. Hatte er den Vogel mit den darin versteckten Steinen an Schweitzer abgegeben? Ein besseres Versteck hätte es kaum gegeben, weil ihm schließlich klar gewesen sein musste, dass die anderen misstrauisch werden würden, wenn der eigene Beuteanteil nicht mehr stimmte. Die Diamanten beim Schreiner zu parken, jederzeit abholbereit, war der perfekte Plan. Eine schlechte Ausrede reichte aus, um zu jedem beliebigen Zeitpunkt an den Vogel heranzukommen. »Er hat reichlich Staub im Gefieder. Gib ihn mir mit, dann richte ich ihn wieder her. Nächste Woche hast du deinen Sperber zurück.«

Doch halt. Wenn es so gewesen wäre, hätte Jesse die Steine doch längst – und damit alles, was er suchte. Wieso dann der neuerliche Einbruchsversuch bei ihr?

Sie gab sich die Antwort selbst: Weil die Diamanten nicht im Vogel versteckt waren. Und weil Jesse durch den Tod des Einbrechers vor ihrer Werkstatttür nie erfahren hatte, was dessen Untersuchung ihrer Hyäne ergeben hatte.

Ihr schoss die Hitze ins Gesicht. Sie trat die Bremse bis aufs Bodenblech durch. Der Wagen kam quietschend zum Stehen. Lautes Hupen hinter ihr, der Fahrer eines Sportwagens überholte sie wild gestikulierend. Sie drückte die Augenlider zu, weil sie hoffte, dass sich die Konturen in der Dunkelheit deutlicher abzeichneten, und zwang die Szene vor ihr geistiges Auge. Jenen Augenblick, als der Einbrecher auf dem Asphalt der Straße vor ihrem Haus zum Liegen gekommen war. Die Frau hinter dem Steuer des Wagens, der ihn erfasst und durch die Luft geschleudert hatte. Es war dasselbe Gesicht, es waren dieselben Augen, die sie eben gerade angestarrt hatten.

Hektisch zerrte sie am Lenkrad und wendete ihren Opel Diplomat. Sie brauchte nur wenige Minuten, um die Villensiedlung wieder zu erreichen. Dabei war ihr eigentlich längst klar, dass sie die Frau nicht mehr finden würde.

34

Sie war sämtliche Straßen um Jesses Villa herum mehrmals ergebnislos abgefahren. In hohem Tempo, durchgeschüttelt vom groben Pflaster, hatte sie ihre Runden gedreht. In ihren Ohren dröhnte noch immer der Lärm nach, obwohl sie längst schon auf dem Heimweg war. Hätte sie die Frau wirklich zur Rede gestellt, ihr gedroht, um eine Aussage zur Not zu erzwingen? »Warum haben Sie ihn totgefahren?«

Einen Grund musste es doch geben. Das konnte kein Zufall sein.

Dennoch verstand sie nicht, warum diese fremde Frau in die Sache involviert sein sollte. Doch! Gernot Jesse und die Pflegerin seiner Großmutter steckten unter einer Decke. Vielleicht hatte sie den Einbrecher hergefahren und ein paar Runden gedreht, um ihn wieder aufzugabeln, sobald er seinen Auftrag erfüllt hätte. War er in seiner Panik der eigenen Komplizin vors Auto gelaufen? Oder vermischte Felicitas hier Dinge, die nicht zusammengehörten? Vielleicht hatte sich die Frau am Steuer ja auch eines Konkurrenten entledigt. Waren alle, der Einbrecher, Jesse, von Wernicke und diese Frau, getrennt voneinander hinter den Diamanten her, die es wahrscheinlich gar nicht mehr gab? Die Geschichte wollte sich einfach nicht schlüssig zusammenfügen.

Sie musste zur Polizei, sobald sie zur Ruhe gekommen war. Ein, zwei Stunden daheim zum Durchatmen, nicht zu lange. Die Zeit brauchte sie, um ihre Gedanken zu sortieren.

Sie musste sich unbedingt Notizen machen, die halfen, das Durcheinander in ihrem Kopf in der rechten Ordnung zu halten, wenn die Polizei nachbohrte. Der tote Einbrecher vor ihrer Tür, ihre Fingerabdrücke überall in Schweitzers Bestattungsparadies, die man sicherlich zuordnen würde, sobald sie im Zuge ihrer Aussage erkennungsdienstlich erfasst wurde, der tote von Wernicke in ihrer Bibliothek. Alles drehte sich auf die eine oder andere Art und Weise um sie, und die Polizisten würden sie kaum schonen, wie Thorsten sie glauben ließ, um sie zu beruhigen. Thorsten. Sie würde zu Hause warten, bis er aus dem Büro zurück war. Er musste sie begleiten und ihr helfen.

Sie sah auf ihre Uhr. Kurz nach zwei. Das Klingeln, das gedämpft aus dem geschlossenen Handschuhfach kam, ließ sie zusammenfahren. Gedankenübertragung? Thorsten, der sich um sie sorgte in der knappen Pause zwischen seinen Terminen? Mit zitternder Hand fingerte sie nach ihrem Telefon und presste es hastig ans Ohr, ehe es zu spät war und er wieder aufgelegt hatte. »Komm so schnell wie möglich zu mir.«

Ein Räuspern. »Frau Booth? Entschuldigen Sie die Störung. Mein Name ist Christian Nordmann von E-Plus. Ich habe ein ganz besonderes Angebot für Sie.«

»Verdammte Scheiße!« Sie drückte den Anrufer weg und starrte auf das Display. Donnerstag, 23. Oktober. Thorstens Nummer hatte sie gespeichert. Vielleicht konnte er früher nach Hause kommen? Ohne ihn war sie verloren bei der Polizei. *Donnerstag?* Sie starrte auf ihre Armbanduhr. Schüttelte den Kopf. Sah auf die Straße. Drückte die Augen fest zu. Wieder der Blick auf das Ziffernblatt. Die Datumsanzeige.

Alles raste in ihrem Schädel, verfloss zu einem Brei aus bunt gemischten Farben, in dem sie nichts mehr erkennen konnte. Hatte sie nicht volle zwei Tage geschlafen? Die

Datumsanzeige ihrer Uhr zeigte die Fünfundzwanzig. Das Display des Handys den 23. Oktober, einen Donnerstag. Was war richtig? Hatte sie doch nur einen halben Tag verschlafen, und von Wernicke war *gestern* bei ihr gewesen? Sie drückte sich die Armbanduhr ans Ohr und lauschte dem Geräusch der verfließenden Sekunden.

Minuten später steuerte sie den alten Opel durch die schmale Zufahrt auf ihren Hinterhof. In ihrem Kopf sträubte sich alles gegen ihre Versuche, das Chaos zu ordnen. Sie bekam die Ereignisse nicht mehr in die richtige Reihenfolge, die Tage, den Schlaf, die Namen und die Tiere. Sie drehte sich im Kreis, so schnell, dass ihr schwindelig wurde. Auf dem Weg vom Präsentationsraum nach oben starrte sie noch einmal auf ihr Telefon, um es sofort wieder in ihrer Hosentasche verschwinden zu lassen. Sie hatte ihn falsch verstanden. Schlicht und einfach. Alles Weitere ließe sich auflösen, sobald er wieder zurück war.

Sie meinte, sein Auto zu hören. Schnell eilte sie in die Küche, um nachzusehen, ob er es wirklich war. Sie schluckte gegen die Übelkeit an und gegen den Kloß in ihrem Hals. Sorgsam positionierte sie sich so weit weg von der Fensterscheibe, dass sie den Hinterhof gerade noch überblicken konnte, von unten selbst aber nur schwer zu sehen war. Reglos verharrte sie, angespannt und bereit, jederzeit weiter zurückzuweichen, falls sie zu ihr hochsahen. Es waren zwei. Zwei Polizisten in blauen Uniformen, die sich im Hof umsahen. Langsam und bedächtig bewegten sie sich. Einer der beiden blieb ein paar Schritte zurück, die Hand an der Pistolentasche, während sich der andere dem hinteren Bereich des Innenhofs näherte. Zielstrebig steuerte er auf die Müllcontainer zu. Das Quietschen, als er die Klappe aufschob, konnte sie durch die geschlossene Scheibe hindurch hören. Sie kannte das Geräusch genau.

Auch der zweite Beamte ging jetzt in Richtung des Müllcontainers. Sie konnte sehen, wie sein Kollege einen Lappen in die Höhe hielt. Es war ihr blutiges T-Shirt. Fast synchron wandten sie sich in diesem Augenblick zu ihr um. Sie sprang vom Fenster zurück. Die beiden konnten sie unmöglich gesehen haben. Wie viel Zeit blieb ihr jetzt noch? Nicht genug, um Ordnung in ihrem Kopf zu schaffen. Die brauchte sie jetzt auch nicht. Alles war schlagartig klar. Sie wollte schreien, presste ihre Lippen aber so krampfhaft aufeinander, dass ihnen kein Ton entwich.

Einen großen schwarzen Müllsack bekam sie zuerst zu fassen. Hatte sich ihre Mutter damals genauso gefühlt, als sie nach dem Mord an ihrem Mann die Flucht ergriff? In panischer Angst und dem Wissen, dass sie nie wieder hierher zurückkehren würde.

Sie rannte in ihr Kinderzimmer und zog das kleine Präparationsbuch zwischen den Umzugskisten hervor. Die Matratze zerrte sie achtlos zur Seite, um an das große zu gelangen. Wenn sie eine Chance haben wollte, sich aus dieser Situation noch irgendwie zu retten, brauchte sie beide Präparationsbücher. Die Hoffnung blieb winzig, ohne Überlebenschance gegen das, was sie noch aus dem Container hervorholen würden: die blutigen Handtücher, mit denen der Tatort notdürftig und in aller Eile gereinigt worden war. Mit von Wernickes Blut und ihren Spuren daran.

Sie hielt kurz in der Bewegung inne. Leise staunend, jedoch nicht ungläubig. Kein Zweifel, dass von Wernicke noch irgendwo in ihrer Wohnung oder unten in der Werkstatt lag. In irgendeinem Schrank oder der Kühltruhe. Gestern, noch in der Nacht, hatte ihn seine Frau als vermisst gemeldet. Wahrscheinlich war vor einer knappen halben Stunde der anonyme Hinweis bei der Polizei eingegangen, dass er zuletzt hier bei ihr gesehen wurde.

Sie langte nach dem Bussard über ihrem Bett, wie ihre Mutter es getan hatte. Sie brauchte eine Erinnerung an das Leben, das sie zurückließ. Vorsichtig steckte sie den Vogel in den Müllsack und rannte die Treppen hinunter. Durch die Vordertür verließ sie ihr Haus und überquerte sofort die Hauptstraße. Ein schneller Blick zurück bestätigte ihr, dass alles ruhig war. Die Polizisten schienen noch mit ihrem grausigen Fund im Müllcontainer beschäftigt zu sein. Wahrscheinlich hatten sie Verstärkung gerufen, um die Fundstücke sichern zu lassen.

Zwei Straßen weiter fuhr die Straßenbahn zum Hauptbahnhof. Sie fingerte im Laufen ihr Handy aus der Hosentasche. Die Nummer musste noch irgendwo zu finden sein. Da!

»Frau Booth?«

»Ich bin auf dem Weg.«

»Wie?«

»Auf dem Weg nach Rumänien. Ich habe mir einen Wagen gemietet. Ich muss viel Material transportieren, wer weiß, was mich dort erwartet. Schicken Sie mir die Adresse auf mein Handy. Bis Sie ankommen, bin ich dort und habe mich eingerichtet.«

»Sie können sich gar nicht vorstellen, wie glücklich mich das macht. Ich versuche, meinen Flug umzubuchen. Vielleicht kann ich morgen früh schon starten. Ich gebe auf jeden Fall Bescheid, dass man Sie dort gebührend in Empfang nimmt.«

»Professor Stenzel?«

»Ja?«

»Mir wäre sehr daran gelegen, dass vorerst niemand davon erfährt.«

»Sie können sich auf mich verlassen, liebe Frau Booth. Richten Sie sich auf Kälte ein. Das letzte Aufbäumen des Winters. Es hat noch einmal geschneit in den Karpaten.«

35

Sie hatte achtzehn Stunden für die gut tausendsechshundert Kilometer gebraucht. Die kürzere Strecke war ihr zu gefährlich erschienen, weil sie sich dabei zu lange in Deutschland und viel zu lange in Österreich hätte aufhalten müssen. Sie war daher über Tschechien, die Slowakei und Ungarn gefahren. Eine gute Wahl im Rückblick, hatte sie doch auf einem menschenleeren Rastplatz hinter der slowakischen Grenze die Nummernschilder ihres Ford Focus gegen die eines ausgebrannten Fiat Ducato austauschen können.

Die lange Fahrt hatte ihr sehr gutgetan. Endlich ausreichend Zeit, um alles zu sortieren. Die große Leere, die so schrecklich schmerzte, mit Hass zu füllen. Jede seiner Äußerungen hatte sie Revue passieren lassen. Eine sich ständig wiederholende Endlosschleife, in der sich der Klang seiner Stimme mehr und mehr gewandelt hatte. Mittlerweile erinnerte diese gar nicht mehr an ihn. »Ich bin für dich da.« – »Ich wache an deinem Bett.« – »Ich liebe dich.«

Sie hatte noch einmal Thorstens Atem, seine zarten Berührungen überall auf ihrem nackten Körper gespürt. Und sich geschämt für jede einzelne, für jeden Augenblick des falschen Glücks. Tiefe Abscheu hatte sich ihrer bemächtigt und den Hass auf ihn verstärkt. Sie hatte laut gebrüllt. Ein kilometerlanger Schrei, bis ihre Stimme ihr den Dienst versagte. Er hatte alles so perfekt bis ins kleinste Detail geplant, auch wenn sie sicher war, dass sie längst noch nicht alles durchschaut hatte. Wann war ihm der Gedanke gekommen? War er schon mit dieser Absicht in ihr Haus eingezogen, oder hatte sich sein Plan erst langsam herauskristallisiert, nachdem sie ihn ins Vertrauen gezogen hatte? Vielleicht eine Mischung aus beidem.

Tatjana Borsekowsky, der Name der Anruferin, nach der sie ihn hatte fragen wollen. Gut möglich, dass sie die Pflegerin der Großmutter und damit die Verbindung zwischen Jesse und Thorsten war. Die Geliebte von beiden, die über Monate am Bett der alten Frau gewacht und deren wirren Erzählungen von damals zugehört hatte. Sie könnte die Männer zusammengebracht, sie auf die Diamanten angesetzt haben. Und während Jesse bereitwillig, aber wahllos im Dunkeln stocherte, hatte sich Thorsten direkt an der Quelle eingenistet. War es ein Zufall, dass der Einbrecher ausgerechnet in jener Nacht vor ihrer Tür den Tod fand, in der sie sich aus ihrer Wohnung ausgesperrt hatte und in seinem Bett gelandet war? Je länger sie darüber nachdachte, desto sicherer war sie, dass nicht Jesse den Unglücklichen geschickt hatte, sondern Thorsten. Nur hatte er nicht absehen können, dass sie nicht bleiben würde.

Und Schweitzer? Für den Mord an ihm kamen sie beide in Frage, vorausgesetzt, dass Thorsten schon vor ihr von den Diamanten gewusst hatte. Kurz bevor der Bestatter getötet worden war, hatte er ihr im Treppenhaus von dem Ehrenplatz des Vogels in seinem Büro erzählt. War Thorsten da bereits auf der Treppe gewesen? Hatte er alles hören können? »Mit den Diamanten durchdrang das Misstrauen unseren Kreis.« Von Wernickes Stimme in ihrem Ohr. Die Gier, die allen Verstand ausschaltete.

Sie hatte keine Ahnung, wie es weitergehen sollte. Das Versteck hier in den schneebedeckten Karpaten bedeutete nur eine kurze Atempause. Ein paar Tage Ruhe außerhalb seiner Reichweite und der der Polizei, die es ihr hoffentlich ermöglichten, einen Plan zu fassen, mehr nicht. Vom Erdboden verschluckt blieb sie nicht lange. Sie musste nach dem Fehler suchen, der ihm sicher unterlaufen war und der ihr den Kopf retten würde. Er durfte damit nicht durchkommen, und auf keinen Fall durfte er die Diamanten finden, sollten sie tatsächlich noch irgendwo unentdeckt schlummern. Vor allem aber musste sie verhindern, dass er unbeschadet aus alldem herauskam. Nicht nach dem, was er ihr angetan hatte. Sie wollte ihn leiden sehen, ihn bestrafen für jede Berührung ihres Körpers, für jede Lüge, für jeden Mord, den er verübt hatte. Der Gedanke daran war das, was wirklich guttat.

Ihr Handy hatte sie sofort ausgeschaltet, nachdem sie die Adresse von Stenzel erhalten hatte, und sich in einem Supermarktdiscounter ein Prepaid-Modell besorgt. Achtzig Kilometer von Hermannstadt entfernt, zehn Kilometer vor dem Ziel, hatte am Beginn der Stichstraße, die zur Jagdhütte hinaufführte, ein schnurrbärtiger, kräftiger Rumäne gewartet, der sie als »Fräulein Schneider« begrüßte. Ihren Wagen, über dessen slowakisches Nummernschild er schmunzelte, manövrierte er umständlich und mit laut aufheulendem Motor rückwärts in einen windschiefen Bretterverschlag, dessen knarrende Flügel er mit einer rostigen Kette und einem Vorhängeschloss verriegelte.

Sie hatte ihre Tasche mit den neu gekauften Klamotten und die Tüte mit dem Bussard neben die Kartons mit den für die Arbeit benötigten Utensilien gestellt und sich auf den Beifahrersitz des riesigen japanischen Pick-ups gesetzt, in dem es nach nassem Fell roch. Schon nach ein paar Biegungen schimmerte der erste Schnee auf den Tannenspitzen im Sonnenlicht. Ihre müden Augen schmerzten. Sie hatte sich aber nicht getraut, sie zu schließen, weil sie befürchtete, augenblicklich neben ihrem Fahrer einzuschlafen, der munter in fast perfektem Deutsch auf sie einredete. »Wir sind Deutsche, Fräulein Schneider. Vergessene Deutsche. Siebenbürger Sachsen. Bald tausend Jahre sind wir hier und haben unsere Heimatsprache nicht verlernt.«

Es herrschte absolute Stille in der Jagdhütte. Josef, der sie hierhergebracht hatte, war sofort wieder ins Tal gefahren, nachdem er sie in ihr Zimmer geleitet hatte. Er musste die festen und flüssigen Lebensmittel für die erwartete Jagdgesellschaft holen. Vor Einbruch der Dunkelheit wollte er wieder da sein. Professor Stenzel und der Rest wurden morgen Vormittag erwartet. Ein Kleinbus sollte sie am Flughafen Hermannstadt abholen und bis zur Stichstraße bringen. Dort sollten mehrere Geländewagen bereitstehen, um den Chirurgen und den rumänischen Staatssekretär samt Gefolge hinauf in den Schnee zu schaffen.

Die erste Pirsch war für den morgigen Nachmittag geplant. Die Zeit drängte, weil ab morgen Nacht mit weiteren heftigen Schneefällen zu rechnen war. »Jagd braucht Ruhe, Stille und Geduld.« Mit diesen Worten und einem breiten Grinsen hatte sich Josef von ihr verabschiedet.

Felicitas öffnete die Lider. Sie hatte das Gefühl, dass ihre Augen so weniger schmerzten. Spätestens heute Abend würden sie von selbst zufallen, wenn sie vollkommen übermüdet und des letzten Restchens Adrenalin beraubt war. Das zitternde Verharren des gehetzten Wildes. Sie versuchte sich für einen Augenblick an Thorstens erstauntem Blick zu ergötzen, wenn er realisierte, dass ihr die Flucht gelungen war. Spielte er den verdutzten Liebhaber, während die Polizisten mit einem großen Aufgebot ihre Wohnung, die Werkstatt und den Präsentationsraum auf den Kopf stellten und den toten von Wernicke fanden? »Ich hatte ja keine Ahnung. Sie wirkte so zerbrechlich, brauchte Hilfe. Wie konnte ich mich so in ihr täuschen?«

Ihre Hände krampften sich bei dem Gedanken an ihn zu Fäusten. Die Fingernägel bohrten sich tief in die Innenflächen. Schmerz, der ebenso wohltat wie die Einsamkeit. Die dicke weiße Bettdecke lag schwer auf ihr. Das altmodische, mit aufwendigen Schnitzereien versehene Holzbett knarrte bei jeder Bewegung. Sauber und frisch roch es in der gesamten, nicht besonders großen Hütte. Der Geruch spärlicher Nutzung hing über allem. Die Wände waren mit grobem Holz verkleidet.

Ihre Kammer lag am Ende eines langen Flurs, von dem fünf, sechs weitere Türen abgingen. Eine schmale und recht steile Treppe führte hinunter ins Erdgeschoss. Dort schien es neben einem kleinen gefliesten Bad nur noch zwei weitere Räume zu geben. Durch den ersten war sie mit Josef hereingekommen. Er war Küche und Esszimmer zugleich. Rechts des Eingangs zog sich ein langer Holztisch an der Wand entlang. Platz für ein Dutzend Personen auf Stühlen und einer Eckbank. Auf jeder Sitzgelegenheit lag ein dickes Fell als Kissen bereit. An die Essecke schloss sich eine Küchenzeile an, die bis an den schmalen und dunklen Flur heranreichte, von dem die Treppe nach oben und das kleine Bad mit der Dusche abzweigten. Von der Decke der Kochecke hingen Töpfe, Pfannen und andere Gerätschaften herab. Gegenüber befanden sich mehrere kleine Sitzgruppen mit niedrigen Tischchen, gruppiert um einen offenen Kamin, vor dem ein Braunbärenfell ausgebreitet lag. Den großen gemauerten Rauchabzug zierte das mächtige Geweih eines Rothirsches, bei dem es ihr im Vorbeilaufen nicht gelungen war, die Enden zu zählen. »Hier sind nur die Herrschaften untergebracht, hundert Meter weiter am Waldrand gibt es eine zweite Hütte für die Jagdhelfer und das übrige Personal.«

Josef hatte ihr umständlich davon abgeraten, unten an der

Treppe weiter geradeaus zu gehen. Kein Zimmer für Gäste sei das.

Das Klappern unter ihr holte sie aus ihren Gedanken. Sie meinte, den Geruch von frisch gebrühtem Kaffee in der Nase zu haben. Ein paar Minuten nur zögerte sie noch, dann verließ sie die wohlige Wärme ihres Bettes. Der Dielenboden, die Wände, die leichte Dachschräge im Flur, die ebenfalls mit Holz verkleidet war, alles knarrte und ächzte bei jedem Schritt, den sie tat.

»Herzlich willkommen.« Die kräftige ältere Frau mit Kopftuch und blauer Kittelschürze drehte sich nur kurz zu ihr hin, als sie in der Tür erschien. Ihr Deutsch klang ähnlich, aber längst nicht so perfekt wie das von Josef. Sie rührte unter äußerster Kraftanstrengung und auf den Zehenspitzen stehend mit einem langen Holzstiel in einem großen Kochtopf. Im Kamin knisterte ein Feuer. »Habe ich gesagt, nicht in Schnee, sondern in Vorratskammer. Jetzt ist Ciorbă fest wie Stein.« Sie stöhnte genervt, ließ den Kochlöffel los, der unbeweglich starr in die Höhe stand, und zog das Herdtürchen auf. Züngelnd schossen rote Flammen heraus. Mit schnellen Bewegungen warf sie zwei lange Scheite ins Feuer und verriegelte die Tür wieder. »Macht keinen Sinn. Sollen sie lutschen die Suppe, Imbecil!« Sie schob den großen Topf an den Rand des Herdes, wo sich auch eine silbern glänzende Metallkanne befand. »Entschuldigung, wie undankbar. Nehmen Kaffee?«

Eine Antwort wartete sie gar nicht erst ab, sondern stellte die Kanne auf den großen Esstisch, wo bereits schlichte weiße Tassen bereitstanden, ein Kännchen mit Milch dazwischen, ein Zuckerstreuer sowie eine Flasche mit farblosem Inhalt, ohne Etikett.

Sie war Felicitas' Blick gefolgt. »Obstler, gut in Kaffee.« Ein Lächeln huschte über ihr rundes rosiges Gesicht. »Macht warm in Bauch.« Mit der rechten Hand deutete sie eine kreisende Bewegung vor ihrer Kittelschürze an. »Ciorbă ist Gemüsesuppe mit Hackfleischbällchen, leicht sauer. Gut, wenn kalt und nach Jagd.« Sie warf noch einmal einen prüfenden Blick in den Suppentopf am Rand des großen Herds. »Muss auftauen. Wusste nicht, heute schon erster Gast.« Sie wiegte entschuldigend den Kopf. »Hole ich Schinken und Brot für ersten Appetit. Gibt Ciorbă später zum Abendessen?« Sie schaute fragend und lief dann los.

»Nein, danke, ich habe keinen Hunger. Zumindest jetzt nicht. Mir reicht es, wenn ich später etwas von der Suppe bekomme. Ein Kaffee ist jetzt genau das Richtige. Wirklich.«

»Gut, stelle ich Hefeschnecken dazu. Sind gleich fertig.« Ein blechernes Klingeln ließ sie zusammenfahren. Es war unheimlich laut und kam aus allen Ecken des Hauses. Sogar von draußen fand ein Nachhall herein. Sie wischte sich die Hände an der Kittelschürze ab und streckte sich, um Haltung anzunehmen für das Telefonat.

Der Apparat stand direkt neben dem Kamin auf einem kleinen Tischchen. Sie meldete sich und streckte kurz darauf den Arm aus. »Da, da, da.« Schnell hintereinander, immer wieder. »Für Sie.« Sie hielt ihr den Hörer entgegen.

»Ja?« Felicitas musste sich räuspern, weil nur ein reichlich unverständlicher Laut aus ihrem Hals gekommen war. Ein heiseres Krächzen, das sie sofort bereute. Warum hatte sie überhaupt nach dem Hörer gegriffen? Es gab sie nicht. Sie war verschwunden, verschluckt vom rumänischen Schnee.

»Frau Booth?« Stenzels Stimme, ein Klang, der sie beruhigte.

»Ja.«

»Haben Sie sich gut eingelebt? Rumänischer Komfort ist nicht mit unseren Ansprüchen vergleichbar.« Er lachte etwas verlegen.

»Es ist alles bestens. Ich werde gut versorgt.«

Die rosige Köchin nickte bestätigend.

»Das freut mich zu hören. Dana kocht hervorragend. Lassen Sie sich verwöhnen. Ich habe sie angewiesen, dass sie Ihnen jeden Wunsch erfüllt.«

»Vielen Dank.«

»Wir fliegen morgen früh los und sind um die Mittagszeit da. Es geht dann sofort raus. Der Bär ist geortet. Am Abend soll es wieder schneien, recht heftig sogar. Bis dahin müssen wir ihn zur Strecke gebracht haben.« Er verstummte. »Sie können aber gern auch noch ein paar Tage länger bleiben.«

»Das ist sehr nett von Ihnen. Ich denke, dass ich einen Tag brauchen werde, bis ich das Fell so weit fertig habe. Den Rest mache ich daheim.« Bei den letzten Worten war sie kurz ins Stocken geraten, aber irgendwie hatten sie doch aus ihr herausgefunden, ganz von allein.

Es war nicht sinnvoll, sich hier zu verstecken. Ewig würde das ohnehin nicht gehen. Eine kurze Atempause nur, die sie gegenüber der Polizei als kurzfristigen Arbeitseinsatz rechtfertigen konnte. Nur mit ihrer Hilfe konnten sie ihn überführen. Er musste Spuren hinterlassen haben. Beim Reinigen ihrer Wohnung, beim Verstecken der Leiche, bei irgendwelchen winzigen Details seines überlegten Vorgehens. Die Rechtsmedizin würde etwas finden, und wenn es nur ein Haar von ihm war, eine winzige Hautschuppe an einer Stelle der Leiche, die bewies, dass er von Wernicke durch die Wohnung geschleift hatte. Es ging ihm ja gar nicht darum, sie hinter Gitter zu bringen, nicht in erster Linie. Sondern darum, sich Zeit zu erkaufen, indem er die Polizei auf ihre Fährte ansetzte. Zeit, um weiter nach den Diamanten zu suchen, von denen er anscheinend glaubte, dass er sie noch finden könne. Sie waren nicht in Schweitzers Schlangensperber gewesen. Es war sehr wahrscheinlich, dass er die beiden Präparationsbücher gefunden hatte. Bestimmt hatte er sie vorletzte Nacht kopiert, während sie schlief. Er suchte jetzt nach Hinweisen und Details, die sie übersehen oder ihm nicht erzählt hatte. Sie hoffte, dass er nicht mehr herausfand, und spürte, wie sich ihr Gesicht zu einem Grinsen verzog. Es sollte ihn quälen, schmerzen, dann war es gut. Wärme flutete ihren Magen, ohne dass sie mit Obstler nachgeholfen hätte.

»Nehmen Sie den Bären danach direkt mit? Um die Papiere kümmere ich mich. Ich möchte ihn ungern schicken lassen, wenn er wirklich so kapital ist, wie es mir der Staatssekretär versprochen hat.«

Sie konnte nicht sofort antworten, weil ihre Gedanken noch um Thorsten kreisten. Sie fühlte sich so weit entfernt von dieser Hütte, in der sie saß, dem Schnee und der morgigen Jagd. »In Ordnung.«

»Lassen Sie sich von Dana oder Josef den Raum zeigen. Sie können ihn einrichten, wie es für Ihre Bedürfnisse dienlich ist. Werkzeug ist auch da. Die beiden zerlegen im Vorratsraum sonst auch größeres Wild und bereiten die Trophäen vor.«

»Sehr gut.«

»Vielen Dank übrigens noch für den Steinbock und die Gämse.« Es knackte in der Leitung. Sie glaubte zunächst, Stenzel habe aufgelegt. Sie konnte ihn aber weiter atmen hören.

»Was?«

»Ich habe die Präparate doch gestern Morgen abgeholt. Sie waren unterwegs, aber Ihr freundlicher Mitarbeiter hat sie mir ausgehändigt. Eigentlich hatte ich jemanden schicken wollen, aber auf meinem Weg in die Praxis komme ich fast direkt bei Ihnen vorbei. Und da wusste ich ja noch nicht, dass Sie mitkommen. Ich dachte, er hätte es Ihnen ausgerichtet: Ich wollte einen letzten Versuch unternehmen, Sie zu überzeugen.« Er lachte. Zumindest hörte sich das, was sie durch den Hörer vernahm, so an. »Er war übrigens selbst schon zur Jagd hier, kennt sogar das Revier. Einen echten Fachmann haben Sie da. Gutes Personal ist schwer zu finden.«

Stenzel redete weiter. Sie konnte den Worten und Sätzen schon längst nicht mehr folgen.

36

Die Stille ließ sie frösteln. Unsinn. Es war allein die Müdigkeit, nicht mehr. Sie lag wieder unter der Bettdecke in ihrem Zimmer. Er wusste genau, wo sie war. Er kannte das Jagdrevier. Aber Thorsten hatte eigentlich ganz andere Sorgen. Der Versuch, Ruhe in sich hineinzuatmen, wollte nicht recht funktionieren. Sie flüsterte sogar. Halblaute Selbstgespräche, um sich davon zu überzeugen, dass er sich nicht auf den Weg gemacht hatte, um sie hier in den Karpaten zu suchen. Der Gedanke war idiotisch. Vielleicht würde er der Polizei einen dezenten Wink geben, damit sie ihr schneller auf die Spur kamen. Leise, fast gehauchte Worte kamen über ihre trockenen Lippen. »Beruhige dich, Felicitas. Denke nach, dann wirst du schnell merken, wie abwegig das alles ist.«

Sie hörte sich selbst zu, ohne wirklich an das zu glauben, was sie sagte.

»Er hat nur *ein* Ziel vor Augen. Du spielst dabei keine Rolle mehr. Froh wird er sein, dass du so weit weg bist. Eine Gefahr weniger bei seiner rastlosen Suche nach den Diamanten. Wenn er dich hätte töten wollen, dann hätte er ausreichend Möglichkeiten gehabt. Eine Überdosis Schlaftabletten und es hätte sogar nach Selbstmord aussehen können. Er hat dich gebraucht und benutzt. Du wirst ihn verfolgen dafür.«

Sie überlegte kurz, ob sie jetzt schreien sollte. Ein Kampfesschrei, der ihre Entschlossenheit zeigte. Eine lautstarke Bestätigung für all die Gedanken, die sie über der Angst aufgeschichtet hatte, um sie nicht mehr sehen und fühlen zu können. Eingehüllt war die Furcht, die doch immer wieder durchdrang und nach ihr griff.

Was, wenn er glaubte, dass sie das Rätsel vor ihm lösen könne und die Steine dabeihabe? Sie schüttelte heftig den Kopf. Ihre Haarspitzen strichen dabei über den weißen Bettbezug. Draußen dämmerte es. In einer halben Stunde würde es stockfinster sein. Noch blieb ausreichend Zeit für den Marsch hinüber. Sie hätte Dana oder Josef vorhin gleich fragen sollen. Bestimmt hätten sie herzhaft über sie gelacht, ihren Wunsch jedoch schmunzelnd akzeptiert. Die Deutsche, die sich allein in der Unterkunft fürchtete. Aber Stenzel hatte die beiden angewiesen, ihr jede Bitte zu erfüllen. Sie konnte also beim Personal in der Hütte am Waldrand schlafen. Eine Decke auf einem Sofa reichte aus. Mehr brauchte sie nicht. Aber welcher Waldrand? Wo sollte sie hin? Im Dunkeln würden die erleuchteten Fenster zu sehen sein, auch über größere Entfernung.

Sie wehrte den Gedanken ab. Eine schnelle Bewegung mit der Hand, weil es zu peinlich war. Sie machte sich lächerlich. Ein paar Stunden nur musste sie allein überstehen, bis Dana unten anfeuerte und das Frühstück richtete. Sie würde sich bald schon nicht mehr wach halten können. Die Nacht im Auto steckte ihr in den Knochen. Sie war jetzt seit mehr als dreißig Stunden auf den Beinen und musste einfach nur hineinfinden in den Schlaf.

Entschlossen drückte sie die Augen zu. Die Stille quälte sie. Das Rascheln unter der Täfelung drang in ihre Ohren. Die Mäuse waren erwacht. Sie übernahmen die Herrschaft und rasten über ihren Kopf hinweg. Ihre tippelnden Schritte klangen entsetzlich laut und hallten in ihrem Schädel wider. Eine ganze Armee Mäuse jagte in ihrer Vorstellung in wilder Hatz kreuz und quer durch die engen Gänge, die sie sich unter der Decke, in den Wänden und unter den Dielen des Fußbodens zu eigen gemacht hatten. Ein Labyrinth, von Aberhunderten bevölkert.

Sie zog sich die Bettdecke über den Kopf, um zu verschwinden und endlich Ruhe zu finden. »Du siehst mich nicht, ich seh dich nicht.« – »Eins, zwei, drei, vier, Eckstein, alles muss versteckt sein. Hinter mir und vorder mir, da gilt es nicht und an beiden Seiten nicht!« – »Eins, zwei, drei, vier, fünf, sechs, sieben, acht, neun, zehn – ich komme!« Schon schleuderte sie das schwere Federbett wieder von sich. Sie hielt es nicht aus hier in diesem Zimmer. Die Dunkelheit öffnete der Angst neue Pfade. Sie kroch in ihr herum und legte gnadenlos all das in Trümmer, was sie sich in den letzten Stunden zurechtgebastelt hatte. »Er hat mehr als genug zu tun. Die Gier treibt ihn an wie ein Metzger die Sau durchs Dorf.«

Dutzende Tiere, die ihr Vater in den Wochen und Monaten nach der Afrikareise fertiggestellt hatte, beanspruchten seine Aufmerksamkeit. Um die alle unter die Lupe zu nehmen, musste er wochenlang quer durch die Republik reisen. Und am Ende würden all seine Bemühungen wahrscheinlich erfolglos bleiben, weil es gar nichts mehr zu finden gab. Viele der Tiere befanden sich doch längst nicht mehr bei den Personen, für die ihr Vater sie angefertigt hatte. Oder womöglich war das Tier, das er suchte, gar nicht verzeichnet und damit verschollen, unauffindbar für immer und ewig. Sie versuchte zu lachen. Es funktionierte nicht. Sie wusste, dass er kommen würde. Noch heute Nacht.

Die Stimme ihres Vaters klang in ihren Ohren. Er flüsterte leise: »Ich mache ihn für dich wieder lebendig. Dieser Bussard ist mein Geschenk für dich, Felicitas.«

37

Ihre Bettdecke knisterte. Sie war lauter als die Mäuse, die jetzt wieder stillhielten. Sie schienen überrascht zu sein, dass noch jemand hier hauste und ihr Revier beanspruchte. Es knarrte um sie herum und unter ihr, als sie vorsichtig zum zweiten Mal auf den Flur trat, immer wieder still verharrend, um zu lauschen, begleitet von den dumpfen Schlägen in ihrer Brust. Sie lösten die Stille der Nacht auf. Im Dunkeln tastete sie sich die steile Treppe hinunter. Mit jedem Schritt wurde es ein wenig wärmer unter ihren nackten Füßen. Die Hitze des offenen Kamins strahlte noch immer bis in den kalten Flur, obwohl das Feuer längst verloschen war.

Sie hatte die letzte Stufe der Treppe erreicht. Nur oben in ihrem Zimmer brannte Licht. Hier unten musste sie ohne zurechtkommen. Zentimeter für Zentimeter schob sie ihre Füße voran. Der Boden knackte kaum noch. Ihre Bewegungen schienen sich mit dem Eigenleben der Jagdhütte verbunden zu haben. Die Geräusche, die sie verursachte, stachen nicht mehr heraus. Sie war wie die Mäuse, die weiter stillhielten.

Ihr Geruch würde ihm den Weg weisen und sie verraten, egal, wie gut sie sich in dieser kleinen Hütte versteckte. Die Fingerspitzen ihrer rechten Hand ertasteten das kalte Metall der Tür. Sie wanderten daran herab, erfühlten den Griff der Klinke und den Schlüssel darunter. Er ließ sich fast geräuschlos bewegen. Behutsam zog sie die Tür auf. Blind tastete sie sich weiter voran. Die Fliesen unter ihren Füßen waren eisig kalt. Sie hatte die Dimensionen des Raumes, den Dana ihr am Nachmittag auf ihre Nachfrage gezeigt hatte, noch deutlich vor Augen. Das half ihr, sich in der absoluten Dunkelheit zurechtzufinden.

Ihre rechte Hand hielt sie von sich gestreckt. Der Geruch der eingelagerten Lebensmittel wurde von einem strengen Duft dominiert. Rau, aber doch weich fühlten sich die dichten Winterhaare des Rothirsches an, der in der Mitte des Raumes von der Decke hing. Enthauptet, nahe über dem Gully baumelte er ihr sacht entgegen. Josef hatte ihn vorgestern geschossen.

In der Kühle des Vorratsraumes liefen unter dem Fell, das vor dem Austrocknen schützte, die chemischen Prozesse der Fleischreife ab. Enzyme lösten die Muskelfaserstrukturen auf und sorgten so für Genießbarkeit und Zartheit. Den Rücken und die Keule wollte Dana den waidmüden Jägern morgen Abend servieren.

Das Fell des Rothirsches bildete ihre Wegmarke. Die Vorratskammer war mangels weiteren Raumes in der Jagdhütte der Abstellplatz für alles, was nicht in der Küche benötigt wurde und in allen anderen Zimmern störte. Mit der rechten Hand tastete sie sich weiter voran. Die Bettdecke hatte sie unter dem linken Arm fest eingeklemmt. Behutsam schob sie ihre Füße über die eisigen Fliesen. Die Kälte fühlte sie kaum mehr.

Die Nähe der Wand spürte sie, noch bevor ihre Hand sie ertastete. Der hinterste Winkel der großen Vorratskammer, in dem sie vorhin, ebenfalls im Dunkeln, alles vorbereitet hatte, um die Nacht über hier auszuharren. Nur die Bettdecke hatte gefehlt, damit sie hier unten nicht erfror.

Sie sank hinab auf den alten Teppich, den sie von der Eingangstür geholt hatte, und kauerte sich unter der dicken Bettdecke zusammen. Hier würde er nicht nach ihr suchen.

38

Das Krachen der Dielen über ihr ließ sie auffahren. Sie war kurz eingenickt. Wie lange hatte sie geschlafen? Es spielte keine Rolle. Sie hielt die Luft an und lauschte konzentriert. Um sie herum herrschte Stille. Das waren wahrscheinlich nur die Mäuse gewesen, die ihre wiedergewonnene Einsamkeit feierten. Flach und beinahe lautlos atmete sie weiter. Ihr Herz schlug rasend schnell. Die Hüfte schmerzte. Die Kälte kroch über die Hüftknochen durch den schmutzigen Abtreter hindurch in sie hinein. Der harte Boden unter ihr drückte zusätzlich.

Sie verbot sich jede Bewegung, weil sie das Knacken über sich jetzt wieder deutlich hören konnte. Das waren keine Mäuse. Er war tatsächlich gekommen, um sie zu suchen. Auf Zehenspitzen tastete er sich über ihr voran, der verschlossenen Tür entgegen, hinter der er den schwachen Schimmer der Nachttischlampe erkannte, die sie absichtlich hatte brennen lassen. Wenn er die Tür aufstieß und eintrat, musste er sich genau über ihrem improvisierten Nachtlager befinden. Sie würde ihn dann ganz genau hören können, jeden seiner Schritte, vielleicht sogar seinen Atem, wenn er aufstöhnte, weil sie sich nicht unter der aufgeplusterten Decke befand, die sie aus dem Nachbarzimmer herübergeschafft hatte.

Das Ächzen des Holzes näherte sich. Die Mäuse harrten ebenso lauschend aus wie sie. Das Haus sprach eine Sprache, die sie, aber nicht er zu verstehen schien. Die Zimmertür quietschte. Er musste beschlossen haben, sich nicht mehr an der Lautlosigkeit abzumühen. Die Tür flog krachend auf und vibrierte noch ein wenig nach. Sie meinte, es sogar hier unten in ihrer Ecke hinter der muffigen Kartoffelkiste spüren zu können. Den Lärm nutzte sie, um sich tiefer dahinterzukauern. Mit ihrer rechten Hand tastete sie nach dem glatten Holz. Sie konnte die kleinen Verzierungen spüren, die kunstvoll hineingearbeitet worden waren.

Zwei schnelle Schritte direkt über ihr. Sie atmete ruhig und leise. Erst das Erstaunen auf Thorstens Gesicht, wenn er die Decke zurückriss, unter der sie nicht lag, dann seine schnelle Drehung mit dem Gewehr in der Hand. Oder hatte er eine handlichere Waffe mitgenommen? Wenn er wirklich selbst zur Jagd ging, wie er es Stenzel erzählt hatte, dann hatte er auf ein Gewehr aber bestimmt nicht verzichtet. Es bot eine deutlich höhere Treffergenauigkeit auch auf große Entfernung, eine Zielmarkierung per Laser und ein Nachtsichtzielfernrohr. Nützliche Hilfen bei der Jagd in den verschneiten Karpaten.

Jetzt hatte er sichergestellt, dass sie nicht hinter ihm stand. Er stockte für einen Moment. Lauschte er selbst auf Geräusche? Hatte sein Blick es schon erfasst? Ganz sicher. Er traute sich nur noch nicht.

Immer noch war keine Bewegung über ihr zu hören. Es herrschte eine absolute Stille, in der auch die Mäuse nicht wagten, einen Fuß vor den anderen zu setzen. Ganz nahe war er. Nahe an ihr und noch näher an dem, was er suchte. Er dürfte auf Anhieb bemerkt haben, dass sie bei ihrer überstürzten Flucht den Bussard mitgenommen hatte. In dem kahlen Zimmer ihrer Kindheit musste es auffallen, wenn der Vogel mit seinen ausladenden Schwingen fehlte. Nur deswegen war er hierhergekommen. Unbewusst hatte sie selbst ihm damit den nötigen Hinweis gegeben, noch ehe sie realisierte, dass sie des Rätsels Lösung die ganze Zeit direkt vor der Nase gehabt hatte. Ihre Schuld war es, dass er jetzt über ihr stand und nachdachte. Wie lange denn noch?

Erlösend knarrte die erste Diele über ihrem Kopf, dann endlich auch die nächsten beiden. Er musste sich jetzt ziemlich genau über dem Rothirsch befinden. Die Kommode stand dort. Dunkles Holz, mit Schnitzereien verziert, genau wie das Bett. Ein gehäkeltes Deckchen lag darauf. Auf dem hatte sie die schwarze Mülltüte vorhin abgelegt. Ein kaum hörbares Knistern verriet ihr, dass er sie in die Hand genommen hatte. Wieder hielt er kurz inne. Es war eine schwierige Entscheidung. Der Verstand focht jetzt einen Kampf mit der Gier aus. Die schien schon gesiegt zu haben. Recht schnell. So nahe am Ziel fühlte er sich jetzt.

Ein harter Gegenstand wurde auf der Kommode abgelegt. Griffbereit für den Ernstfall platziert. Er brauchte beide Hände für das, was vor ihm lag, die Waffe war nur im Weg. Der Müllsack fiel raschelnd herab. Kein großes Gewicht mehr, nur die wenigen Kleidungsstücke, die sich noch darin befanden. Das, was er jetzt tat, machte kaum mehr ein Geräusch. Eigentlich gar keins. Er zog an den Federn und riss gleich darauf hektisch ihren Bussard über der Brust auf, um an den Körper aus Holzwolle zu kommen. Ihr Vater hatte ihn damals für sie und den Vogel, den sie gemeinsam abgebalgt hatten, gewickelt. »Ich mache ihn für dich wieder lebendig.«

Er schien es gefunden zu haben. Nun glaubte er sich am Ziel all seiner Bemühungen. Was musste das für ein besonderer Augenblick für ihn sein. Ballte er siegreich die Hand zur Faust?

Der krumme Ast mit dem zerfetzten Bussard fiel zu Boden. Er nahm die Waffe wieder auf. Seine Schritte gingen schnell. Jetzt würde er anfangen, nach ihr zu suchen, weil nur sie allein wusste, was er getan hatte.

39

Er entfernte sich, kam aber gleichsam näher. Sie konnte hören, wie er nach und nach alle Türen im oberen Stock aufstieß und Licht machte.

In jedes Zimmer trat er ein, zog die Decke vom Bett, öffnete die Türen der kleinen Kleiderschränke. Die Schubladen der Kommoden rührte er nicht an. Die Gästezimmer der Jagdhütte waren alle identisch ausgestattet. Seine Bewegungen wiederholten sich daher. Eine wiederkehrende Abfolge immer gleicher Geräusche. Eine fast rhythmische Angelegenheit, die er dort oben verrichtete. Sie wusste, dass ihr nicht mehr viel Zeit blieb. Seine Schritte waren jetzt schon im letzten Raum vor der Treppe. Dort klang es anders, weil er sich nun nicht mehr über dem Vorratsraum, sondern über dem Esszimmer und der Küche befand.

Sie konnte er nicht hören. Sie atmete weiter flach und still in sich hinein. Wenn es darauf ankam, musste sie die Luft anhalten. Kein Ton, keine Regung, die sie verraten konnten. Eine schier übermächtige Aufgabe. Jetzt spürte sie die leichten Vibrationen, die sein Gewicht auf den Treppenstufen verursachte und die sich über die aneinander befestigten Balken der Holzkonstruktion übertrugen. Ganz nah fühlte sie sich ihm. Sie war so glücklich gewesen mit ihm, auch wenn sie sich den Gedanken daran jetzt verbot.

Er bog in die entgegengesetzte Richtung ab. Die Tür zum Esszimmer mit der Küche flog scheppernd auf. Lief er zum

Ausgang? Konnte jetzt schon alles vorüber sein? Er hatte seine Beute, alles andere war ihm egal. Glaubte er am Ende doch daran, dass sein perfekter Plan auch den Ermittlungen der Polizei standhalten würde? Sie war überzeugt, dass es nicht so war.

Das Geräusch des Schlüssels im Schloss der Haustür drang an ihr Ohr. Sie hatte vorhin für ihn aufgeschlossen, damit er einfacher hereinkonnte. Nun hatte er abgeschlossen, um ihr die Fluchtmöglichkeit zu nehmen. Er hatte sie gerochen. Zweifellos. So, wie sie es geahnt hatte.

Es herrschte wieder Stille, in der er nachdachte und sie ihrem Herzschlag lauschte. Nur ganz leicht knisterte die Bettdecke, als sie sich aufrichtete. Wärme strömte aus der Höhle, in deren Schutz sie sich zurückgezogen hatte, und verdampfte in der eisigen Umgebung. Der muffige Geruch der Kartoffelkiste, hinter der sie kauerte, fand in ihre Nase.

Das blickdichte Glas, das in das Holz eingelassen war, schepperte, als er die Tür des kleinen Badezimmers aufstieß. Das Lärmen ließ sie befürchten, die Scheibe würde im nächsten Moment herausfallen und klirrend auf den hellbraunen Fliesen mit dem stilisierten Blütenmuster zerbersten. Ins Bad musste er nicht hinein. Von der Tür aus konnte man den kleinen Raum überblicken. Einen Schrank gab es dort drinnen nicht. Vielleicht hätte sie noch den Duschvorhang vorziehen sollen. Drei, vier Sekunden mehr hätte ihr das gebracht.

Er hielt nicht inne, weil er nun wusste, dass sie im letzten Raum war, in dem er noch nicht nachgesehen hatte. Sie konnte seine Hand bereits an der Türklinke hören. Dann das metallische Geräusch im Schloss, als sich der Stift aus dem Türrahmen zurückzog. Alles ging unendlich langsam vonstatten. Vielleicht weil die Tür zum Vorratsraum schwerer war als die anderen, vielleicht weil er Gegenwehr erwartete.

Die Stahltür quietschte, als er sie aufschob. Noch war die Kartoffelkiste, hinter der sie kniete, für ihn nicht zu sehen. Er musste hereinkommen und ein paar Schritte auf den Fliesen zurücklegen, um den Raum zu erfassen. Der von der Decke hängende Körper des Rothirsches versperrte ihm zusätzlich die Sicht.

Der Lichtkegel seiner Taschenlampe irrte über die Wand und streifte den Hirsch. Sie hielt in ihrem Versteck die Luft an. Dann schoss sie zweimal mit der doppelläufigen Schrotflinte auf das gut markierte, leuchtende Ziel. Das Gewehr hatte sie vorhin dem Stahlschrank entnommen. Es war eine der Waffen für die Jagd auf den Auerhahn.

Die beiden Schüsse hallten in ihren Ohren nach. Die Wände der Vorratskammer der Hütte, deren Sockel aus aufgeschichteten, behauenen Felsbrocken bestand, warfen den Schall zurück. Sie konnte daher nicht hören, wie er zusammensackte und dabei die Pistole und die Taschenlampe fallen ließ. Sie glaubte aber, die Erschütterung zu spüren.

Einige Sekunden verharrte sie noch in ihrem Versteck, bevor sie sich langsam erhob. Er atmete zu diesem Zeitpunkt schon nicht mehr. Sie streckte sich, reckte beide Arme in die Höhe. Ihre Knie schmerzten. So weit hätte es nicht kommen müssen, wenn er sich mit den Diamanten zufriedengegeben hätte und einfach gegangen wäre.

Sie konnte jetzt deutlich das glucksende Geräusch vernehmen. Der Strom seines Blutes hatte den Weg in den Gully unter dem Rothirsch gefunden. Sie drückte den Schalter und schloss mit dem Aufflackern der Neonröhre geblendet die Augen, öffnete sie aber gleich wieder. Schließlich wusste sie, dass sie sich jetzt beeilen musste. Es lag noch reichlich Arbeit vor ihr, ehe Dana und Josef am Morgen zur Hütte zurückkehren würden, um alles für die Ankunft der Jagdgäste vorzubereiten.

Im Schädel eines kapitalen Braunbären würde sie übermorgen das nach Hause transportieren, was er ihr gerade gestohlen hatte.

Es dürfte kein großes Problem sein, den Bussard, dem er – angetrieben von der Gier – sicher böse zugesetzt hatte, daheim zu flicken. Ein kompakter neuer Körper aus Holzwolle war schnell gewickelt, auch wenn sie darin wieder einen kleinen Lederbeutel unterbringen musste, so wie ihr Vater damals. Dieses Mal aber brauchte er nur so lange unter dem Gefieder zu bleiben, bis Ruhe eingekehrt war.

Doch zuerst das Wesentliche. Wölfe, Füchse und Bären gab es in diesem Teil der Karpaten in großer Zahl. Sie musste es nur schaffen, ihn auf der stabilen Plastikplane, die in der Kiste mit ihren Werkzeugen steckte, so weit wie möglich in den Wald zu ziehen. Wenn der ganze Spuk hier vorüber und der Schnee in ein paar Wochen restlos getaut war, dürfte von Thorsten kaum noch etwas da sein. Das wenige, was die Tiere liegen ließen, würde die Natur im Verlauf der Jahreszeiten auch noch verzehren.

Das Blut, ein paar Härchen und die kleinen Fleischfetzen, die der Schrot aus ihm herausgerissen hatte, konnte sie ganz zum Schluss mit dem Schlauch in den Gully unter dem Rothirsch spülen. Er war es nicht wert, dass auch nur ein Stück Fleisch oder ein Knochensplitter von ihm überdauerte. Nicht einmal eine Erinnerung sollte bleiben.

Epilog

Schlagheck war überglücklich, als sie mit Tilly vor seiner Tür stand. Die Dackeldame blickte ihn aus treuen Augen an. Er wehrte sich nicht gegen die Tränen. Sie musste lächeln und brachte es nicht übers Herz, seine schluchzend hervorgebrachte Einladung auf eine Tasse Tee auszuschlagen. Die Ablenkung tat gut.

Sie hatte immer dann an Schlaghecks verstorbenem Liebling weitergearbeitet, wenn sie von den langen Befragungen bei der Polizei zurückgekommen war. Das Tier hatte darunter nicht gelitten. Fertig abgezogen hatte sie den angetauten Körper noch in dem Bewusstsein, dass es sehr schwer werden würde, die Beamten von ihrer Version der Geschichte zu überzeugen. Sie glaubte, ihre Blicke während der ersten Vernehmung entsprechend gedeutet zu haben. Der ältere der beiden Beamten hatte kaum merklich den Kopf geschüttelt. Jesse, Thorsten, der Unfall vor ihrem Haus, der tote von Wernicke und der erwürgte Bestatter, in dessen Fall bis dahin in komplett andere Richtungen ermittelt worden war, all das sollte miteinander verknüpft sein? Sie hatte sich in dem kahlen Vernehmungsraum des Mainzer Polizeipräsidiums mehr als einmal gefragt, ob sie überhaupt selbst wusste, wie alles zusammenhing. Über die Verbindung zwischen Jesse und Thorsten konnte sie nur Vermutungen anstellen. Zumindest hatte der jüngere der beiden Beamten dienstbeflissen alle Namen notiert, die sie präsentierte. Verabschiedet hatten sie sie mit dem Hinweis, dass sie Mainz auf keinen Fall verlassen dürfe und sich zur Verfügung halten solle.

Dass sie ihren Hinweisen nachgegangen waren, hatte die zweite Vernehmung offenbart. Sie fragten gezielter nach und folgten dabei dem Ablauf der Geschehnisse, den sie ihnen am Vortag präsentiert hatte. Dennoch gaben sie kaum etwas von dem preis, was sie schon herausbekommen hatten. An dem Abend hatte sie anhand ihrer Fotos und aus der Erinnerung Tillys Körper geformt.

Zur dritten Vernehmung war es bislang nicht gekommen. Über eine Woche ließen sie sie jetzt schon in Ruhe. Welcher ihrer Mieter ihr den Ausschnitt aus der »Mainzer Allgemeinen Zeitung« in den Briefkasten im Hausflur geworfen hatte, wusste sie nicht zu sagen. Doch danach war alles klar gewesen. Die Polizei fahndete nach Thorsten und schien daher die Öffentlichkeit zu suchen. Jesse hatte, um seine eigene Haut irgendwie zu retten, ausgepackt und damit indirekt einen Großteil ihrer Version der Ereignisse bestätigt.

Sie hatte richtiggelegen mit ihrer Vermutung. Tatjana Borsekowsky, die Pflegerin von Jesses Großmutter, war die Verbindung zwischen den Männern. Zuerst Thorstens und später Jesses Geliebte, hatte sie die beiden zusammengebracht und ihnen von den wirren Erzählungen der Großmutter berichtet, die glaubte, dass der Präparator Booth sie alle hintergangen habe. Zusammen hatten sie darüber gelacht, aber danach hatten sie unabhängig voneinander damit angefangen, dem Verbleib der unterschlagenen Diamanten nachzuspüren.

Jesse und Tatjana schienen sich dabei nach Meinung des berichtenden Journalisten in irrer Selbstüberschätzung für die Wiedergeburt von Bonnie und Clyde gehalten zu haben. Der vollkommen misslungene Einbruchsversuch, bei dem

Tatjana komplett die Nerven verloren und den kleinkriminellen Landsmann, den sie für ein paar Euro engagiert hatten, über den Haufen gefahren hatte, passte gut in dieses Bild.

Zu dem Zeitpunkt waren die beiden der festen Überzeugung gewesen, dass Thorsten in Asien weile. Er hatte sich von ihnen mit dem Hinweis verabschiedet, er werde als Rucksacktourist von Phuket aus über Bangkok nach Laos reisen. Eine Tour von mindestens sechs, eher acht Monaten, die er sich schon lange vorgenommen habe. Er hatte ihnen sogar mehrmals Fotos per WhatsApp geschickt, die ihn unter Palmen mit asiatischen Schönheiten zeigten. Die Gier hatte ihn angetrieben und wie besessen gemacht von dem Plan, einen verschollenen Diamantenschatz zu heben.

Der Polizei war es gelungen, Spuren von Thorstens DNS in von Wernickes privatem Museum und seine Fingerabdrücke im Büro und am Sarg bei Schweitzer nachzuweisen. Der Bestatter hatte sterben müssen, weil er Thorsten beim Diebstahl des Schlangensperbers überrascht hatte. Anscheinend war es zu einem kurzen Kampf zwischen den beiden gekommen.

Schlagheck goss den dampfenden Tee ein. Er hatte zur Feier des Tages die cremefarbenen Tassen mit dem Goldrand aus dem Buffet im Wohnzimmer genommen. Sie schienen nur selten benutzt zu werden. Zum Glück war ihm dies selbst eingefallen, und er hatte sie kurz ausgespült. Sie sog den Duft aus der Tasse ein, der an Blüten erinnerte, und schloss dabei kurz die Augen. Gestern Nacht hatte sie noch einmal lange darüber nachgedacht, war aber bei ihrem Entschluss zu schweigen geblieben. Die Karpaten lagen so weit entfernt. Wenn bis jetzt niemand seine spärlichen Überreste gefunden hatte, dann war es recht unwahrscheinlich, dass das überhaupt jemals geschehen würde.

Sie öffnete die Augen wieder und erfreute sich am beseelten Blick ihres Nachbarn, der seine Tilly auf dem Schoß hatte und ihr den Nacken kraulte.

»Es ist, als ob sie noch leben würde.«